烏羽《からす》色《いろ》のふたりシリーズ 2

救《きゅう》国《こく》のカラス

櫻いいよ

イラスト：急行2号

JN213753

PHP

人物紹介

涅《くり》／クリ

冥《めい》の双子《ふたご》の弟。顔にある痣《あざ》が原因で、学校には友人がおらず、ひとりで過ごすことが多い。

冥《めい》／メイ

正義感が強い、中学一年生の女の子。双子《ふたご》の弟・涅《くり》のことをいつも気にかけている。

メイと旅する仲間たち

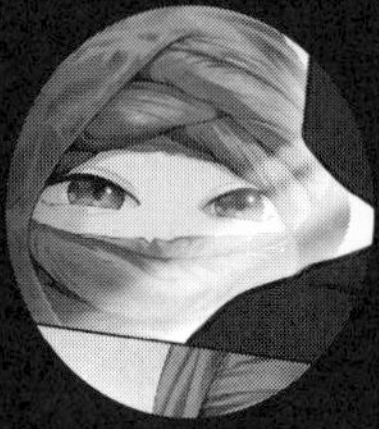

アルモニ

“じゃない者”の中でも特にひとに忌《い》み嫌《きら》われる、這《は》う者。メイに心を開き、旅に同行することを決めた。

グレド

“じゃない者”でありながら、「商人」として国中を旅している。水の者のようだが、詳しい種族は不明。

蒼依《あおい》／アオイ

“ひと”でありながら、「奴隷《どれい》」として虐《しいた》げられていた少年。自分の過去に関する記憶《きおく》を失っている。

これまでのあらすじ

この世界の地図

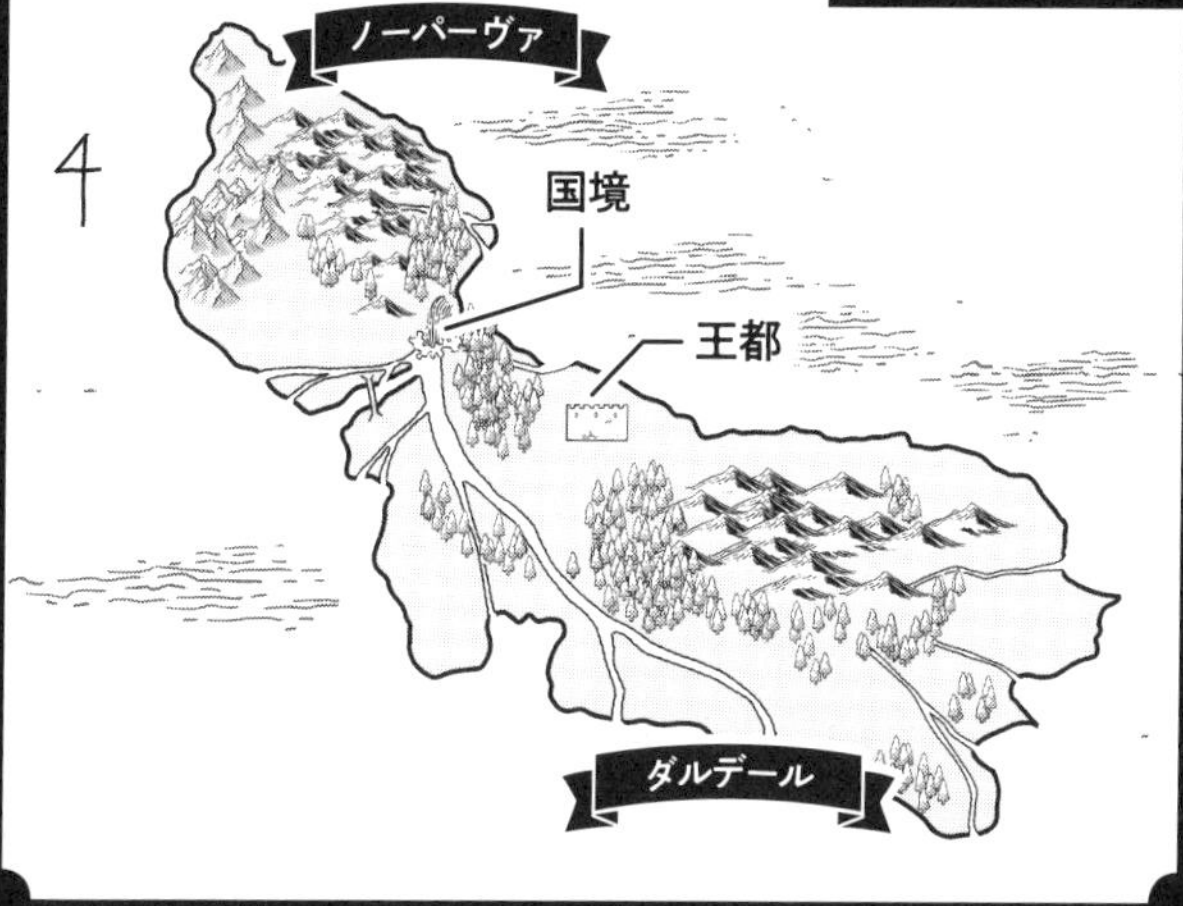

学校からの帰り道で川に落ちたことをきっかけに、人間とは異なる見た目の〝じゃない者〟と、いわゆる人間〝ひと〟が共存する不思議な世界に迷《まよ》い込《こ》んだ、中学一年生の冥《めい》。真っ黒な制服姿で突然《とつぜん》現れた冥《めい》は「言い伝えにある、この国を滅《ほろ》ぼすカラスだ」と考えられ、ダルデールの王族たちから命を狙《ねら》われる身になってしまう。一緒《いっしょ》に川に流されたはずの双子《ふたご》の弟・涅《くり》の行方《ゆくえ》を捜《さが》すべく、冥《めい》はこの世界で出会った〝じゃない者〟たちや、奴隷《どれい》の少年の助けを借りて世界を旅することになるが、一方で涅《くり》はまったく異なる出会いを果たしていた。

目次

0 ここからはじまっていた

投げ飛ばされた。

自分から飛《と》び込《こ》んだはずなのに、間違《まちが》いなくぼくは川に落ちた感覚があったのに、気がついたときには宙に浮《う》いているのを感じた。

全身に襲《おそ》いかかっていた水の勢いが、突如《とつじょ》消え去る。

かわりに風が、背中を押《お》してくる。肌《はだ》に針が突《つ》き刺《さ》さるようだ。冷たい空気に喉《のど》がぴりぴりと痛む。

次の瞬間《しゅんかん》、なにかに正面からぶつかった。それが地面だと気づいたのは、頬《ほお》に土のざらざらした感触《かんしょく》がしたからだ。それが信じられないくらい、痛い。傷口に塩をこすりつけられているみたいだ。

うっすらと目を開けると、薄茶色《うすちゃいろ》の土が目の前にあった。

動こうとするけれど、背中に大きな石をのせられているかのように体が重くて、指先すら動かせなかった。

ふわりと、目の前になにか白いものが落ちてくる。

羽根のようなそれは、雪だった。

音もなく、はらはらとぼくに降り注いでくる。

目だけ動かしてなんとか視線を遠くに向けると、空に灰色の雲が広がっているのがわかった。

太陽の光が届かないほど、雲は分厚い。

だから、こんなに寒いのか。

水に濡《ぬ》れた制服が肌《はだ》に貼《は》りつくせいで、より一層寒さが増す。

このままでは凍《こお》ってしまう。

わかっているのに、体は動かない。

瞼《まぶた》が重い。今すぐ眠《ねむ》りにつきたい。

そんなことをすれば、凍死《とうし》してしまうだろう。

おかしい。季節は初夏だったはずなのに。

考えようとすればするほど、睡魔《すいま》に襲《おそ》われる。寝《ね》たらまずいと思うのに限界がやってきて、視界が霞《かす》んでぼやけて、なにも見えなくなる。

遠くから、声が聞こえた気がした。なにかを叫《さけ》んでいる。

しばらくすると、こちらに駆《か》け寄《よ》ってくるような振動《しんどう》を頬越《ほおご》しに感じた。

——助けて。

声にならない声で呼びかける。
最後の力を振《ふ》り絞《しぼ》りがんばって薄《うす》く目を開くと、
「カラス……、カラスだ！」
とそばにいる人影《ひとかげ》が叫《さけ》んだ。
カラス？　なんのことだろう。
まぁ、見つけてもらえたので、どうでもいいか。助けてくれるはず。
もう大丈夫《だいじょうぶ》だろうと安堵《あんど》して意識を手放そうとしたとき、梟《ふくろう》の鳴き声が聞こえた。

1

落ちて拾われたカラス

双子《ふたご》だから顔も性格も似ている、なんてのは大きな間違《まちが》いだ。

少なくとも、ぼくと冥《めい》は、似ていない。

冥《めい》は明るくて活動的で、誰《だれ》とだってすぐに友だちになれる。でもぼくは、人見知りで喋《しゃべ》るのも苦手でいつもひとりきりだ。

誰《だれ》かにからかわれたら俯《うつむ》くことしかできないぼくと違《ちが》って、冥《めい》は反論することができる。相手のほうが体が大きくても、決して怖気付《おじけづ》いたりしない。

それに、見た目も違《ちが》う。冥《めい》は平均時な身長で、ぼくは背が低かった。小学校高学年のときに身長は冥《めい》と並ぶことができたが、華奢《きゃしゃ》で色白なため、不健康にしか見えない。冥《めい》は健康だけれど、ぼくは喘息《ぜんそく》持ち、という違《ちが》いも関係している。

でも、ぼくと冥《めい》のもっとも大きな違《ちが》いは、顔に痣《あざ》があるかないか、じゃないかと思っている。

ぼくには、右目の下から頬《ほお》にかけて、生まれつき痣《あざ》がある。かなり目立つ色で、幼少期からいろんなひとにからかわれた。ときには気持ち悪いと避《さ》けられることだってあった。

でも痣《あざ》のない冥《めい》は、誰《だれ》かに痣《あざ》のことを訊《き》かれることもないし、からかわれることもない。前髪《まえがみ》で顔を隠《かく》す必要もない。

ぼくと冥《めい》は、双子《ふたご》だけれど、同じじゃない。

だから、ぼくの気持ちは冥《めい》には絶対、わからない。

「涅《くり》はなんでそう、口じゃなくて手を出すの」

学校からの帰り道、ぼくの後ろを歩いている冥《めい》が言った。

その理由は、ぼくが今日クラスメイトの男子を突《つ》き飛《と》ばして怪我《けが》をさせたからだ。

「ぼくはやり返しただけ」

そっけなく言い放つと、冥《めい》は「やりすぎでしょ！」と大きな声を出した。

そんなこと、わかっている。ぼくだって相手に怪我《けが》をさせるつもりはなかった。

体育でみんなの迷惑《めいわく》になったのは事実だし、ぼくの動きがぎこちなくて笑われるのも仕方ないことだと理解している。

なにより、今日みたいなことは、これまで何度もあった。

幼稚園《ようちえん》の頃《ころ》から、ずっとだ。

そのたびに庇《かば》って守ってくれたのが、冥《めい》だった。

冥《めい》はぼくを守り、ぼくは冥《めい》に守られる。

ぼくと冥《めい》は、そういう関係だ。ぼくの背が伸《の》びても、小学校から中学校に進学しても。

——『涅《くり》はいつも冥《めい》の後ろに隠《かく》れてる』

そう笑われたのは、去年だった。

——『たまには自分で言い返せよな。そんなんだからいじめられるんだよ』

当時同じクラスのいじめっ子に、そう言われた。ほらほら、とにやにやしながら腰《こし》に手を当てでぼくを挑発《ちょうはつ》した。

ぼくはなにもできなかった。奥歯《おくば》を噛《か》みしめて、悔《くや》しさで体を震《ふる》わせていた。

——『なにもできないんだろ。根っからのいじめられっ子だ。お前はそういうタイプなんだよ。この先もずーっとな』

かっとなった。

目の前が真っ赤に染まって、考えるよりもさきに体が動いた。地面を蹴《け》って、そのままあいつに体当たりをした。

あの瞬間《しゅんかん》の解放感を、ぼくは覚えている。

すごくすっきりした。爽快《そうかい》だった。ぼくもやればできるんだと、自信さえ覚えた。

不意打ちを喰《く》らったいじめっ子は、そのままうしろに倒《たお》れ込《こ》み、とっさに地面に手をついた際に手首を折ってしまったらしい。いじめっ子は、聞いたこともないような絶叫《ぜっきょう》を上げて大声で泣きだした。ぼくよりもはるかに体格のいい男子が、涙《なみだ》を流して痛い痛いと叫《さけ》んでいた。教室が一気に騒《さわ》がしくなった。

なにが起こったのかわからなくて、ぼくは呆然《ぼうぜん》とその様子を眺《なが》めていた。

自分がひどいことをしてしまったとわかったのは、そのあとだ。

担任の先生に呼び出された母さんはひどくショックを受けていて、何度も頭を下げていた。いじめっ子の家には、父さんも一緒《いっしょ》に謝《あやま》りに行った。

こんな大事になるとは思っていなかった。

わざとじゃなかった。相手を傷つけたかったわけじゃない。

母さんにも父さんにも、迷惑《めいわく》をかけてしまった。

正義感溢《あふ》れる冥《めい》は、「あいつが悪い」と言ってくれたが、それでも、暴力で仕返しをしたことには叱《しか》られた。

反省《はんせい》はした。でも後悔《こうかい》はしていない。それ以来、いじめっ子はぼくにあまり絡《から》んでこなくなったから。

クラスメイトからも「キレるとヤバいやつ」と思われたのか話しかけられなくなったけれど。

「涅《くり》、聞いてるの？」

冥《めい》が話しかけてくる。ぼくはそれを右から左へ聞き流す。すぐそばの川の流れる音で冥《めい》の声が聞こえなかったフリをする。

前回は骨折だったけど、今回はただの擦《す》り傷《きず》だ。机にぶつかって青あざくらいはできたかもしれないけれど、それだけだ。

なのになんでこんなに文句を言われなきゃいけないんだろう。っていうか、そもそも、なんでぼくは中学生になってまで冥《めい》と一緒《いっしょ》に登下校をしなくちゃいけないんだろう。

冥《めい》には友だちがいるのだから、その子たちと帰ればいいのに。ぼくがいつもひとりでいるから、という理由なのだとしたら、大きなお世話だ。

冥《めい》のすることはいつだって、ぼくにとってはお節介《せっかい》でしかない。

――『明日をいい日にしよう！』

クラスメイトにからかわれて泣いているぼくに、冥《めい》はよくそう言った。

小学生のときに、そう言ってぼくの手を取り、ぼくのために逆上がりの特訓をしてくれた。冥《めい》のおかげで、逆上がりはできるようになった。

でも、逆上がりができるようになったところで、ぼくの〝明日〟はいい日になんてならなかった。それどころか、冥《めい》と一緒《いっしょ》に練習していたのを誰《だれ》かに見られていて、「ひとりじゃなにもできない」とバカにされるようになった。

冥《めい》は、自分のせいでぼくがいじめられることを、それがどれほどぼくを惨《みじ》めにさせるかを、知らない。

今日だってそうだ。

小学校を卒業するまでは、骨折事件をきっかけにぼくのまわりは静かになったが、中学に進学すると、新たないじめっ子が現れ、再びぼくはからかわれるようになった。面と向かって絡《から》まれることはないが、ぼくに聞こえるように貶《おとし》める発言をして、仲間内で楽しそうにする。

あいつのせいで試合に負けた。あいつのドリブルすげえかっこわるい。あいつがいると邪魔《じゃま》でしかない。

いつものことなので、ぼくは聞こえていないかのように無視をしていた。けれど。

――『双子《ふたご》なのに大違《おおちが》いだよな』

言われた言葉が蘇《よみがえ》る。

――『おれだったらこんな双子《ふたご》の弟、恥《は》ずかしいよ』

くくっと誰《だれ》かが喉《のど》を鳴らして笑った。

気がついたら、ぼくは彼《かれ》を突《つ》き飛《と》ばしていた。

ムカつくことを言われたから、やり返した。考える前に、体が勝手に動いた。

去年と違《ちが》うのは、体当たりではなく、手で肩《かた》を押《お》したことだ。

「自分が傷つけられたからって、相手を傷つけたら涅《くり》も同じになるんだよ」

冥《めい》は正しいことを言う。

そのとおりだ。冥《めい》はいつだって正しい。冥《めい》が誰《だれ》かをいじめたりからかったりすることは決してないし、陰口《かげぐち》を言っているのも聞いたことがない。文句があれば本人に面と向かって言う。

そして、ぼくのように俯《うつむ》いて過ごしている子がいれば、冥《めい》は必ず声をかける。

やさしくて、強くて、正しい。

ぼくは、ぼくにはないものばかりを持っているそんな冥《めい》が――きらいだ。

もう、ほっておいてほしい。

ぼくには冥《めい》の発言が、綺麗事《きれいごと》だとしか思えない。だって、ぼくがいじめられるのは、冥《めい》のせいだから。

「ちょっとちゃんと話を――」

「ほっといてってば！」

ぼくの肩《かた》に伸《の》びてきた手を、振《ふ》り払《はら》う。

その瞬間《しゅんかん》、まわりから音が、消えた。

冥《めい》の体がゆったりと傾《かたむ》いていく。視界の端《はし》に、きらきらと輝《かがや》く川の水面が見えた。

「……っ冥《めい》！」

とっさに手を伸《の》ばして冥《めい》を掴《つか》もうとする。

冥《めい》が大きく目を見開いてぼくを見ていた。

そのとき、傾《かたむ》いているのはぼくの体だと気づいた。

伸《の》ばした指先が掴《つか》んだのはスカーフだった。冥《めい》にぴったりの、意志の強そうな、なにものにも染まることがなさそうな、真紅《しんく》のスカーフ。

「涅《くり》！」

冥《めい》が青ざめた顔で叫《さけ》んでいる。そして、ぼくに手を伸《の》ばす。ぼくを助けようと川に飛《と》び込《こ》もうとしている。

スローモーションのように、景色がゆっくりと流れていく。

なんでぼくは冥《めい》を助けようとしたんだろう。ぼくは泳げないのに。

ぼくが余計なことをしたせいで、ふたりとも川に落ちる羽目になってしまった。

ああ、なんでぼくは、いつもこうなんだろう。

いつだって、なにもかもがうまくいかない。

なにをしても、しなければよかった、と後悔《こうかい》ばかり。

双子《ふたご》なのに、なんでぼくは冥《めい》みたいになれないんだろう。

水が、ぼくらを包んだ。

＋＋＋――――――＋＋＋

――『すごいよ涅《くり》！　やっぱり涅《くり》はすごいんだよ！』

冥《めい》は手を叩《たた》いて、まるで自分のことのように喜んだ。

あれは、ぼくが逆上がりに成功したときだ。

練習をはじめてたった一日でできるようになったぼくを、冥《めい》は心の底からすごいと思っているようだった。ずっと前から逆上がりができる冥《めい》のほうがすごいのに。

逆上がりだけじゃない。冥《めい》はいつも、ぼくのことをたくさん褒《ほ》めてくれた。母さんや父さんも褒《ほ》めてくれたけれど、冥《めい》のほうがずっとたくさん、ぼくを褒《ほ》めてくれた。

自由研究を見せれば「すごい！」と目を輝《かがや》かせて感心してくれた。

バスで席を譲《ゆず》ったときは「涅《くり》は本当によくまわりを見てるね」と尊敬の眼差《まなざ》しを向けてくれる。

冥《めい》がスカーフの色で悩《なや》んでいたのでぼくが選んであげたら「涅《くり》が選ぶなら間違《まちが》いないよ」とうれしそうに言ってくれた。

冥《めい》にそう言われると、ぼくは自分が特別ななにかにでもなったような気がした。

それはぼくの自信になり、安心感にもつながった。

だからこそ余計に、落胆《らくたん》すると、水中に落とされたうえに土の中に埋《う》められたかのようだった。

昔は、冥《めい》という双子《ふたご》の姉がいることは、ぼくの自慢《じまん》だった。

なのにいつからか、冥《めい》の存在は高くて大きな壁《かべ》のように感じるようになった。光を浴びるのはいつだって冥《めい》で、ぼくはその冥《めい》の影《かげ》に存在を消されているんじゃないかと。

ホーホーと梟《ふくろう》の鳴き声がした。

心地《ここち》がいい。

——カラス。カラスになりたいか。

梟《ふくろう》が、喋《しゃべ》る。

——カラス。今は、探せ。

なにを。カラスってなに。ぼくのことだろうか。

——カラス。そしていつか、語れ。

なにが言いたいのか、意味がさっぱりわからない。

ただ、真っ暗な意識の中で、梟《ふくろう》の目だと思われる黄色のふたつの光がぼくを見下ろしていた。

なにも見えないのに、そう感じた。

「……冥《めい》」

冥《めい》にも見えた？　感じた？

呼びかけて、冥《めい》はどこにいるんだろう、と考える。

そういえば、ぼくたちは川に落ちた。体の芯《しん》が冷えているのは、そのせいだ。寒《さむ》い。けれど、顔が熱い。

そのことに気づくと、自分が体調を崩《くず》して横たわっているのがわかった。真っ暗なのは、ぼくが目を閉じているからだ。

ぼくを助けてくれたのは、きっと冥《めい》だ。冥《めい》は、泳ぎがうまいから。

冥《めい》は無事だろうか。いや、ぼくと違《ちが》って冥《めい》は滅多《めった》に風邪《かぜ》を引かなかったから、大丈夫《だいじょうぶ》だろう。

そのかわり、ぼくを心配しているはず。

小さな頃《ころ》から、冥《めい》はぼくが体調を崩《くず》すと泣きそうな顔をした。でも決して、ぼくに「大丈夫《だいじょうぶ》？」とは訊《き》かなかった。

大丈夫《だいじょうぶ》だよ。元気になったら一緒《いっしょ》に遊びに行こうね。涅《くり》はすぐ元気になるよ。

そう言って、ぼくに歪《いびつ》な笑顔《えがお》を見せてくれた。

「め、冥《めい》？」

そばに誰《だれ》か――おそらく冥《めい》だ――の気配を感じて、呼びかける。同時に重い瞼《まぶた》を持ち上げると、ぼやけた視界の中にひとの姿を見つけた。

「もう少し、休んでろ」

冥《めい》の声はもう少し、高くはなかっただろうか。それに、冥《めい》はこんなふうに偉《えら》そうな言い方はしない。偉《えら》そうな発言はするけれど……。

これは、冥《めい》じゃない。かといって父さんや母さんでもない。

でも。

「大丈夫《だいじょうぶ》だから」

誰《だれ》だかわからないそのひとは、ぼくの額に手を当てて言った。

このひとは誰《だれ》なんだろう。お医者さんかな。家にまで来るなんて今までなかった。もしかして、ぼくの風邪《かぜ》は相当ひどいのかな。それとも、病院にいるのかな。

「眠《ねむ》れ」

正体不明の誰《だれ》かの声は、すごくあたたかくてやさしかった。だから、ぼくは考えるのをやめて、再び目を閉じた。


――ここはどこなんだろう。

目が覚めてから、この疑問を何度心の中で口にしただろうか。

「もう大丈夫《だいじょうぶ》そうだな」

ぼくのそばで腕《うで》を組んで立っている髪《かみ》の長い少年が、笑《え》みを浮《う》かべて言った。髪《かみ》の毛《け》はミルクティのような色で、長さは腰《こし》まである。瞳《ひとみ》は黄緑色で、猫《ねこ》のように瞳孔《どうこう》が細長い。肌《はだ》はほんのりと緑色に染まっている。

その姿を目にしたのは、数日前だ。

不思議には思った。でも、ぼくはあまり驚《おどろ》かなかった。

理由は、ぼくの枕元《まくらもと》で「本当によかったです」とうなずくもうひとりの人物が、兎《うさぎ》のような姿をしていたからだ。

意識が戻ってきて目を開けたとき、視界に兎《うさぎ》にんげんのぎょろっとした赤い目が飛《と》び込《こ》んできて、ぼくは声にならない悲鳴を上げてしまった。

兎《うさぎ》にんげんは、地肌《じはだ》を隠《かく》すように顔から指先までベージュの毛で体が覆《おお》われている。兎《うさぎ》が主人公の絵本を見たことがあるが、あんなにかわいくはない。背中が老人《ろうじん》のように大きく曲がっているし、手足の関節がにんげんとは違《ちが》う。それなのに言葉はしっかり通じるものだから、正直気持ちが悪い。身長がやたらと高いから威圧感《いあつかん》もある。

目の前の兎《うさぎ》にんげんに怯《おび》え戸惑《とまど》っている最中に、肌《はだ》が緑ではあるが姿形はにんげんとほぼ同じ少年が話しかけてきたのだ。安心する以外にない。

それでも、やっぱり、パニック状態には陥《おちい》った。

だって今まで見たことのない生物が目の前にいるのだ。体調を崩《くず》していなければ、ぼくは叫《さけ》び暴れ、逃《に》げだそうとしたことだろう。

頭がくらくらして、まともに考えることができなかったぼくに、少年――メメリという名前だそうだ――は、今はとりあえず体を治せと言った。元気になったら説明をしてやるから。きみに害を与《あた》えることは決してないので安心してほしい、と。

その言葉を、ぼくは不思議なほどあっさり信じた。それどころか、メメリの声に安心感も覚えた。心身ともに弱っていたのもあり、ぼくはすぐに意識を手放した。

それから数日間、熱は上がったり下がったりを繰《く》り返《かえ》した。体の節々が痛み、頭痛にも襲《おそ》われた。ふかふかのベッドや布団《ふとん》はあたたかかったが、空気が冷たいせいで体調はなかなか回復しなかった。

そのあいだ、ずっとぼくを看病してくれたのが兎《うさぎ》にんげんであるチックスだった。

ふさふさとした毛に覆《おお》われた顔からは表情を読み取ることはできないが、声はいつもぼくを気《き》遣《づか》ってくれた。起き上がれないぼくに、なにかをすりおろした流動食を食べさせてくれた。苦い薬を飲んだあとは必ず、キャンディのような、グミのような、甘いなにかもくれた。喉《のど》が渇《かわ》いたらすぐに冷たい水を飲ませてくれたし、寒さに体を震《ふる》わせていると、すぐさま部屋をあたたかくしてくれた。

そのおかげで、やっと、ぼくは熱も下がり喉《のど》の痛みもなくなった。

「もう動いても大丈夫《だいじょうぶ》でしょう」

そう言ったのは、医者のような白衣をまとった茶色の生き物だ。ネズミのようなモグラのような肌《はだ》。小さな口はいつも半開きになっていて、黄ばんだ歯が数本、常に見えている。

「ただ、どうやらそもそも体が弱いようですな。気候の変化の影響《えいきょう》もあるやもしれませんが、今後もしばらくはあたくしの治療《ちりょう》を受けたほうがいいかと思われます」

もごもごと話す医者（もどき）は、ぼくの脈や体を確かめて言葉を付け加えた。

目が合うと、にこりと微笑《ほほえ》まれる。ぼくは歪《いびつ》な笑《え》みを返す。

奇妙《きみょう》な姿には慣れてきたものの、そう簡単に違和感《いわかん》を拭《ぬぐ》うことはできない。

この世界ににんげんはいるんだろうか。今のところ、ひとりも見ていない。

本当に、ここは、なんなんだろう。

あの日、自分を追って川に飛《と》び込《こ》んだはずの冥《めい》の姿も見当たらない。

日に日に不安が大きくなる。

チックスにここはなんなのか訊《き》いてみると、「私からは話せません」と困ったように耳を萎《しお》れさせてしまった。本当に申し訳なく思っているのがわかり、ぼくはそれ以来黙《だま》っている。

チックスもモグラの医者も、メメリも、ぼくに親切にしてくれる。顔の痣《あざ》のことだって、一度も訊《き》いてこない。笑うこともなければ、嫌悪《けんお》の表情を浮《う》かべることもない。

だからぼくは、説明してくれるのをおとなしく待っていた。

そしてそれは、ぼくの体が回復した今日なのではないか、と思っている。

「あの」

意を決して声を上げると、メメリが「まあまずは着替《きが》えようか」と言った。

「きみがもともと着ていたものは洗ってそこにかけてあるけど、その服じゃここでは寒いだろうから、用意したものを着てくれ。チックス、着替《きが》え終わったら講堂に案内してやってくれ」

メメリの指示に、チックスは腕《うで》で目を隠《かく》し頭を下げた。何度か目にしているその動きは、たぶん相手への敬意を表しているのだろう。

メメリはかなり偉《えら》いひとだと思う。佇《たたず》まいも言動も、気品を感じるし、ひとに命令するのにも慣れているように見える。

見た目はぼくと同い年くらいなのにな。

「じゃあ、あとで、話をしよう」

メメリは目を細めてぼくに言ってから、部屋を出ていった。

お風呂《ふろ》はないのか、チックスがお湯で濡《ぬ》らしたタオルのようなものを用意してくれた。それで簡単に体を拭《ふ》いてから、手渡《てわた》された服を身につける。

体にぴったり張りつくほど小さな肌着《はだぎ》に、ゆったりとしたトップスとボトムだ。素材がなにかはよくわからない。柔《やわ》らかいのはこれまで身にまとっていた部屋着と同じだけれど、それよりも厚みがあって生地《きじ》が重い。その上に毛皮のベストを羽織る。

着替《きが》えると、メメリとよく似た格好になった。

チックスは毛があるのでワンピースのような布を一枚着ているだけだが、医者っぽい男性もかなり着込《きこ》んでいたのを思い出す。

「まあ、ここは寒いもんな」

はあっと息を吐《は》き出《だ》すと、白く染まる。

まるで真冬だ。いや、日本の冬よりもずっと寒いかもしれない。

石がびっしりと積み上げられた壁《かべ》で四方を囲われた部屋でも、防げない冷気だ。部屋の隅《すみ》には暖炉《だんろ》があるが、それでもあたたかいとは言い難《にく》い。窓はないが、どこかに隙間《すきま》があるはずだ。

この気候の中でびしょ濡《ぬ》れだったのだから、そりゃあ風邪《かぜ》も引くはずだ。

「ではこちらに」

チックスがぼくを案内する。

部屋はL字型になっていて、ベッドに寝《ね》ていた状態では見えなかった部屋の奥側《おくがわ》へと向かう。出入り口にはドアがあるのだろうと思っていたが、そこにあったのは刺繍《ししゅう》が施《ほどこ》された一枚の大きな布だった。石壁《いしかべ》のくりぬかれた部分を覆《おお》うように、上から掛《か》けられている。

それをめくると、部屋と同じ石壁《いしかべ》の、大人が四、五人はすれ違《ちが》えそうな広々とした廊下《ろうか》がまっすぐ延《の》びていた。廊下《ろうか》の左右の壁《かべ》には彫刻《ちょうこく》や豪華《ごうか》な刺繍《ししゅう》の施《ほどこ》された垂れ幕、ときに宝石のような輝《かがや》きのある石が飾《かざ》られている。

まるで、異国のお城に迷《まよ》い込《こ》んだみたいだ。

というか、そうなんだろう。

数日ベッドの中で過ごしながら、ぼくはそのことを確信していた。

これは夢だと何度も思った。でも、何度目を覚ましても、目に映る光景はかわらなかった。にんげんじゃない生き物が言葉を喋《しゃべ》っている。服装も建物も、はじめて見るものばかり。そして、春だったはずが、真冬よりも寒い季節になっている。

なにより、冥《めい》がいない。

ここが日本であるわけがない。

ぼくは、川に落ちて、そのまま海まで出て見知らぬ国に漂着《ひょうちゃく》したのかもしれない。あり得ない話だけれど、この状況《じょうきょう》が現実ならば、そう考えたほうが納得《なっとく》できる。

問題は、地球上にこんな国が存在するのか、ということだ。

「まいりました」

チックスの声にはっとする。

目の前にはひときわ豪華《ごうか》な布が幾重《いくえ》にも垂れ下がっていて、その中から「はいれ」とメメリとは違《ちが》う低くて重みのある男性の声がした。

チックスは布を片手で持ち上げると、自身は中に入らずにぼくだけを通す。

なんとなく、前を見るのは失礼な気がして俯《うつむ》いたまま進んだ。

メメリは偉《えら》いひとだ。それ以上に、さっきの声の主は偉《えら》いひとな気がしたから。

先ほどチックスがメメリに対してやっていたように、ぼくも片腕《かたうで》を上げたほうがいいのかも。

でも、やり方わかんないな。間違《まちが》った作法は、失礼になるかもしれない。

「きみはそんなことしなくていいんだよ」

ぐるぐる考《かんが》え込《こ》んでいると、メメリが明るい口調で話しかけてきた。それにほっとして、そろそろと顔を上げる。

その瞬間《しゅんかん》、チックスを見たとき以上の衝撃《しょうげき》を受けた。

——河童《かっぱ》だ。

長くて大きなテーブルのいちばん奥《おく》にいたのは、紛《まが》うことなく、河童《かっぱ》だった。

濃《こ》い緑色のややテカリのある肌《はだ》に、瞼《まぶた》のない大きな目。鼻はなく、口は横に大きい。もちろん、髪《かみ》の毛《け》もない。

どう見ても河童《かっぱ》だ。

「ひ、あ……」

思わずあとずさる。

それを察したのか、メメリが、

「こちらは私の、父上――この国の王だよ」

そう説明した。

メメリの父？　見た目がこんなに違《ちが》うのに？　いや、肌《はだ》の色はたしかに同じ色味だけれども。

そして、王？

一気に情報を与《あた》えられてうまく処理できない。口をあんぐりと開けて見つめていると、河童《かっぱ》――王は目を細めて笑った。

「ようこそ、我が国へ」

王はそう言って立ち上がると、体中に着けている装飾品《そうしょくひん》をじゃらじゃらと鳴らしながらぼくの前に移動してくる。

危害を加えられそうな恐怖《きょうふ》はない。けれど、未知の生物への恐怖《きょうふ》で、足が震《ふる》える。チックスやモグラの医者は、まだかわいらしい見た目だった。王ゆえの威圧《いあつ》感もあるのかもしれないが。

瞬《まばた》きするのも忘れて王を見つめていると、

「お待ちしておりました、カラス殿《どの》」

王はそう言って、片腕《かたうで》を上げてぼくに頭を下げた。

この国で、身分の高いひとに身分の低いひとがするものだ。

「え」

なんで王がぼくなんかに。

しかも、カラスって、なに。

助けを求めるようにメメリを見ると、メメリも王と同じように頭を下げていた。

「あ、あの……意味が、わからない、んですが」

どうしたらいいんだ。

しどろもどろで王に声をかけると、

「あぁ、そうでしたな。カラス殿《どの》はまだここに飛んできたばかり。わからないことがたくさんおありでしょう。とりあえず食事でもしながら、話をしましょうか」

王は頭を上げると、「用意を」と壁際《かべぎわ》にいたフードを被《かぶ》ったひとに命令した。

呆然《ぼうぜん》としていると、メメリがぼくに近づいてきて席に案内してくれる。大きくてきれいな大理石のようなテーブルに着くと、すぐに料理が運ばれてきた。

いろんな種類の豆を炊《た》いた炒飯《チャーハン》に似たもの。肉をじっくり焼いたであろうもの。長時間煮込《にこ》まれたらしいスープ。大きな鍋《なべ》からは香《こう》ばしい匂《にお》いがする。体を内側からあたためる目的もあるのか、香辛料《こうしんりょう》がキツくて、からそうな雰囲気《ふんいき》があった。最後に運ばれてきたのは、大きな魚と思《おぼ》しきものが蒸《む》された料理だった。

どれも大皿にのせられていて、フードを被《かぶ》ったひとが、ぼくのお皿に取り分けてくれる。

ありがとうございます、と顔を上げてお礼を言うと、緑色の目と視線がぶつかった。

フードを被《かぶ》り、体はマントをまとっているせいではっきりと見えたわけじゃないが、肌《はだ》はぼくと同じ色だと思う。気になって手を見ると、ぼくのような普通《ふつう》の手をしている。

もしかして、にんげんなのだろうか。

訊《き》いてみたいけれど、マントのひとはすぐに顔を背《そむ》けて逃《に》げるように立ち去ってしまった。

王とメメリは料理を前にして、手のひらを天井《てんじょう》に向けて軽く上げた。そしてもう片方の腕《うで》を顔の前に出して目元を隠《かく》し俯《うつむ》く。目元を隠《かく》すのはこの国での挨拶《あいさつ》だと思ったけれど、食事の前にもするようだ。

そこではじめて、メメリの手に水かきがあることに気づいた。

王の水かきは肌《はだ》同様に緑色だが、メメリのは透明《とうめい》だ。

メメリの手を、こうしてちゃんと見たことがなかった。意識が朦朧《もうろう》としていたときに触《ふ》れられた記憶《きおく》はある。けれど、実際にあれがメメリの手だとは断言できないし、意識がはっきりしてからは、メメリとは会話するだけだった。

「遠慮《えんりょ》せずに食べてくれ。口に合うかはわからないが」

「あ、うん、ありがとう」

メメリに言われてスプーンを手にし、炒飯《チャーハン》似の豆を口に含《ふく》んだ。

ほんのりと甘い豆だ。炒飯《チャーハン》とは似ても似つかない味に、頭がこんがらがる。決してまずいわけではないのだが。

「さて、どこから話しましょうか」

王が口を動かしながら話しはじめる。

「この国には、古くからの伝承があるんですよ。伝神師《でんしんし》という、未来を予言する種族がいるのですが、はるか昔、その伝神師《でんしんし》が当時の王に残したものです」

「でんしんし」

王の言葉に耳を傾《かたむ》け、聞き慣れない言葉を繰《く》り返《かえ》す。

「いつか、この国を救う黒いカラスが、空からやってくる——」

メメリが口にする。

カラス。

「……まさか」

さっき、ぼくは王にそう呼ばれた。

まさかその〝カラス〟がぼくだと思っているのだろうか。

「きみが、カラスだろう？」

「違《ちが》います！」

メメリの言葉に、思わず立ち上がり否定する。

「黒い髪《かみ》に黒い瞳《ひとみ》、黒い服のものが、突然《とつぜん》この国に現れたんだ。カラスでないはずがない。きみは間違《まちが》いなくこの国を救うカラスだよ」

「ああ、メメリの言うとおりだ。きみは、この国、ノーパーヴァの救世主だ」

なにを言っているんだ。

首を横に振《ふ》って否定を続けるけれど、メメリにも王にも、それは伝わらなかった。

ふたりはぼくをカラスだと信じている。でもそれと同じくらい——いや、それ以上にぼくは自分がカラスではないと確信している。

黒い髪《かみ》も黒い瞳《ひとみ》も、珍《めずら》しいものではない。服だって、同じ学校の生徒なら誰《だれ》もが着ている、ただの制服だ。

「この国で、黒を身に纏《まと》うことは許されない。黒とはなににも作り出せない、神の色だ。神のものに手を出してはいけない。それができるのは、カラスだけだ」

メメリはぼくに言い聞かせるように話す。

ぼくがそんなはずないと思っているのを、察しているからだろう。

立ち上がったまま、テーブルの上の手をぎゅっと握《にぎ》りしめる。

ここがぼくのいた場所ではないことは、なんとなく理解していた。おそらく、地球でもないことも。そんな不思議な現象がぼくの身に起こるなんて、信じられないことだけれど。

でも、だからってぼくがカラスだとか、この国の救世主だとか言われても困る。

ぼくにはなんの力もない。この世界に来て未知の力を得たなんて感覚もなければ、体がものすごく健康になったわけもない。なんなら数日ベッドで過ごしたせいで体力は落ちている。ただの、いや、標準よりも体の弱い、中学生男子でしかない。

「なによりきみは、伝承のとおり、空からやってきた。境の森の方角から。飛ぶように、落ちるように、この国にやってきたんだ。空から来たにもかかわらず、水に濡《ぬ》れて」

「それは、ぼくが、川に落ちた、からで」

そこで気づく。

「冥《めい》のことだ」

「メイ？」

呟《つぶや》くと、メメリが繰《く》り返《かえ》し、首を傾《かし》げた。

「ぼくじゃない。ぼくなんかが、救世主だなんてそんなすごい存在のわけがない。きっと、そのあなたたちの言う〝カラス〟はぼくじゃなくて、ぼくの双子《ふたご》の姉弟《きょうだい》の冥《めい》のことだよ。一緒《いっしょ》に、川に落ちたんだ。だからきっと、冥《めい》もこっちに来ているはず」

きっとそうだ。そうに違《ちが》いない。

ふたりは勘違《かんちが》いをしているだけだ。

カラスは冥《めい》。救世主は冥《めい》。そう考えると納得《なっとく》だ。

けれど同時に、やっぱり、ぼくはなにか大きなことを成せるような存在じゃないんだ、と思う。

「カラスがもうひとり現れたという話は届いてないが」

王がメメリを見て確かめるように言った。メメリも「はい」と頷《うなず》く。

冥《めい》は、ここに来ていないんだろうか。

この変な世界に飛ばされたのは、ぼくだけなんだろうか。

でも。

「冥《めい》は、いる。来る」

なぜかぼくはそう感じた。

「冥《めい》は、ぼくなんかよりもずっと、すごいよ。行動力があって、正しいことができる。間違《まちが》ったことを、許さない。そんな冥《めい》のほうが、救世主にふさわしい」

ぼくなんかのはずがない。

「ぼくはなんの力もないただのにんげんで、なにもできない」

「大丈夫《だいじょうぶ》ですよ、なにもしなくていいですから」

自嘲《じちょう》気味に訴《うった》えるぼくに、王の穏《おだ》やかな、けれど突《つ》き放《はな》すような発言が届く。

「……え？」

王は、もぐもぐと大きな口を動かし食事を続けながら、口調こそ丁寧《ていねい》だけれど自然体の姿で話を続ける。

「カラスというのは、象徴《しょうちょう》みたいなもんですよ。いったいどんな姿形をしていて、どうやってこの国を救うのか気にはなっていましたが、にんげんのカラスであれば、象徴《しょうちょう》に間違《まちが》いないでしょう」

どういう意味かわからず、目を瞬《まばた》かせた。

「カラスがこの国にやってきた――その事実だけでいいのですよ。カラス殿《どの》の存在が、この国を救うのです。やっとノーパーヴァは、ダルデールにこれまでの雪辱《せつじょく》を果たすことができます」

満足そうに微笑《ほほえ》む王に、これ以上なにを言えばいいのかわからなかった。

ぼくの声は届かない。ただ、そう思った。

ぼくの声は、この世界でも、届かない。


その後はこれといった会話もなく、食事の時間が終わった。勧《すす》められるままになにかを口にした気がするが、なにも覚えていない。

「ぼくはこれから……どうすればいい？」

ふらふらとした足取りで部屋に戻《もど》る途中《とちゅう》、となりを歩くメメリに訊《き》く。

メメリは「どうしたい？」と首を傾《かし》げぼくに聞き返す。

なにも返事ができないでいると、メメリが困ったように口角を引き上げた。

どこかの部屋の前に着いて、メメリは布をくぐってぼくにも中に入るように手招いた。おとなしくついていくと、そこは書斎《しょさい》のような雰囲気《ふんいき》の、こぢんまりとした部屋だった。

メメリはテーブルのそばの椅子《いす》に座《すわ》る。石を削《けず》ってきれいな彫刻《ちょうこく》を施《ほどこ》した、見るからに高級そうなテーブルだ。椅子《いす》も同じで、座面にはクッションがわりにふかふかとした毛皮が敷《し》かれている。そこに、ぼくはそっと腰を下ろした。

「とりあえず、ふたりで話をしようか。父上は、ご自身で決めた決定事項《じこう》だけを淡々《たんたん》と話すから、わからないことも多かっただろう」

メメリの明るい口調に、暗く閉ざされた心に光が差《さ》し込《こ》むのを感じた。

なんだか、冥《めい》みたいだ。冥《めい》もいつも、ぼくが落《お》ち込《こ》んでいるときは冗談《じょうだん》を言って和《なご》ませてくれた。ぼくが落《お》ち込《こ》んでいなければ母さんよりも口うるさかったけれど、ぼくが母さんや父さんに叱《しか》られるときは、絶対にぼくの味方になってくれた。さっきまで同じようなことでぼくにぐちぐち言っていたとしても。

――冥《めい》は、今頃《いまごろ》どこでなにをしているだろう。

王は「他にカラスが現れたという話は聞いていない」と言っていた。けれど、冥《めい》はこの世界にいるような気がする。そして冥《めい》なら、うまくやっているんだろうとも思う。今のぼくのように、動揺《どうよう》してばかりということはないだろう。

「飲み物を持ってきてくれるか？」

メメリは、いつの間にかそばに控《ひか》えていたチックスに声をかけた。チックスはぺこりと頭を下げて、隅《すみ》で準備をはじめる。

チックスは、メイドのような立場なのだろう。

しばらくすると、焼き物の大きなマグカップに、あたたかな飲み物を入れて運んできてくれた。

色はほうじ茶とか麦茶みたいだけれど、土っぽい香《かお》りがする。恐《おそ》る恐《おそ》る口をつけると、漢方薬のような苦みが口いっぱいに広がった。

「あまりおいしくないだろ？」

顔を顰《しか》めたぼくを見て、メメリが噴《ふ》き出《だ》す。

「あ、いや……！」

「私もあまりおいしいとは思ってないから、気を遣《つか》わないでくれ。申し訳ないけれど、これ以外にまともなお茶を飲めるのは、短い凡《ぼん》の季節だけなんだ」

ぼん。口の中でだけ繰《く》り返《かえ》す。

この国では、春夏秋冬、という四季は存在しないのだろうか。

「今の季節は……なんていうの？」

「波《は》だよ。この国ではほとんどが、この季節なんだ。昼間でも常に空には暗雲が広がっていて薄《うす》暗《ぐら》く、夜は外に出ると命の危険を感じるほどに寒い」

そう言って、メメリは簡単にこの国、ノーパーヴァについて教えてくれた。

一年——ここでは一周と呼ぶそうだ——の三分の二は真冬のような寒さが続き、残りが凡《ぼん》と呼ばれる、空に太陽が浮《う》かぶ比較的《ひかくてき》過ごしやすい季節なのだという。汗《あせ》をかくこともなければ、寒さに震《ふる》えることもないのだとか。それでも夜になるとかなり冷《ひ》え込《こ》むそうだ。

つまりここは、ほぼ毎日寒さを感じる土地なのだろう。

波《は》ではうんざりするほど雪が降り続け、国民は昼間の数時間以外は家の中で過ごす。

寒さと雪の影響《えいきょう》で、育つ作物の種類が少ないうえに田畑として扱《あつか》える土地も狭《せま》く収穫量《しゅうかくりょう》も限られているため、常に食料が不足しているとも言っていた。

「ま、私たち〝じゃない者〟よりたいへんなのは〝ひと者〟だけどね。にんげんは体も弱いし、偏食《へんしょく》だから」

メメリは肩《かた》をすくめて言う。

「それでも、この国が貧しいのは間違《まちが》いない。私たち王族も、国民も、主な収入源はそれぞれの能力を活《い》かした技術がほとんどだ。娯楽品《ごらくひん》や芸術品としてかろうじて売り物にはなるが、それもダルデールが豊かなおかげで、彼《かれ》らが手のひらを返せばすぐに価値はなくなる」

ダルデールは、ここ、ノーパーヴァと違《ちが》ってかなり豊かなようだ。

「私はこの国の現状を、なんとかしたい。ダルデールに頭を下げてなんとか生きながらえている今の状況《じょうきょう》を、覆《くつがえ》したい」

真剣《しんけん》な表情は、この国のことを想《おも》っているからだろう。

「すごいな……メメリは。さすが、王子だね」

「え？」

ぼくの言葉に、メメリが目を見開いた。猫《ねこ》のような瞳《ひとみ》が、ぼくをまっすぐに見つめてくる。そして、「あ、そっか」と言って笑った。

なにが面白《おもしろ》いのか首を傾《かし》げると、

「私は、王子じゃないよ。姫《ひめ》だ。この城の者はみんな知ってることだから、うっかりしてたよ。私の性別は男ではなく女なんだよ」

なんとなく、ぼくはずっとメメリを男だと思《おも》い込《こ》んでいた。

「ご、ごめん」

「べつに謝《あやま》ることじゃない。むしろ、私は男のように振《ふ》る舞《ま》っているからね。きみにそう思ってもらえたならよかったよ。ああ、そういえばきみの名前を聞いてなかったな」

「ぼくは、涅《くり》」

クリか、とメメリは小さく頷《うなず》いた。

なんでメメリが男のように振《ふ》る舞《ま》っているのか、その理由を内心で気にしながら、口には出さないでおく。

「……っくしゅ！」

鼻がむずむずして、くしゃみが出た。

「ああ、体が冷えたのかな。すまない、病《や》み上《あ》がりなのに無理をさせてしまった」

「あ、いや、大丈夫《だいじょうぶ》……」

「話の続きはまたにしよう。クリの体のほうが大事だ。部屋まで送るよ」

まだまだ、気になることがある。なによりも、ぼくがカラスじゃないということをメメリにちゃんと理解してもらわなくてはいけない。

なのに、ひとつのくしゃみをきっかけに、体がどんどんと冷えていく。


見える景色は、真っ白に染まっている。

長い毛皮のマントを羽織り、両手でしっかりと前をしめながら寒々しいこの国の姿を見つめる。

太陽の光は、雪を降らせる雲のせいで地上までは滅多《めった》に届かない。

そのくせ、夜になるとときおり、黄色の月がふたつ、空から監視《かんし》している何者かの目のようにはっきり姿を現す。はじめてふたつある月を見たときは、ものすごくびっくりしたし、今でも違《い》和感《わかん》しかない。

「クリはここが好きだな」

開けっぱなしにしていたドアから、メメリの声がした。

「うん。いつ見ても、新鮮《しんせん》な気持ちになるんだ」

ぼくは振《ふ》り返《かえ》らずにメメリに返事をする。

カラスだ、と言われてから二週間ほどになる。

ぼくがどれだけ違《ちが》うと否定しても、誰《だれ》もそれを信じることなく、この国の救世主だと称《たた》えそれはそれはよくしてくれた。体を拭《ふ》くためのあたたかいお湯を毎晩ぼくのために用意してくれて、クセがあるがおいしい豪華《ごうか》な料理を朝と夕の一日に二度食べさせてくれる。他にも、毎日モグラの医者が来てぼくの体調を確認《かくにん》し、その都度適した薬をその場で調合してくれる。

そしてメメリは、日に何度もぼくに会いにくる。それは、ここでやることのないぼくの、話し相手になるためだ。

メメリがいないときはチックスがそばにいてくれるので、ひとりではない。チックスは本来、メメリに仕えている優秀《ゆうしゅう》な侍女《じじょ》らしい。大きな体に長い手足ながら細やかなことまで器用にこなし、ぼくの世話をしてくれている。

「冷えるだろう。お茶でも飲まないか」

メメリはそう言って、部屋の中にいるチックスに準備を頼《たの》んだ。

はじめこそ驚《おどろ》いたお茶も、毎日飲んでいればそれなりに好むようになった。ただし、チックスの淹《い》れたお茶限定だが。チックスの淹《い》れてくれるお茶は、苦みの奥《おく》に深い味わいがある。何度か他の者に淹《い》れてもらったことがあるけれど、茶葉をかえたのではないかと思うくらい味が違《ちが》った。

ひとは順応していくんだな、としみじみ思う。

「今日は体調はどうだ？」

「……悪くはない」

はあっと白い息を吐《は》き出《だ》して、メメリに近づきながら答える。

この国は、本当に毎日凍《こご》えるほど寒い。部屋の中はぼくのために火を熾《おこ》してくれているけれど、一週間ですでに三回も熱を出した。ぼくが〝ひと者〟だからとみんなは言うけれど、もともと体が強くないのも、理由のひとつだろう。

「また本を読んでいたのか。面白《おもしろ》くないだろうに」

テーブルに置いてあった本を、メメリがめくる。

この世界――この国かもしれない――の紙は元の世界のものよりもずっと分厚い、布と和紙の中間のようなものなので、少ないページ数の割に分厚く、一文字ずつ手作業で書かれている。

なんとなく察してはいたけれど、かなり文明レベルが違《ちが》う。当然、電子機器はなく、なにかしらの機械も存在していないようだ。

逆に、火をつけるのに液体や乾燥《かんそう》した葉を使ったり、水は植物から採取したりと、ぼくから見ると魔法《まほう》のように見えることをしている。特にぼくは理科が好きだったのもあって、この世界に存在するものすべてが不思議で興味深くて仕方がない。

本を読もうと思ったのは、それが理由だ。

「けっこう面白《おもしろ》いよ。まだ文字が全部読めるわけじゃないから、内容をちゃんと理解してるかは別として」

なぜか目覚めたときから会話は普通《ふつう》にできていた。けれど、文字は元の世界のものとまったく違《ちが》い読めなかった。チックスやメメリに教えてもらってなんとか簡単な文章はわかるようになったけれど、専門的な内容を読むにはまだまだ時間がかかる。今は、幼い子ども向けに書かれた童話を読み解くので精一杯《せいいっぱい》だ。

ただ、これらは王族も歴史を学ぶために最初に読む本らしく、無知なぼくにはぴったりだったとも言える。

『ふたりの王子』という本は、もともとひとつの国だったのが、ダルデールとノーパーヴァに分かれた経緯《けいい》が書かれていた。『はじまりの鳥』はこの国での神話、『耳を澄《す》ませて』はひとそれぞれの個性を認め合う、そんな話だった。

この国の最低限の常識、みたいなものはチックスとメメリにざっくりと教えてもらったものの、元の世界と違《ちが》いすぎてあまり理解ができなかった。でも、本のおかげで、なんとなくだけれどわかってきた、気がする。

「紐《ひも》を編んで装飾品《そうしょくひん》作りもしているらしいな」

「暇《ひま》だからやってみただけで、装飾《そうしょく》と言えるようなものじゃないよ」

ここでは、願いを込《こ》めて紐《ひも》を編み、それをお守りのように身につける風習がある。

メメリや王は職人に作ってもらった、紐《ひも》に色とりどりの宝石らしきものを編み込《あ》《こ》んだものをいくつも腕《うで》や首につけている。それでもひとつは必ず、手ずから作った物なんだとか。ひとからもらったものではなく、自分で作ることに意味が、想《おも》いが、あるのだとメメリは言っていた。

ぼくもチックスに教えてもらいいくつか作った。出来は悪くはなかったけれど、ぼくはアクセサリーをつける習慣がないので、身につけてはいないし、もう作らなくてもいいかな、とすら思っている。

「凡《ぼん》に近づけば、寒さがマシになって外にも出歩けるようになる。それまでは時を持て余すかもしれないが、我慢《がまん》してくれ」

「今でも大丈夫《だいじょうぶ》なのに」

「また寝込《ねこ》んだらどうする。そうでなくともこの季節は〝ひと者〟には厳しいんだ。健康であってもこの国の〝ひと者〟は波《は》のあいだ、日中でも家の中で過ごしている。出歩くのは〝じゃない者〟だけだよ」

この会話は、もう何度もしている。

メメリたちのような種族は〝じゃない者〟で、ぼくのようなにんげんは〝ひと者〟とこの国では呼ぶようだ。

この国の民《たみ》の大半は〝じゃない者〟であり、その中に〝森の者〟や〝水の者〟などの大まかな区別があり、その中にまた〝鍛る者《かじ》〟〝走る者〟などさまざまな名前がある。そして、種族ごとに特別な能力があるそうだ。力が強いとか、動きがはやいとか。

対して〝ひと者〟は、何事も器用にこなせるが、秀《ひい》でたものはなにもない。おまけに体も弱いため、この国ではか弱い存在として認識《にんしき》されている。

はじめ、〝じゃない者〟という呼び方は、ひとじゃない自分たちのことを卑下《ひげ》しているような気がした。でも、それはぼくの傲慢《ごうまん》な考えだった。

〝ひと者〟なんかじゃない、、、、者、という意味だ。

この国では、にんげんは、よくも悪くも下の立場なのだろう。

「なんか、変な感じ」

お茶に口をつけて、呟《つぶや》く。

本を読んだり、メメリやチックスからこの国のことを教えてもらったりするたびに、ぼくが、作《つく》り替《か》えられていく感覚がする。

「毎日言ってるな。ここはそんなにクリがいた世界と違《ちが》うのか」

「うん。まず〝じゃない者〟がいないしね」

「想像つかないな。ダルデールもほとんどが〝ひと者〟らしいけど。正直私には、〝ひと者〟だけでどうやって暮らせるのか不思議で仕方ない。不便だろうに」

ぼくからしたら、電気やガスのないこの世界が不便だけど。

「あと、こんなに神様を敬ってなかった」

「それは何度聞いても信じられないな」

メメリは顔を顰《しか》める。そのくらい、ここでは神の存在がとても大きい。というか、あって当然のものなのだ。

――天は、神の国。

そして、この世界は神が創ったものだと言われている。神はここに地を創り、そこで生きるものを〝ひと者〟に託《たく》した。

けれどそれは決して支配させるためではなく、〝じゃない者〟たちが住みよい場所にするために、ということらしい。

……たぶん。

本で得た知識は、それなりにためになる。でも、細かな部分では本によって違《ちが》いがあった。

ダルデールとノーパーヴァの関係も、さまざまだ。

とある本では、もともとはひとつの国で、ノーパーヴァの地域は過酷《かこく》な環境《かんきょう》のため、罪人の流《る》刑地《けい》となっていたと書かれていた。そして――その中にいた気高い者が、ノーパーヴァという国を興《おこ》した、とか。

それが事実ならば、ここにいる者たちはみんな、罪人の血筋だってことだ。

けれど別の本では、ただ『北の地に移り住んだ者』としか書かれていなかった。仲違《なかたが》いをした双子《ふたご》の王子さまが国をふたつに分けたとかもある。

はっきりしているのは、ノーパーヴァの民《たみ》のほとんどが〝じゃない者〟で、ダルデールの民《たみ》のほとんどが〝ひと者〟ということだ。

個人的には、罪人かどうかはさておき、容姿が分国に大きな影響《えいきょう》を与《あた》えたような気がしている。

――『痣《あざ》がうつる』

――『近づくなよ』

ひとは、そうやって自分と違《ちが》うひとを排除《はいじょ》するから。

みんながみんな同じような考えじゃないことは、冥《めい》に言われなくともぼくは知っている。でも、排除《はいじょ》するひとたちのほうが、いつだって強い。だから、弱いひとは黙《だま》って目を逸《そ》らし、みんなと違《ちが》うぼくのような存在は、排除《はいじょ》される。

無意識に、痣《あざ》を隠《かく》すように前髪《まえがみ》をいじっていた。

「クリの住んでいた場所では鳥を食べると聞いたときは、恐《おそ》ろしくて震《ふる》えたな」

「ああ、ここじゃ鳥は神の使いなんだっけ？」

「そのとおりだ。神のものに手を出すなんて、考えられない」

メメリは首を振《ふ》った。

宗教的な考えから、メメリの拒否《きょひ》は理解できる。でも、さすがに地上から天に近づくこともしないのは、驚《おどろ》きだった。生きるものは地上にいるのが当然で、天に近づくのは神への不敬とされている。そのため、この国には二階建ての建物もない。

この城も、二階は存在しない。ただ、もともとこの地は山岳《さんがく》地帯なので、場所によって高低差がある。だから、ぼくの部屋につながっているバルコニーからは、この国を見下ろすことができる。

「クリの世界で〝カラス〟というのが鳥だと聞いたときは、なるほどなと思ったが」

「ぼくはカラスの言い伝えがあるのに、ここにはカラスっていう名前の鳥がいないのにびっくりしたけどね」

「さすが神だ」

「そう、なのかなあ……？　よくわかんないや」

うっとりするメメリを見て思わず笑ってしまう。そんなぼくを見て、メメリは「本当にクリは……カラスでなければ問題になる態度だぞ」と呆《あき》れた。

メメリはこの国の姫《ひめ》――いや、後継者《こうけいしゃ》だ。

口調や態度はそれらしいのだけれど、歳《とし》が近いからか話しやすい。はじめは、クラスの中にいたら間違《まちが》いなくトップに君臨するような堂々とした雰囲気《ふんいき》だったので緊張《きんちょう》があったけれど、話してみればとても気さくな性格だった。

今ではぼくにとって、友だち、のような存在だ。

これまで友だちがいなかったので、友だちと呼べる関係なのかは、わからない。まだ出会って一ヶ月にも満たないし、メメリはこの国ですごいひとだから。

ぼくもカラスであれば、同じくらいすごいのかもしれないけれど。

「……クリは、元の世界に戻《もど》りたいとは言わないな」

メメリの言葉に、体が小さく震《ふる》えた。

「メメリが……流れ者が元の世界に戻《もど》った記録はないって、言ったじゃないか」

「まあそうだな」

できるだけ動揺《どうよう》を隠《かく》して答えると、メメリはあっさりと納得《なっとく》する。

この国には、ぼくのように異世界から流れてくる存在――流れ者――がまれに現れるらしい。けれど、それは噂《うわさ》レベルのものしかなく、実際に流れ者を見たという者はノーパーヴァにはいないそうだ。メメリも一度も出会ったことがないと言っていた。

もう帰れない。

メメリにそう言われたとき、ぼくはなぜかあまりショックを受けなかった。

きっとそうなんだろう、と心の中で予想をしていたからかもしれない。

母さんや父さんに会えないのはさびしい。当たり前のようにいつもとなりにいた冥《めい》が、どこにいるかわからないのも心細い。

でも、そうか、とあっさりと受け入れている。

――ここでは、誰《だれ》もぼくを笑ったり避《さ》けたりしないから。

あの窮屈《きゅうくつ》で息苦しかった学校に、もう行かなくていい。

もちろん、ここの生活がいいか悪いかはまだわからない。けれど、目が覚めてから今日まで、ぼくはここでいやな思いは一度もしていない。

でもそれは、ぼくがカラスだと、まわりがそう思っているからだ。

本当は違《ちが》うのに。

ぼくじゃないのに。

そっと視線を動かして、部屋に置かれている制服を見る。

真っ黒なぼくの服。冥《めい》のスカーフは、服と服のあいだに隠《かく》して、視界に入らないようにした。

目につくと、どうしても冥《めい》を思い出すから。

なんでそれを避《さ》けるのか、自分でもよくわからない。

一日数回はそれを取り出して眺《なが》めることも。

「すまない、クリ」

黙《だま》ってしまったぼくに、メメリが申し訳なさそうに頭を下げる。

「あ、いや……」

「こういうとき、兄なら——なにかしらの方法をすぐに導き出せたかもしれないな。兄は天才だったから、私じゃなくてここに兄がいれば、なんでもできただろうに」

俯《うつむ》いているメメリが、どんな表情をしているのかはわからなかった。

ただ、声がひどく悲しそうで、悔《くや》しそうで、胸が痛くなる。

毎日ぼくが冥《めい》に対して思っていた気持ちと、重なる。

「メメリには、お兄さんがいるの？」

「幼い頃《ころ》に亡《な》くなったから、私の記憶《きおく》には朧《おぼろ》げだが。まわりの者が言うには、兄はそれはそれは、頭がよかったそうだ。いずれこの国にとって唯一無二《ゆいいつむに》の、素晴《すば》らしい王になるだろうと、そうみんなは確信していた。なにより、私と違《ちが》って男だったし、父上に似ていたしな」

メメリの見た目は、〝じゃない者〟よりも〝ひと者〟に近い。それは、メメリのコンプレックスなんだろう。この国では、種族に差別はなくとも優劣《ゆうれつ》はあるから。そして、か弱い〝ひと者〟

は、劣《れつ》だ。

そしてメメリの発言から、優劣《ゆうれつ》は見た目だけではなく、性別にもあるのだとわかった。

だから、男装をしているのか。

「それでも、私は——王になる。誰《だれ》よりも立派な王に」

メメリは自分に言い聞かせるように言った。

「この国の貧しさを、私がなんとかしてみせる。ダルデールに頼《たよ》ることなく、この国の力だけで民《たみ》が生きていけるようにしたい。諦《あきら》めたくない」

その表情が、眩《まぶ》しすぎて目を細める。

——『やる前から諦《あきら》めてるからできないんだよ。やってみないとなにも手に入らないんだよ？　涅《くり》はすぐ諦《あきら》める』

冥《めい》の言葉が蘇《よみがえ》る。

頑張《がんば》ったってなにもかわらないことがあるのを、むしろかわらないことのほうが多いことを、ぼくは知っている。

そんなぼくからすれば、メメリが今はいない兄のように振《ふ》る舞《ま》うのも、無意味なことのように思える。だって、メメリはどう頑張《がんば》っても、メメリ以外にはなれないのだから。

でも、メメリは諦《あきら》めていない。

今の自分にできることを、精一杯《せいいっぱい》している。だからメメリは、そこにいるだけで特別なオーラを放つ。それは、メメリが次期王として、覚悟《かくご》と信念を持って過ごしてきた確かな証《あかし》だ。

冥《めい》も、そうだった。いつだって現状をどうにかかえようと考え行動していた。ぼくがからかわれたら相手に食ってかかったのも、そのためだ。

それはあまりに無謀《むぼう》で、無茶《むちゃ》で、見ていて正直うんざりすることもあった。口にする言葉はいつも綺麗事《きれいごと》で、冥《めい》はなにもわかっていないと思うことも多かった。それをはっきり伝えたことだってある。

でも冥《めい》は、決して諦《あきら》めなかった。

ぼくの言葉に一瞬眉《いっしゅんまゆ》を下げても、いつだって前を向く。

――『明日は、いい日になるよ』

――『世界は、涅《くり》が思うほど悪いものじゃないよ』

――『世界は、素敵《すてき》なんだよ』

耳を塞《ふさ》ぎたくなるほどきらいな言葉だ。

なのに、耳の奥《おく》で鮮明《せんめい》に蘇《よみがえ》る、冥《めい》の言葉。

メメリにこれらの言葉をかけたら、彼《かれ》――いや、彼女《かのじょ》を勇気づけられるだろうか。

でも、ぼくには言えない。

「メメリは、絶対、立派な王になるよ」

かわりにぼくは、心の底から思っていることを伝える。

「ありがとう、クリ。カラスのきみに言われると頼《たの》もしいよ」

「……いや、何度も言ってるけどカラスは双子《ふたご》の姉の冥《めい》だよ。だから、ぼくの言葉にはなんの意味も持たない。ただ、ぼくがメメリなら立派な王になると、思ってるだけ」

冥《めい》なら、もっとメメリを勇気づけられたはずだ。

「クリはまだ、自分がカラスだと信じられないのか」

ぼくがカラスじゃないと否定すると、そのたびにメメリはそんなことはない、と否定する。このやり取りはすでに十回以上している。それでも、信じることはできない。

「冥《めい》は、すごいんだ。ぼくなんかよりずっと行動力があるし、なんでも前向きに考えるし、悪に立ち向かっていける強さもある。やられても、やり返さない。別の方法で、正々堂々と相手を負かすんだ」

口にすると、ぼくと冥《めい》の違《ちが》いを改めて自覚して、情けなくなってくる。

「でも、そのメイというクリの双子《ふたご》の姉は、ここにいないだろ」

「……そうだけど、でも、冥《めい》がカラスだ」

そう言い切れるのは、自分に自信がないからなのか、それとも——本能的に冥《めい》が救世主に違《ちが》いないと感じているからなのかは、わからない。

ただ、ぼくはどうしても、カラスは冥《めい》だとしか思えない。

そして、冥《めい》もこの世界にいるはずだ、と。

今、この国で冥《めい》は、なにを思い、どう行動しているだろう。はじめは異世界にパニックに陥《おちい》っただろうけど、冥《めい》のことだから、自分にできることを必死に探して、歯を食いしばっているはずだ。そして、出会ったひとたちに躊躇《ちゅうちょ》なく手を差《さ》し伸《の》べる。

たとえ自分が傷ついても、冥《めい》は、決してひとを傷つけない。誰《だれ》かがひとを傷つけることも許さないし、傷つけられている相手を見過ごさず守ることを諦《あきら》めない。

それは、迷い戸惑《とまど》うことがあっても、冥《めい》の中でぶれない想《おも》いがあるからだ。

守るべきものを、冥《めい》は知っている。自分にとって大事なものを冥《めい》は絶対手放さない。たとえ、それがまわりに迷惑《めいわく》をかける行為《こうい》であっても、冥《めい》はすべてを自分の責任として受け止める強さがある。

だから、まわりのひとは冥《めい》に手を差《さ》し伸《の》べずにはいられない。

幼い頃《ころ》、一緒《いっしょ》に迷子になったとき、諦《あきら》めるぼくの手を引いて、冥《めい》は前に進み続けた。涙《なみだ》を流しながらも、いろんなひとに声をかけた。ぼくをいじめた男子とケンカして怪我《けが》をしたとき、冥《めい》は男子のせいだとは誰《だれ》にも口にしなかった。学校に迷い犬がやってきたとき、冥《めい》はたったひとりで飼い主を捜《さが》し回《まわ》った。

誰《だれ》かは冥《めい》はバカなことをしていると言った。ぼくも、そんなことしたらまわりに迷惑《めいわく》と心配をかけるのだから、やめたほうがいいと言った。

でも冥《めい》は諦《あきら》めなかった。諦《あきら》めなかったから、家に帰れたし、男子とは仲直りしたし、迷い犬も無事に飼い主のもとに戻《もど》ることができた。

「冥《めい》こそ、カラスにふさわしい」

なんとかなるのだと、なんとかするのだと、希望を捨てず、諦《あきら》めずに前を見ることが、どれほど難しいかを、ぼくは知っている。冥《めい》はそれを、どんな状況《じょうきょう》でも見失わない。

「ぼくなんかが、カラスのはずがないんだよ」

「クリは、なんか、じゃないよ」

必死に首を振《ふ》るぼくに、メメリがきっぱりと言い切った。

「正直言って、私にとってクリがカラスかどうかは、どっちでもいいことなんだ」

「え？」

驚《おどろ》くぼくに、メメリが口《くち》の端《は》を引き上げた。

「そばにいてくれるだけでいいんだよ。父上も言ってただろう。カラスは象徴《しょうちょう》だ。この国が救われる。クリを見れば、みんながそう信じて前を向ける。それは——なによりも力になり、力はいずれかならず結果になる」

「……でもそれが偽者《にせもの》だったら……」

この国を逆に不幸にさせてしまうのでは。

「そんなはずないんだ。だって私は、クリと一緒《いっしょ》にいて話をしているだけで、なんでもできそうな気がしてくるから。それは、カラスだからじゃない。クリだからだと、私は思う」

ぼくをまっすぐ見つめるメメリの瞳《ひとみ》に、吸《す》い込《こ》まれるような気分になった。

「クリは、なんか、じゃない。むしろ私や国のほうが、なんか、と呼ぶにふさわしい。私は〝じゃない者〟のなり損《そこ》ないで女だし、この国はもう長らく隣国《りんごく》から虐《しいた》げられている。国民もそれを受け入れてしまっているからな」

「そんなことない！」

思わず大きな声で否定した。

ぼくはメメリのこともこの国のことも、一度もそんなふうに思っていない。

元の世界なんかよりもずっと、ここで出会った者たちはやさしい。貧しい国だと言うけれど、住まう民《たみ》の心は豊かだ。流れ者のぼくにもとてもよくしてくれている。救世主のカラスだと思われているから、特別やさしくしてくれるのはわかっている。無理をしているのかもしれない。

それでも、ぼくはその気持ちがあたたかく感じるんだ。

「うん。クリがそんなふうに思っていないのはわかってる。だからこそ、私はクリが、好きになったんだよ。カラスとしてこの国に現れたのが、他の誰《だれ》でもなく、クリでよかった」

やさしい微笑《ほほえ》みに、涙腺《るいせん》が緩《ゆる》んでいく。

「私はクリの、素直《すなお》なところを気に入っている。自分にはなにもできない、なんて、私は素直《すなお》に言えない。でもクリは、それを隠《かく》さない」

「それは……事実だから」

「ありのままの自分をさらけだせるのは、強くなければできないことだと、私は思う。誰《だれ》にでもできることじゃない」

そんなはずないじゃん、と思うのに、メメリの言葉に心が喜ぶ。

「すでにクリは、なにもできない存在じゃないよ」

ずっと、ぼくはぼくのままではだめなんだと思っていた。なにもできないから、なにもしないのがいちばんだと、そう信じていた。

なのに。

「私たちのために、クリにカラスとして、そばにいてほしい。カラスが負担だと言うなら、ただの友だちとしていてくれたらいい」

ぼくよりもずっと偉くてすごいメメリが、ぼくを受け入れてくれる。

そして、ぼくを友だちだと思ってくれている。

だから、もしかしたらぼくにも、なにかできることがあるのかもしれない、と調子のいいことを考えてしまう。

――いや、そうじゃない。

そう、ぼくは、なにかしたいんだ。メメリのために。この国のために。

運動は苦手だ。努力したってたかが知れている。人付き合いもうまくない。できないことはほかにもたくさんある。冥《めい》と比べたらなにもかもがぼくは不得手だ。

でも元の世界とは違《ちが》うここでなら、新しい自分に出会えるかもしれない。ぼくにもできることを、作れるかもしれない。

もしかしたら――明日は、いい日になるかもしれない。

冥《めい》に何度言われても、素直《すなお》に聞き入れることができなかった。

けれど、この世界でなら、ぼくはそう思うことができる。

「うん」

唇《くちびる》をきゅっと噛《か》んで、ぼくはメメリをまっすぐに見つめてうなずいた。

メメリの黄緑色の瞳《ひとみ》の中に、ぼくがいる。見えるわけじゃないのにそう思ったのは、やたらとメメリの顔がはっきり目に映っていたからだ。

その理由は、これまでぼくが誰かと目を合わせようとしていなかったからだ。

ずっと、痣《あざ》を見られないように少し目線を下にずらしていた。

なのに、今、ぼくは痣《あざ》のことをすっかり忘れていた。

そして、メメリは痣《あざ》ではなく、ぼくの瞳《ひとみ》だけを見ている。

——ああ、ぼくはもう、隠《かく》さなくていいんだ。

ぼくの真剣《しんけん》な表情に、メメリは「改めて、これからよろしく」と口角を引き上げて、透明《とうめい》な水かきのついた手をぼくに差し出してきた。

その手に、自分の手を重ねる。

ぼくのはじめての友人は、水かきがあり、緑色の肌《はだ》にミルクティ色の長い髪《かみ》の毛《け》の、かわった、けれどかっこよくてやさしい男装の女の子だ。

ぼくはそれが、すごく誇《ほこ》らしかった。

冥《めい》が今のぼくを見たら、ぼくよりも誇《ほこ》らしげな顔をしそうだ。

2
迷い留《と》まるカラス

波《は》の季節は、そろそろ終わるだろう。

昨日、日課であるメメリとのお茶の時間に、そう言われた。

「まだまだ寒いけど、本当にマシになるのかな」

いつものように、バルコニーから外を眺《なが》めて呟《つぶや》く。吐《は》き出《だ》した息は相変わらず真っ白に染まる。

でも。

それよりもはるかに白い景色が目の前に広がっている。

「そういえば雪は降ってないな」

ふと気づいて空を見上げると、大きな太陽が雪を照らしている。薄《うす》い雲の膜《まく》の向こう側から、ぼんやりと。

この世界にやってきて六十七日、約二ヶ月が経《た》っている。

とはいえ、この国では一ヶ月という数え方はせずに、月と星の位置を見て季節を判断するらしい。真っ暗な夜、なおかつ四六時中分厚い雲に覆《おお》われている空は、ぼくの目にはなにも見えない。

けれど〝じゃない者〟の中には夜目が利《き》く者は多いようで、実際、メメリは敏感《びんかん》に季節の変化を空の様子から読み取っていた。いったい、なにがどう見えているのかさっぱりわからないが。

この世界にきて、ぼくはほとんどの時間を城の中で過ごしている。

一度だけマントを羽織り、数人の〝じゃない者〟である兵士とメメリとともに城の外に出かけた。雪が地面を覆《おお》っていて、外を出歩いている者は少なかった。この国でもっとも大きな市場だという場所も、閑散《かんさん》としていた。

けれど。

――『メメリさま』

――『こんな日になにを出歩いてるんすか』

――『まだまだ寒いんですから、体調に気をつけてくださいね』

ときどきすれ違《ちが》う者はみんな、気さくにメメリに話しかけてきた。

にこやかな笑顔《えがお》に、貧しくてもこの国のあたたかさを感じる。

出会う者はさまざまな種族の〝じゃない者〟で、その中にはときおり〝ひと者〟もいた。みんな寒い季節に疲《つか》れを滲《にじ》ませていたけれど、お互《たが》いを思いやり、励《はげ》まし合って生きているように見えた。

相手がどんな容姿でも、自分と異なる種族でも、気にせずに。

「凡《ぼん》が楽しみだな」

自然と、頬《ほお》が緩《ゆる》む。

「またそちらにいらっしゃるんですか」

チックスの声がして振《ふ》り返《かえ》る。

侍女《じじょ》という立場なので、ぼくに対するチックスの口調も態度もかたいが、

「その毛皮、ぼくの？」

「クリさまはご自身のお体が弱い自覚が、あまりないようなので」

「自覚はあるけど」

軽口を言い合えるような関係になった。手にしていた毛皮のマントを、チックスがぼくの肩《かた》にかけてくれる。

チックスは駆《か》る者という種族らしく、走るのが速いことから、侍女兼護《じじょけん》衛としてぼくの世話をメメリに任されたそうだ。いざとなると、ぼくを担《かつ》いで逃《に》げてくれるのだろう。ちなみに爪《つめ》のような指でなんでもこなす器用さは、種族の特徴《とくちょう》ではなく、チックスだからだ。

メメリには、別の優秀《ゆうしゅう》な侍女《じじょ》がつくことになったのだという。

出会ってしばらくのあいだ、チックスが内心ではなにを考えているのかさっぱり読めず、接するのに緊張《きんちょう》していた。けれど、次第に彼女《かのじょ》は表情を顔に出すのが苦手なだけらしいとわかり、最近では、わずかな仕草や口調から彼女《かのじょ》の気持ちを察することができるようになった。

今ではぼくにとって、しっかり者でやさしい年上のお姉さんのような存在になっている。気が利《き》くところはもちろん、ときどきお母さんのような小言を言うところも。

「また、熱が出てしまいますよ」

「最近はほとんど体調を崩《くず》すことないのに。むしろ、前よりも元気なくらいだよ」

「お医者さまのお薬がよかったのかもしれませんね。翳《かじ》る者の薬は効果がテキメンですから。でも、油断してはいけませんよ。メメリさまも幼い頃《ころ》、同じようなことをおっしゃっては何度も寝《ね》込《こ》んだのですから」

はいはい、と肩《かた》をすくめて部屋の中に戻《もど》った。

チックスの言うように、翳《かじ》る者であるあのモグラの医者の薬はすごい。高熱の場合はさすがに時間がかかるが、ちょっと熱が出たぐらいなら、すぐに治る。飲めば飲むほど、喉《のど》が痛くなったり、扁桃腺《へんとうせん》が腫《は》れたりすることもなくなった。とはいえ、寒さがマシになる、ということはないけれども。

元いた場所でも、ぼくはしょっちゅう風邪《かぜ》を引いていた。

熱で顔を真っ赤にしてベッドで寝《ね》込《こ》んでると、冥《めい》はいつも心配そうに顔を覗《のぞ》き込《こ》んできた。

ひとりで遊びに行けばいいのに、それもしなかった。

冥《めい》は、ぼくのことをいつもいちばんに考えてくれていた。でも、そうされればされるほどに、自分が惨《みじ》めになった。

ここでもぼくは、いつも誰《だれ》かに守られている。

ちょっとでも咳《せき》をすればすぐに医者を呼ばれ、過保護なほどチックスが身の回りの世話をしてくれる。メメリは日に数回ぼくが滞在《たいざい》する部屋にやってきて、退屈《たいくつ》していないか、なにかしたいことはないかと気にかけてくれる。食事やお風呂《ふろ》だって、この国では満足に用意することが難しいはずなのに、不自由なく生活できるようにと手配してくれる。

常に、ぼくのためにと、あれこれ気にかけ、手を尽《つ》くす。

それは、冥《めい》が今までぼくにしてくれていたことだ。

以前はうっとうしいと思っていたこと。

なのに今は、あれこれ手を尽くされることに、毎日感謝している。

そんなこと言えば、きっと冥《めい》は拗《す》ねるだろうな。

でも——安心してくれるような気もする。

「どこに、いるんだろう」

念のために冥《めい》を捜《さが》してくれるとメメリは言った。けれど今のところ、なんの情報も入ってきていないそうだ。

ノーパーヴァとダルデールのあいだには、大きな川が流れている。

ぼくと冥《めい》はほぼ同時に川に落ち、ぼくだけがこの国の川辺で発見された。

だから「きっと冥《めい》は、ぼくが発見された川のその先にいるはずだ」とメメリに伝えた。でも、ぼくは流されてきたわけではなく〝落ちて〟きたのだ。濡《ぬ》れていたのは、おそらく元の世界で川に落ちたからだろう。

じゃあ、冥《めい》は、どこにいるのか。

ぼくと違《ちが》って川に流されていたとしても、川は長く、いくつも枝分かれしている。海やとなりのダルデールまで流されたとしたら、生きている可能性は低い。でも、必ずどこかで生きている。

冥《めい》は、ここにはいないんだろうか。

それならそれで、いい。

その場合、ぼくがいなくなったことを心配して泣いているかもしれないけれど。

大丈夫《だいじょうぶ》だよ、冥《めい》。前よりもずっと息のしやすいこの国に、ぼくはいる。誰《だれ》かに避《さ》けられることも、からかわれることも、そして冥《めい》と比較《ひかく》されることもなく。

「なんてね」

小さく笑《え》みを浮《う》かべる。

梟《ふくろう》の鳴き声が、いつも耳の奥《おく》で響《ひび》いている感覚がする。まるで、冥《めい》を呼んでいるように感じる。実際そうなのだろう。

——冥《めい》は、ここにいる。

いない可能性を考えても、結局はいつも、この結論に達する。

こういうのが、双子《ふたご》の神秘みたいなものなのかな。

「クリさま。あたたかいお茶をどうぞ」

「ありがとう」

ぼんやりと冥《めい》を思い出していると、チックスに呼びかけられた。お礼を言って用意してくれたお茶を手にして体をあたためる。

チックスの淹《い》れてくれるお茶は、いつもあたたかい。

ノーパーヴァは寒さが厳しい国だけど、ぼくの心はいつもぽかぽかしている。

それは、この国で出会った者たちが、やさしくぼくを包《つつ》み込《こ》んでくれるからだ。


お茶を飲んで軽い朝食を食べてから、いつものように書庫に向かった。

ぼくのそばにはふたりの兵士がいる。頭を覆《おお》う被《かぶ》り物《もの》を身につけているため顔はわからず、全身はなにやら頑丈《がんじょう》そうなもので覆《おお》っている。ひとりは一際《ひときわ》背が高く、もうひとりはぼくよりも低いため、おそらくどちらも〝じゃない者〟だろう。そういうのを訊《き》くのはマナー的にどうなのかわからないので、確かめたことはない。

城の中は、元の世界のショッピングモールのように広い。体調が落ち着いてからメメリに案内されたときは驚《おどろ》いたほどだ。高低差のある土地に立っているため、そこらじゅうに階段やスロープがあり、すべてを見回り終える前に、ぼくの体力は底をついた。ぐったりするぼくに、メメリは「病み上《や》《あ》がりだったな」「クリが〝ひと者〟だと失念していた」と言った。

今はもう少しマシになっていると思うけれど……。

のんびりと歩いていると、

「おや、カラスさまではないですか」

と、背後から声をかけられた。

「こんにちは、ブラングさん」

振《ふ》り返《かえ》り、声の主に頭を下げる。ブラングさんは「どうもどうも」と笑った。

ブラングさんは、固い者、と呼ばれる種族で、一見岩のような姿をしている。というか、岩が動いて喋《しゃべ》っている、と言ったほうが正しい。小学校低学年の平均身長くらいの身の丈《み》《たけ》にもかかわらず、体が非常に重いせいで、自分の足で動き回るのは難しいらしい。いつも車椅子《くるま》《い》《す》に乗っている。椅子《い》《す》に車輪がついただけのもので、手元にある棒を回すことで動くようだ。

小さな灰色の目をぼくに向けて、ブラングさんは「まさかカラスさまにお会いできるとは」とうれしそうに体を揺《ゆ》らす。

「カラスさまはやめてくださいよ」

「私なんぞがカラスさまのお名前なんて呼べませんよ」

ふははとブラングさんが笑う。王の最側近のひとりらしいが、ブラングさんは陽気で気さくな性格だ。彼がぼくを〝カラスさま〟と呼ぶのも、ちょっとしたからかいも含《ふく》んでいるのではないかと最近思っている。他の者もぼくを名前で呼ぶことはないのだが、ブラングさんは口調が軽いからそう感じるのだろう。

「今日はどちらに？」

そう言ったのは、ブラングさんのとなりにいた登る者であるキーさんだ。ブラングさん同様にこの国の重要なポジションの者らしい。

性格も見た目もブラングさんとは真逆で、ぼくはキーさんが苦手だ。

ひとに近い体つきだが、胴《どう》が長く、全身が深い茶色の毛に覆《おお》われている。長くて鋭《するど》い爪《つめ》や、狐《きつね》のように細くて吊《つ》り上《あ》がった目が、なんとなく怖《こわ》い。

それ以上に、常に冷ややかな口調が、怖《こわ》い。

「書庫に、行くところです」

つい、体を縮こませてしまう。

もしかすると、キーさんはぼくが本当にカラスなのかと、疑《うたが》っているんじゃないだろうか。

メメリには「キーは誰《だれ》にでもあんな態度だから気にするだけ無駄《むだ》だ」と言われたけれども。

「カラスさまは勤勉ですな。なにもせず、ただただこの国でお過ごしくださるだけでよろしいのに」

「いや、暇《ひま》なだけで……」

ブラングさんに感心したように言われて、恐縮《きょうしゅく》してしまう。訊《き》いてきたのはキーさんなのに、ぼくの答えに反応するのはいつもブラングさんだ。

「ブラングさんとキーさんは、今から話し合いですか？」

「ええ。その前に王と弟王にご挨拶《あいさつ》に行くところです」

ていおう、と言葉を脳内で繰《く》り返《かえ》し、ザリュエさんか、と理解する。

おっとりとした雰囲気で、王の半歩後ろに立っていたザリュエさんを思い出す。

王と同じ緑色の肌をしていて、けれど、王よりも手足が短く、ぬるっとしている気がした。ふたりを見比べると、ザリュエさんのほうが、河童《かっぱ》と呼ぶにふさわしいと思った。

メメリによると、王は、どちらかといえば〝じゃない者〟よりも〝ひと者〟に近い者と考えられているらしい。メメリほどではないが、ひとと似た骨格をしているからだろう。

「カラスさまは――」

「それでは我々は失礼します」

まだ話を続けようとするブラングさんを遮《さえぎ》り、キーさんがぼくに頭を下げた。ブラングさんは
「ああ、もう行かないとな。ではまた」と手を振《ふ》ってキーさんのあとをついていく。

「……あのふたり、仲がいいよね」

去っていくふたりの背中にぽつりと独《ひと》り言《ご》つ。

あんなに性格がまったく違《ちが》うのに、いつもふたりは一緒《いっしょ》だ。似たような格好だし――と思ったけれど、それはふたりに限った話ではない。

この国では、衣類に施《ほどこ》された刺繍《ししゅう》の立派さや装飾品《そうしょくひん》の多さで、品位を表す傾向《けいこう》にある。身分とも言えるけれど、この国で上下を決めるような言い方はよしとされていない。

ぼくの服の刺繍《ししゅう》も、見事なものだ。ただ、アクセサリーはつけていないし、頭に布を巻くのも断っている。髪《かみ》を布でまとめることで、顔の痣《あざ》が露出《ろしゅつ》することを今さら気にしているわけじゃない。長年長い前髪《まえがみ》で顔を隠《かく》してきたから、このままのほうが落ち着くだけだ。

再び前を向いて歩きはじめると、正面から、マントをまとった〝ひと者〟である召使《めしつか》いがやってきた。そのひとは数メートル手前で立ち止まると、片腕《かたうで》を上げながら頭を下げ、道を開けるように壁際《かべぎわ》に身を寄せる。

カラスである自分に敬意を表してくれているのだろう。ぼくはぺこりと会釈《えしゃく》して、その前をそ

そくさと通り過ぎる。敬われるのは、まだ慣れない。

城内には多くの召使《めしつか》いがいる。そのほとんどが、〝ひと者〟だ。逆に言えば、召使《めしつか》い以外で〝ひと者〟はほとんどいない。

ブラングさんとキーさんのように、国にとって重要な役職に就《つ》いているのも、十数人中、全員が〝じゃない者〟だった。カラスとして挨拶《あいさつ》をしたとき、多くの〝じゃない者〟に囲まれたのは、さすがに恐怖《きょうふ》を感じたほどだ。

この国では〝ひと者〟が少数派なのもあるのかもしれないが、もしかして〝ひと者〟は差別されているのだろうかと不安になった。けれど、メメリとチックスの説明いわく、「そんなことはない」そうだ。というのも、召使《めしつか》いのように満遍《まんべん》なくそつなくさまざまなことをこなす必要がある職では〝ひと者〟が重宝される。それは城に限らず、市井《しせい》でも同じなのだとか。

なるほど、と思うと同時に、召使《めしつか》いとしてしか働く術《すべ》がないということなのでは、という気もしないでもない。

勘《かん》ぐりすぎかな。得手不得手、適材適所、と言われたらそれまでだ。

「にしても、本当に多種多様だなあ……」

会う者会う者、みんな種族が違《ちが》うし、同じ種族でも、メメリと王のように見た目に大きな違《ちが》いがあったりもする。

いったいこの国には、どれほどの種族がいるんだろう。

チックスが言うには種族によっては他種族との接触《せっしょく》をきらう者もいるらしく、生態や正しい名《めい》称《しょう》がわかっていない者も多いのだとか。

その最たるものが、羽の者らしい。

そして、カラスの言い伝えを広めたという〝伝神師《でんしんし》〟という存在もまた、不確かなことが多い。

いつからいるのか、どこにいるのか、羽の者の中の特定の種族がその役割を負っているとされているが、そもそも、羽の者にどんな種族がいるのかすら、記されている本がない。

確かなのは「伝神師《でんしんし》はいる」ということだけ。

いい加減なのか、正直なのか、わからない。

見る本によって、種族の分別や説明も、微妙《びみょう》に違《ちが》っているし。ややこしいことこの上ない。っていうか、土の者とか、水の者とか、そういう大きなくくりだけでいいのでは。

「そこまで細分化しなくてもいいのにな」

書庫に入って種族の本を読んでいると、つい口から出た。

「自分たちが何者かが、誇《ほこ》りでもあるからね」

「っ、うわ！　びっくりした！」

背後からメメリが突然《とつぜん》顔を出して声をかけてくる。驚《おどろ》きのあまり声が裏返ってしまった。

「ああ、〝ひと者〟は聴覚《ちょうかく》が弱いのを忘れていたよ。悪い悪い」

「……毎回そう言うけど、本当はぼくが驚《おどろ》くのを楽しんでるだろ」

「バレたか」

ふはは、とメメリが目を細めて笑い、ぼくのとなりに腰《こし》を下ろした。

「仮面を貼《は》りつけた腹黒たちの相手をしていると、素直《すなお》な反応が恋《こい》しくなるんだ」

「話し合いに参加してたのか」

「ああ、もうすぐ波《は》が終わるからね。凡《ぼん》のあいだにすべきことをまとめておかないと、次の波《は》に影響《えいきょう》が出る。ダルデールからの物資頼《だよ》りでは足を掬《すく》われるから、自国でできることはしておかねばならない」

はあーっとメメリがため息を吐《つ》いた。

相当気を張っていたのか、表情には疲《つか》れが浮《う》かんでいる。

メメリの父親である王は、数年——数周前からあまり体調がすぐれず、最近は立ち上がることも難しいようで臥《ふ》せっている。かといって側近たちに仕事を任せっぱなしでは、王族の権威《けんい》にかかわるのだろう。王族直系のメメリが代理の王として業務をこなし、自分よりもはるかに年上の大人を相手にしている。

そしてもちろん、側近たちは、そう簡単にまだ子どものメメリを認めない。話し合いはいつも化かし合いのような殺伐《さつばつ》とした雰囲気《ふんいき》になるのだとか。

それでも、対話ができるだけマシだとメメリは言う。

以前は会話についていくことができず、ずいぶん下に見られたそうだ。「我々に任せていただければいいんですよ」と言われたこともあったらしい。

メメリは、理解ができなくても、なにを言われても、頑《かたく》なに参加し続けた。

側近たちを信用していないわけではない。けれど、一度でも国政を委ねてしまえば、王の亡《な》きあと、半端者《はんぱもの》でなおかつ女のメメリは臣下に軽《かろ》んじられ傀儡《かいらい》にされる可能性もある。なにより王族の一員として、国や民《たみ》のことをなにも知らずに漫然《まんぜん》と暮らすわけにはいかない、という想《おも》いがあったそうだ。

本当にメメリはぼくと同い年なんだろうか。

年を教えてもらったときも驚《おどろ》いたが、今もまだ信じられない。

立場によるものもあるだろうが、メメリにはそれだけではない、まっすぐで強い輝《かがや》きがある。常に正しくあろうとする姿勢は冥《めい》と同じなのに、確かな説得力と覚悟《かくご》を感じる。

けれど。だからこそ。

「クリが現れる以前は、自分がどうやって肩《かた》の力を抜《ぬ》いていたのか思い出せないよ」

そう言って安心し切ったように目尻《めじり》を下げるメメリを見ると、胸があたたかくなる。

「ここ数周、波《は》の時季に子どもたちが姿を消す事件が多発しているという訴《うった》えが来ているのに、進展はないし……まったく、いやになる」

「誘拐《ゆうかい》？」

「それもわからない。毎周、幾《いく》人かは行方《ゆくえ》知れずにはなるからな。ここ数周、数が増えているのでキーに調査を頼《たの》んでいるのだが、訴《うった》えてこない者もいて、正確な人数も状況も不明だ。彼《かれ》の見解では波《は》の季節に力《ちから》尽《つ》きて雪に埋《う》もれたのではないか、と」

なるほど。雪に埋《う》もれたら、見つけるのは至難の業《わざ》だろう。

でも、雪は凡《ぼん》になれば溶《と》ける。

「その……見つかった者は、いるの？」

「死体のことか？」

ぼくが敢《あ》えて口にできなかった単語を、メメリは平然と言う。

「毎周いくつかは見つかるが、僅《わず》かだ。ほとんど雪解けしない場所もあるし、野生動物に喰《く》われてしまえば、なにも残らないからな」

「なんで……そんな危険な波《は》の時季に、外に？」

「貧しいからだ。特に〝じゃない者〟は〝ひと者〟より体が丈夫《じょうぶ》なのもあるから、必要に駆《か》られれば、どれだけ寒くとも、雪が降っていようと、外に出ることは多い。おそらく〝ひと者〟も、そうしなければならないほど、飢《う》えていたのだろう。無謀《むぼう》すぎるが」

そういうことか。

極寒《ごっかん》の中で息絶えるなんて、想像するだけで胸が苦しくなる。

「ただ、〝ひと者〟よりも〝じゃない者〟のほうが多くなっているのが気になるな」

以前は、ほとんどが〝ひと者〟だったらしい。それは、体が弱いからだろう。おそらく、子どもばかりがいなくなるのも、同じ理由だ。

「なんにせよ、貧しくなければ、民《たみ》はそんなことせずに安心して過ごせるようになるはずだ。そのためにも、なにかこの国だけの強みがあればいいんだが。ダルデールの〝ひと者〟が欲《ほっ》するようななにかがノーパーヴァにあれば、今よりも強気に……せめて対等に交渉《こうしょう》ができるのにな」

はあっとメメリが項垂《うなだ》れる。

この国は、ぼくが思っていた以上に厳しい土地だった。

凡《ぼん》のあいだにできるだけ備蓄《びちく》をし、波《は》をやり過ごす。生まれてから死ぬまで、その繰《く》り返《かえ》しでみんななんとか暮らしているのだという。そして、どれだけ頑張《がんば》っても、蓄《たくわ》えは増えず、親も子も孫も暮らしぶりは貧しいまま。それどころか、年々、悪化しているらしい。

ダルデールからの物資でなんとか生きながらえている状態で、メメリはそれをなんとかしたいと口癖《くちぐせ》のように言っている。

よく食べられる、豆や肉、野菜などは、七割以上がダルデール頼《だの》みだ。

この国で得られる食料は、凡《ぼん》のあいだ山岳《さんがく》を駆《か》け回《まわ》る数種類の動物の肉、そして岩と岩のあいだに生える植物、数は少ないもののなんとかこの地で育つ豆などだ。そのわずかな実りも、ダルデールから高額な物資を得るために半分以上を輸出するため、自国の生産性を上げるための投資に回せない状況《じょうきょう》だという。

土地の広さに対して生きていける場所が限りなく少ないのも問題だろう。閉鎖的《へいさてき》な種族も多く、なかなか国としてすべてを管理できないことも理由にありそうだ。

「せめてダルデールに魚を食う習慣があればな。いや……それも無理か。あちらは波《は》になると寒さで海が凍《こお》るノーパーヴァと違《ちが》って、年中漁ができるだろうからな」

「ダルデールって魚は食べないの？」

「あいつらは見下す場所にあるものを好まない。自分たちが神と同等だと思っているから。私たちは神とそれ以外、という考えだが、ダルデールの〝ひと者〟は、自分たちとそれ以外、という考えだ」

なるほど。

おそらく、魚を食べずとも食料に困ることがないから余計だろう。

ふたつの国は元がひとつなだけあって、空は神のもの、という宗教観こそ同じように根付いているが、自分たちの立ち位置に対する考え方が大きく異なるらしい。

相容《あいい》れない思考なのか、メメリの口調には、ダルデールへの嫌悪感《けんおかん》が滲《にじ》んでいた。

食料かあ。元の世界の寒い地域では、みんなどうしていたんだろう。

こんなことならもっと社会の勉強をしておけばよかった。

この世界に似ている植物があっても同じなわけではない。それでもなにかしらのヒントを得ることができたかもしれない。

「この気候でも育つよう植物を品種改良するとか？」

「祖父の代から何年もかけてだいぶマシになったけど、まだまだ安定しないな」

「ダルデールから生き物そのものを仕入れて家畜《かちく》にするとかは？」

「何度かやってみたが、寒さと餌《えさ》不足で労力に見合った結果は得られないって感じだな」

そりゃそうか。

中学生のぼくに考えつくことなんか、これまで散々試《ため》してきたよなあ。

勉強はできるほうだったけれど、しょせん中学生。この程度だ。

「ごめん」

「なんでクリが謝《あやま》るんだ」

ははっとメメリが笑った。

この部屋に訪《おとず》れたときよりもだいぶ明るい表情になったことに安堵《あんど》する。

ぼくにできるのは、この国を継《つ》ぐ者として国のことを四六時中考えているメメリに、しょうもないことを言って笑ってもらうことくらいだ。

しばらくすると、メメリの侍従《じじゅう》のアルがやってきた。キーさんの親戚《しんせき》だという彼《かれ》は、キーさん同様に背が高く、鋭《するど》い目つきをしている。口数が少なくてなにを考えているのかわかりにくいところがあるが、メメリが言うには「お世辞も言わない」「正直者」で、「とても有能」なんだとか。

彼《かれ》はぼくと目を合わせると、いつも目元を隠《かく》す挨拶《あいさつ》をしてくれる。敬ってほしいわけじゃないけれど、ぼくに敵意がないようで、ほっとする。メメリのそばにいる者には、あまり悪い印象を持たれたくないから。

「ああ、仕事か」

アルの姿を見て、メメリがため息を吐《つ》き立ち上がった。ぼくも部屋に戻ることにして数冊の本を抱えてついていく。アルはメメリを呼びに来ただけのようで、すぐに立ち去った。

「クリ、なにか困っていることはないか？」

「なにもないよ。よくしてもらいすぎてるくらいだって、何度も言ってるだろ。じゅうぶんだよ」

「クリはなんでも自分でしようとするから、本当か疑わしい」

ぼくが自分でしていることなんか、わずかだ。自分でお風呂《ふろ》に入るとか、身支度《みじたく》を自分で整えるとか、自分で書庫まで行って本を持ってくるとか。最低限のことだけだ。

チックスをはじめとするそばにいる者たちは、ぼくが手伝いを断ると困った顔をする。だから、お茶と食事の用意だけはお願いしているけれど、正直それもやり方を覚えて自分でしたいと思っている。

でないと、罪悪感で胸が押《お》しつぶされそうになる。

この国では、みんな「カラスがここにいる」だけで満足で、ぼくになにかすることを望んだりはしない。むしろ、体調を崩《くず》すようなことはなにもしてほしくないから、城内の一室でひっそりと過ごすことを望んでいる。

それに反対したのがメメリだった。

カラスであろうと、行動を制限すべきではない。迫害《はくがい》されてきた歴史を持つノーパーヴァの民《たみ》が、誰《だれ》かやなにかを私利私欲のためにぞんざいに扱《あつか》うのか。そんなことは絶対に認めない。そう啖呵《たんか》を切ったそうだ。

その結果、ぼくはこの城の中で自由に過ごせることになった。

波《は》が終わり凡《ぼん》の季節になれば、民《たみ》にもカラスの到来《とうらい》を正式に公表し、ぼくが城の外を自由に散策できるようにしてくれるそうだ。

それを教えてくれたのは、キーさんだった。キーさんは不満を抱《いだ》いているように見えたけれども。

にもかかわらず、メメリはぼくに「すまない」と頭を下げた。それは、凡《ぼん》になれば、ぼくはカラスとして、救国の象徴《しょうちょう》として、民《たみ》の前に出なければいけないからだ。おそらく、ぼくが城内で動き回るならば、それなりの活動をすべきだとまわりに言われたのだろう。

民《たみ》がクリの顔を知ることになる。クリはそれを望まないかもしれないが。勝手に決めて申し訳ない。メメリはそう言った。

気にしなくてもいいのに。

ぼくのほうが、メメリに迷惑《めいわく》をかけているのに。

ぼくにできることがあるなら、それがメメリの、この国のためになるなら、ぼくはまったく気にしない。いずれメメリが王になるのなら、なおさらだ。

なんなら、もっとできることがあればいいのに、と思う。

カラスでないにしても。

いや、カラスじゃないから、カラスのふりをする、くらいしかできることがない。

今、本当のカラスである冥《めい》が現れたら、ぼくは、こんなふうにみんなにやさしくしてもらえないはずだ。

みんながぼくを見限る前に、ぼくはぼくにできることを見つけなければ。

ひとつでも、自分でできることを増やさなければ。せめて、自分のことは自分で。

──『なんでなにも言わなかったの！』

──『涅《くり》はなんでそんなに自信がないの』

ふと蘇《よみがえ》った冥《めい》の声が、ぼくの背中を思い切り叩《たた》くような衝撃《しょうげき》を与《あた》えてくる。

──『涅《くり》のものを勝手に自分のものにしないで！』

──『それは涅《くり》のもの！　涅《くり》だけのもの！』

昔、ぼくの自由研究をまとめたノートを同級生に奪《うば》われ、名前を書《か》き替《か》えて先生に提出されたことがあった。そのことに、ぼくはなんとも思わなかった。どうでもよかった。いつものことだった。

でも冥《めい》は、そのことを知るや否《いな》や声を荒《あら》らげて同級生に突《つ》っかかった。

あのときは「余計なことしなくていいのに」「冥《めい》には関係ないことなのに」「言ったところで返してもらえないし」と思った。

なんでそんなに自信がないのかって言われても、ないものはないのだから仕方ないじゃないか、嫌《いや》みだな、と感じていた。もっと頑張《がんば》れってことかと、イライラした。

でも。

あれは「自信を持っていい」「なんでわたしに相談しなかったの」「どうして先生に言わなかっ

たの」という意味だったのかもしれない。

もしもぼくがすぐに冥《めい》に自由研究のノートを奪《うば》われたことを伝えていたら、冥《めい》は同級生に突《つ》っかかることはなかっただろう。大人の協力を得て、もう少し穏便《おんびん》に済ませることができたはずだ。

冥《めい》と比較《ひかく》されることに嫌気《いやけ》が差していたことも、前々から冥《めい》や両親に本音をぶつけていたら、なにかがかわっていた可能性もある。

……今となってはわからない。

ぼくは冥《めい》のように積極的ではないし、前向きでもない。だからいい結果になるとは言い切れないし、今のぼくに自信が持てるはずもない。

でも、これからのことなら。

ぼくの部屋の前に着いて、「じゃあ、また」と言ってメメリが背を向けた。

ドアがわりの布をくぐって中に入り、テーブルに持ってきた本を置く。そして、きれいに畳《たた》まれているぼくの制服に近づいた。

ここで、一度も袖《そで》を通していない服だ。その中に、冥《めい》のスカーフがある。

何度も手にして、何度も元の場所に戻《もど》したスカーフは、冥《めい》をイメージして、ぼくが選んだ色だからか、触《ふ》れるとすぐに冥《めい》が浮《う》かぶ。

——『明日をいい日にしようと、努力くらいしたら？』

うんざりするほど繰《く》り返《かえ》し言われてきた、冥《めい》の正論。

努力していないわけじゃない。でも、努力していたわけでもない。

——『涅《くり》がよくてもわたしがいやなの！』

今のぼくを見たら、冥《めい》は同じようなことを言うだろう。

これまで、ぼくは毎日文字を学んで本を読もうとしていた。その甲斐《かい》あって、かなり上達したと思う。けれど、独学なので専門書や資料は読み解くのが難しく、行《ゆ》き詰《づ》まることが多い。この調子では、ぼくがこの国のことをちゃんと理解するには何年もかかってしまう。

この世界の知識をつけて、自分にできることを見つけようと思った。今も、その気持ちはかわらない。

今の〝なにもできない〟ぼくに、もっとできることがあるんだろうか。

冥《めい》なら、どうする？

——『涅《くり》は体も弱くって運動神経も悪くって、ひととうまく話せないよね。でも、勉強はできるし、たくさんの言葉を知ってる。なにより、まわりをよく見てる』

——『そんなの誰《だれ》だってできるじゃん』

——『みんなができてるかどうかは関係なくない？　少なくとも、わたしは勉強できないし。涅《くり》ほど言葉を知らない。でも、そのかわりわたしは自分の気持ちを伝えることを諦《あきら》めないし、勉強は苦手でも頑張《がんば》るよ。わたしは今自分にできることをするの』

きっと――。

スカーフをぎゅっと握《にぎ》りしめて、踵《きびす》を返し部屋を飛び出した。

「メメリ！」

去っていくメメリの背中に呼びかける。

「メメリ、ぼくに、文字を教えてくれないか」

冥《めい》ならきっと、勇気を出して誰《だれ》かに助けてほしいと、手を伸《の》ばすだろう。

できないことを諦《あきら》めるのではなく、できないことをできるようになるために、今自分にできることを探すから。

ぼくを見たメメリは、ちょっと驚《おどろ》いた顔をしてから、

「もちろん」

と答えてくれた。

+++――――――――+++

自由。

この国を一言で表すならば、ぼくはその言葉を選ぶ。

ノーパーヴァでは、誰《だれ》もが自由だった。多種多様な姿形をしている種族ばかりだからこそ、自分と他人を決して同じ土俵に上げて比較《ひかく》することがない。

肌《はだ》の色が違《ちが》ったところで、そういうもの。

得意なことが違《ちが》っていても、当たり前のこと。

考え方や常識でさえ、そういう感じなんだーと聞き流せるくらいのこと。

そのおかげか、貧しい国でありながらも、城の外に住んでいる民《たみ》は思ったよりも悲愴《ひそう》な顔はしていなかった。ただ必死に、自分たちの日々を過ごしている。

同時に、自由はとても面倒《めんどう》なことでもあった。

「……また、穴の者が出てこないの？」

執務室《しつむしつ》で項垂《うなだ》れるメメリを見て、ぼくはすぐになにがあったのかを察する。なんせここ最近、メメリはそのことで途方《とほう》に暮れてばかりいるからだ。

「国のためだと頼《たの》んではいるんだが」

顔を上げてメメリがため息を吐《つ》いた。

――すべての者が、自由であるべき。

それが、この国の考え方で、メメリの確固たる信念でもある。

でも、ぼくにはたまに、自由ってワガママと似ているんだなと思うときがある。

メメリの部屋にある書類の束を手にして、中身を確信しながらぼくは肩《かた》をすくめた。最初はさっぱりわからなかった文字の羅列《られつ》も、今ではもう、すらすらと読めるようになっている。そこに書かれているのは、穴の者が住まう岩の奥深《おくふか》くに眠《ねむ》っているという、珍《めずら》しい鉱石の調査内容だ。

ぼくがこの世界にやってきて、一周半になる。

文字を教えてほしいとお願いしたとき、メメリは「私が教えるよりも専門的な者に習ったほうがいいはずだ」と〝ひと者〟の教師を呼んでくれた。

五十代くらいに見えるそのひとがまだ三十代だと知って驚《おどろ》いたけれど、それ以上に驚《おどろ》いたのはそのひとの知識量だった。彼は文字だけではなく、この国のことなら訊《き》けばなんでも教えてくれた。

その周の波《は》が終わる頃《ころ》には文字の読み書きができるようになり、他にも様々なことを学ぶことができた。先生――ワイズル先生に「カラスさまは優秀《ゆうしゅう》だ」と言われたときは、うれしくなった。

そして、はじめての凡《ぼん》で、ぼくはカラスとして、人前に出た。

なにかをしたわけではないし、なにかを求められることもない。黒い制服を着て、黒い瞳《ひとみ》と黒い髪《かみ》をさらし、まるで銅像のように広場に立《た》ち尽《つ》くしていただけだ。

普段《ふだん》は市場と呼べるほど賑《にぎ》わっているわけでもない場所に、その日は、多くの者が集まった。

ありがとうございます、と感謝する者が目の前にいる。

これでこの国で生きやすくなる、と目を輝《かがや》かせる者もいた。

でもみんな、ぼくではなく空を見ていた。

カラスという存在をこの国に落とした神だけを、見ていた。

カラスがぼくである意味は、なにもない。

ここにいるのがぼくじゃなくて冥《めい》だったら、どうなっていたのかな。なんて、今なお行方《ゆくえ》知れずの冥《めい》のことを、ことあるごとに考えてしまう。

そんなうじうじした思考を振《ふ》り払《はら》うためにも、より一層、ぼくはこの国でぼくにできることを探すために学び続けた。この国の歴史、地形、気候などをひたすら学び、頭に入れた。護衛を連れてではあるが、カラスだということを隠《かく》して城をこっそり出て、市場を歩いたこともある。メリにもらったお小遣《こづか》いでだけれど、買い物だってした。そうすることで、よりこの国を理解できると思ったからだ。

二度目の波《は》を過ごすあいだには、この国の話し合いに参加させてもらえた。

はじめこそ、救国の象徴《しょうちょう》でしかないぼくが参加することを、小馬鹿《こばか》にする者もいた。キーさんは、あからさまに「お前なんかが役に立つのか」と言いたげな訝《いぶか》しむ目をしていた。

会話についていくだけでも大変だった。でも、次第《しだい》にぼくは自分の意見や元の世界の知識を参考に新たな提案をできるようになった。

もともとぼくは、調べるのが好きだったこともある。そこにぼくが持ってる知識と〝じゃない者〟たちの生活の知恵《ちえ》を組み合わせることで、いくつかのことに気づいた。

とある石を熱しておけばカイロのようになることとか、とある魚を乾燥《かんそう》させると日持ちがするとか、文字を書くのに使用していた細い岩のカケラは、溶《と》かすことでインクになることとか。

今では、城に出入りするキーさんたちをはじめとした〝じゃない者〟にも、多少認めてもらえている、と思う。助言やアイデアを求められることもあるし、メメリと国政に関する話をすることも増えた。

でも、この国に深く関われば関わるほど、この国の自由はやっかいなものだと思わずにはいられない。

部屋の隅《すみ》でメメリの仕事を手伝っているアルは、「難しいのはわかっていたことではないですか」と素っ気なく言う。頭ごなしに反対したり無理だと切り捨てたりはしないし、最近はぼくの話にも忌憚《きたん》のない意見をくれるので、頼《たよ》りになる存在だ。

「そうだけど」

アルに向かってメメリが顔を顰《しか》めていると、

「いるかい？」

という声とともに、壁《かべ》を叩《たた》く音がした。

振《ふ》り返《かえ》ると、入り口を塞《ふさ》ぐ布の端《はし》から、華《はな》やかな刺繍《ししゅう》が施《ほどこ》されているズボンの裾《すそ》が見える。メメリもそれに気づいて「もちろん」と返事をした。

「やあ。カラス殿《どの》もいたのですね」

現れたのは弟王であるザリュエさんだ。アルは、頭を下げて部屋から出ていった。侍従《じじゅう》は、身分の高い者の会話にまじってはいけないのだと知ったのは、最近だ。

全身がざらざらで濡《ぬ》れそぼっているザリュエさんは、水に濡《ぬ》れた爬虫類《はちゅうるい》のようだといつも思う。身長は王よりもやや低いが、体つきががっしりしているため、たくましさがある。

王とザリュエさんは、当然、メメリと血縁《けつえん》関係だ。

にもかかわらず、なんでメメリだけがこんなに違《ちが》うんだろう。

亡《な》くなったという母親が〝ひと者〟なのだろうか。この国では、異種族と家族になることはほとんどないと、ワイズル先生が言っていたけれど。

ただ、自分の見た目にコンプレックスを抱《いだ》いているらしいメメリに、それを訊《き》くのは憚《はばか》られるので、真実はわからない。

「メメリはお疲《つか》れのようだね」

ザリュエさんは心配そうに言った。

「いや、大丈夫《だいじょうぶ》だ。どれも王族が背負うべき責務だし、なにより、今は父上に相談することもできる。叔父《おじ》上たちもいてくれる」

メメリは首を振《ふ》って答える。

王は徐々《じょじょ》に体調を悪化させていて、今ではほとんど自室から出てこなくなっている。長らく王の代理を務めているメメリは、民《たみ》たちにとってはすでに王として見られている。つまり、メメリが国を治めていることは周知の事実なのだ。

ただ、今でも王に仕えていた者たちの中には、メメリに厳しくあたる者もいる。

「それに、私のそばにはクリもいるしな」

メメリはぼくに視線を向けて、目を細めた。

「そうか。たしかに救世主であるカラス殿《どの》がいてくれるのだから、これほど頼《たの》もしいことはないな。本当に、ありがたい」

「いや、ぼくなんか全然……」

「カラス殿《どの》はいつも謙遜《けんそん》される」

ふはは、とザリュエさんが笑ってぼくの肩《かた》に手を置く。ぬっとりしているわけじゃないのに、いつも一瞬《いっしゅん》体が強張《こわば》る。

「で、何用か」

「いや、例の鉱石の件はどうなったかと」

ああ、とメメリとぼくは同時に声を漏《も》らした。

「あの鉱石があれば、この国の重要な資源になるとカラス殿《どの》が証明してくれた。けれどあそこは穴の者の場所でもある。難儀《なんぎ》しているんじゃないのか」

「そのとおりだ」

メメリはぼくと目を合わせて頷《うなず》いた。

穴の者が棲家《すみか》としている、山岳《さんがく》の岩と岩のあいだに、ぼくが求めている鉱石がまじった岩石がある。

見つけたのは、偶然《ぐうぜん》だった。

穴の者たちは、棲家《すみか》を拡張するために岩石を掘《ほ》り出《だ》すのだが、その岩石の中に、ときおり透明《とうめい》の液体がまじっているものがあった。穴の者はきれいだからという理由で飾《かざ》ったりアクセサリーにしたりしていて、ぼくが民《たみ》の前に出てきたとき、「カラスさまに」と大量に献上《けんじょう》してきたのだ。

そういえば元の国でも、金はこんなふうに岩に溶《と》け込《こ》んでいたんじゃなかったっけ、と思い出し、興味本位で溶《と》かしてみた。そして取り出した液体にいろんな実験をした。

火をつけたり、凍《こお》らせてみたり、再び固めたり。途中《とちゅう》からワイズル先生や他の学者らしい者にも協力を仰《あお》いだ。

その結果、寒さにも暑さにも強かったうえに、驚《おどろ》くほど軽量ということがわかった。あれは、活用方法が無数にある。

「どれだけ国のためになると言っても、穴の者には関係のない話だ。家を荒《あ》らされることになるのだから、そう簡単に受け入れられないのは当然だ。納得《なっとく》させないまま無理やり追い出す真似《まね》は、したくない」

「だろうねえ。我々の祖先は棲家《すみか》を追い出されてここにやってきた。だから、この国ではみなが安全に自由に住まうことができなければならない」

鉱石の研究結果とぼくの活用方法の提案を出したときに、散々言われたことだ。話し合いに参加していた者たちのほとんどが、難色を示した。

それでもこの国のためになるならば、とメメリが説得をしてまわり、その熱意に絆《ほだ》されるかたちでザリュエさんは鉱石採集の試みを応援《おうえん》してくれるようになった。

ただ、今のところ、足踏《あしぶ》み状態だ。

困った様子のメメリに、内心ぼくは思う。

権力があるのだからそれを使えばいいのに、と。

それをやんわりと伝えたことはあるけれど、メメリは「穴の者もノーパーヴァの民《たみ》だ。なんの罪もない民《たみ》の暮らしを、王族が壊《こわ》すことはできない」と首を振《ふ》るだけだった。

メメリはこの国の王族として、道を踏《ふ》み外《はず》さず、正しい姿であろうとしている。

苦悩《くのう》が滲《にじ》んでいるのは、ぼくのように多少は実力行使の考えも、ないわけではないからなんじゃないかなあ、と思うんだけど。

もちろん、国のトップは残忍《ざんにん》な者よりも、慈悲深《じひぶか》く公平な者のほうが、民《たみ》は安心して暮らせるだろう。

それに、この国に来て一年半——一周半のぼくでも、穴の者の気持ちはわかる。

誰《だれ》だって、他人の幸福のために家を明《あ》け渡《わた》せと言われて素直《すなお》に従うわけがない。

でも、穴の者が我慢《がまん》してくれたら、ノーパーヴァは今より過ごしやすい国になるはずだ。気候はかわらなくとも、それを凌《しの》げるようになるかもしれない。金銭面や食糧面《しょくりょうめん》でだって、改善されていくかもしれない。

大きな利益や幸福を得られることがわかっている以上、わずかな犠牲《ぎせい》はやむなし——むしろ、この程度の犠牲《ぎせい》で済むなら儲《もう》けものだと考えるのが一般的《いっぱんてき》なのではないだろうか。

それでも、メメリはそれを選ばない。

百人が幸福になっても、そのせいでひとりが不幸になるなら、それは自由を追い求めるこの国では、決して選んではいけない手段だと。

そんなメメリだから、穴の者を無理やり追い出すようなことはしなかった。交渉《こうしょう》の姿勢を貫《つらぬ》き、「安全な別の寝床《ねどこ》を用意するから、そちらに移ってほしい。移動にあたって、他に望みがあるなら教えてほしい」と丁寧《ていねい》な書面を送ったのだ。

しかし、穴の者はそれらの書面をすべて無視し、穴に居座《いすわ》っている。

あの穴の中でなければ生きていけない種族というわけでもないのに。

話し合いに応じないのは、ただの怠慢《たいまん》か、ワガママだ。話し合いを放棄《ほうき》した相手に、丁重に付き合う必要はない。王族の権限で、強制的に立《た》ち退《の》かせればいい。

この件だけじゃない。

ダルデールに売れる民芸品も、各々《おのおの》が作ったものなので、数が少ない。ならば民《たみ》を集めてより多く作れる仕組みにしたらどうかと提案したことがある。しかし、それは種族によっての生活を無理やりかえさせて労働させることになるという理由で反対された。

どうやら〝じゃない者〟たちは他人になにかを強要されるのがいやらしい。民《たみ》は特に。

そんなことを言っている場合じゃないだろ。国のために働けよ。なにもしないくせに国に文句を言うなよ。波《は》になるたびに食料を国に求めるくせに。

そんなふうに考えてしまうぼくは、おかしいのかもしれない。

冥《めい》ならきっと、もうちょっと平和的な考えをするんだろう。時間をかけてでも、みんなが納得《なっとく》できるように、誰《だれ》かを傷つけてしまわないように。

メメリも、それを理想としている。

ただ、ぼくは思う。綺麗事《きれいごと》だけでうまくいくはずがない、と。

ここで過ごすうちに、そしてこの国のことを考えれば考えるほどに、ぼくは改めて実感する。冥《めい》が口にしていたことは、綺麗事《きれいごと》以外のなんでもないことだと。

それを、ぼくはメメリに言わないけれど。

理由は、綺麗事《きれいごと》であっても、その方法でうまくいくことがいちばんいいとわかっているからだ。そうできるなら、そのほうがいい。なにより、メメリがそれを望んでいる。ぼくと同じように、このままでは無理なんじゃないかという思いを抱《かか》えながらも。

「あまり力みすぎないようにな。メメリは直系の王族なんだ、自信を持って焦《あせ》らずにやればいい。兄上――王も心配している」

「……だといいけれど」

「王は厳しいが、それはメメリに期待しているからだ。メメリには私も、カラス殿《どの》という頼《たの》もしい存在もいるのだから、大丈夫《だいじょうぶ》だよ」

ぽんっとザリュエさんがメメリの肩《かた》に手を置いた。

「ゆっくり休めるお茶を持ってきたから。お気に入りだっただろう？　それを寝《ね》る前にでも飲んでちゃんと寝《ね》るようにな。なにかあればいつでも頼《たよ》ってくれ」

メメリは力無く微笑《ほほえ》んで「ありがとう」と頷《うなず》く。

「苦みの少ない別のお茶も持ってきているから、カラス殿《どの》はぜひそれを飲んでくれ」

「ありがとうございます」

ザリュエさんはにっと笑って「じゃあ」と部屋から出ていった。

ザリュエさんが持ってきてくれたお茶は、ノーパーヴァ産のクセのあるお茶ではなく、ダルデール産の貴重なものだ。メメリにはリラックス効果があるらしい苦みのあるもので、〝じゃない者〟よりも味覚に敏感《びんかん》な〝ひと者〟のぼくには、ハーブティのような、爽《さわ》やかで飲みやすいお茶を、こうしてよく差し入れしてくれる。

細やかな気遣《きづか》いが、すごい。

「あー、疲《つか》れるなあ。父上も体を壊《こわ》すわけだ」

メメリはふうっとため息を吐《つ》いて項垂《うなだ》れた。

王が人前に出なくなってから、メメリの顔の疲労《ひろう》の色は日に日に濃《こ》くなっている。このままではメメリも体を壊《こわ》しそうだ。この世界でも若いと思われる王の健康を奪《うば》うほど、この国の経済状《じょう》況《きょう》はひどい。

隣国《りんごく》のダルデールはどうしているのだろう。

豊かな国、というのはわかっているけれど、ノーパーヴァしか知らないぼくにはいまいち想像ができない。

「ダルデールについての情報が、もう少し欲しいね」

「それは厳しい話だな。なんせダルデールにとってノーパーヴァは、今も罪人の国だ。〝じゃない者〟にも厳しいと聞く。あちらの王は我々にも姿を見せることがない」

「徹底《てってい》してるなあ」

となりにあるのに出入国は認められておらず、数日に一度の物資の交換《こうかん》でしか接点がないのも、なかなかだ。お互いに、自国のことは極力隠し警戒しあっているのだ。

──ダルデールに、冥《めい》がいればいいのに。

冥《めい》なら、きっと手を差《さ》し伸《の》べるはずだから。誰《だれ》かが虐《しいた》げられているのは我慢《がまん》できない、そんなお人好《ひとよ》しがひとりでもダルデールにいれば、ノーパーヴァはもう少し、豊かになっていたかもしれない。

「いつか、ダルデールとの関係性にも改善策を見つけられたらいいね」

ぼくの言葉に、メメリは「それを見つけることにくらべたら、穴の者を説得することのほうがずっと簡単だろうな」と顔を顰《しか》めて言った。

凡《ぼん》も終わりに近づいてきて、城の外もずいぶんと落ち着いている。民《たみ》は冬ごもりのための準備を本格的に進めているのだろう。

市場から城まで徒歩十分もかからない距離《きょり》を馬車で移動しているあいだ、静かな景色を眺《なが》める。

馬車といっても、引いて走るのはぼくの知っている馬よりもずっと小さくて筋肉質な、馬のようなにかだ。スピードは徒歩とあまりかわらない。道がまったく舗装《ほそう》されていないためひどく揺《ゆ》れるこの乗り物は、苦手だ。

波《は》の時季なら雪のせいで馬車に乗らずに済むのになあ。いや、波《は》なら、今日のようにぼくが外に出ることもないのだが。

もっと言うなら、数日に一度、ぼくが民《たみ》の前に出ることにも意味はあまりない気がする。

ぼくの役目は、カラスという名の銅像だ。さすがにそれは退屈《たいくつ》すぎるため、最近では物資を配るひとの手伝いをしている。わずかな食糧《しょくりょう》でも、ぼくが手渡《てわた》せばそれだけでみんな深く感謝して笑顔《えがお》を見せてくれるからだ。

突《つ》っ立《た》っているだけよりも、多少マシだろう。

でも、かわりになにかしらを献上《けんじょう》してくる者がいるので、気を遣《つか》わせているのかもしれない。

今日もらったのは、数粒《すうつぶ》の石だ。

白色だと思ったそれは、光が当たるとうっすらとピンク色に見える。石の芯《しん》に、赤いなにかがまじっているのだろう。この国の石は、不思議な輝《かがや》きのものが多い。

ぼくに頭を下げて渡《わた》してきたのは、痩《や》せ細《ほそ》った〝ひと者〟のおばあさんだった。皮しかない手は、冷たくてカサカサしていた。いや、そばに小さな子がいたので、もしかすると見た目よりずっと若いひとだったかも。

「きれいだな」

石を眺《なが》めて呟《つぶや》く。

貴重なものじゃない。でも、民《たみ》の想《おも》いがこもっているからか、重みを感じる。石をぼくの手のひらに載《の》せたときの、しわだらけの笑顔《えがお》を思い出すと胸が締《し》めつけられる。

これに見合うものを、ぼくは返せるのだろうか。

城壁《じょうへき》が見えてきて、馬車は門をくぐる。そのまま緩《ゆる》やかな坂道をのそのそと上っていくと、右手の遠くに、川が見える。対岸にはダルデールがあるらしいが、川の幅《はば》が広すぎて肉眼ではよく見えない。

下流に進むと、ダルデールともっとも距離《きょり》が近くなる所があり、両国を行き来できる橋がかけられている。一度は行ってみたい場所だ。ダルデールにぼくの存在を知られるわけにはいかない、という理由で近づくことは止められているため、いつになるのかはわからないけれど。

川は、城を挟《はさ》んだ奥《おく》にある森から流れているらしいが、水源は誰《だれ》も見たことがないそうだ。森は、何者も侵入《しんにゅう》が許されない神の領域なんだとか。

広く、暗く、そして不気味だ。

神の領域というか……ただたんに危険なのでは、と思うほどに薄暗《うすぐら》い雰囲気《ふんいき》が漂《ただよ》っている。あの森が、ノーパーヴァとダルデールが唯一《ゆいいつ》陸でつながっている場所らしい。境の森と呼ばれているのはだからだろう。

城に到着《とうちゃく》して、馬車を降りる。そのまま数人の兵士とともにメメリの部屋に向かった。今日は話し合いの予定はないと聞いているので、部屋にいるはずだ。

長い石の廊下《ろうか》を歩く。革《かわ》でできている靴《くつ》を履《は》いているので、足音はあまりしない。

ふと、メメリがそばにいるときは音が鳴るな、と思った。メメリが装飾品《そうしょくひん》を身につけているせいだ。

「カラスさま」

呼びかけられて、足を止める。

顔を上げると、怪訝《けげん》そうな顔をしているキーさんが立っていた。若干《じゃっかん》、いつもよりも毛が逆立っているようにも見える。

「はやかったですね。今日は城下に行かれるとお聞きしておりましたが」

「あ、はい。今日はひと——いや、民《たみ》が少なくて、はやく終わりました」

そうですか、そうですね、とキーさんが繰《く》り返《かえ》す。

「これからどちらに？　メメリさまは部屋にいらっしゃいませんよ。私と入《い》れ違《ちが》いで王に謁見《えっけん》しに来られたところですから」

謁見《えっけん》っていうか、お見舞《みま》いだろう。仕事の話の可能性もあるけれど、その場合はいつもザリュエさんと一緒《いっしょ》に行っている。

「じゃあ、部屋で待とうか——」

「カラスさまも、王にお会いになられますか？」

ぼくの言葉を遮《さえぎ》るように、キーさんが言う。

「カラスさまも、知っておくべきかと思いますよ」

なにを？

意味深な言い方に、ぽかんとしてしまう。

「カラスさまなら王もお会いになるでしょうし、もしも気を遣《つか》われるのであれば、王の部屋の前でメメリさまをお待ちになるといいと思います。そこの者、案内しなさい」

ぼくの返事を待たずに、キーさんはひとりで話を進めて、ぼくの背後にいた兵士に声をかけた。

「え、でも」

「では、これで失礼します」

呼び止めようとするぼくを無視して、キーさんが立ち去る。兵士のひとりが「カラスさまこちらです」と案内をしはじめたこともあり、わけがわからないまま王の部屋に案内されてしまった。

正直ぼくは王とほとんど顔を合わせていない。まともに話したのは、こちらに来てすぐ、カラスについての説明を受けた食事の席くらいだ。

体調は心配ではあるけれど、ぼくが見舞《みま》ったところで、王が喜ぶとも思えない。病人に気を遣《つか》わせるだけだ。だからって、部屋の前で待っているのもおかしいよなあ。

キーさんはなんのためにぼくを王に会わせようとしているんだろう。

なにを、知っておくべきなんだろう。

……もしかして、王ってけっこうヤバい状態だとか？

だから、最後に一目くらい会ったほうがいいと、そう考えたのかも。

「こちらです」

兵士はそう言って、ぼくに頭を下げて数歩下がった。少し離《はな》れた場所にはアルがいて、ぼくの姿に少し、驚《おどろ》いた顔をする。

目の前には、この城の中唯一《ゆいいつ》の木製の扉《とびら》があり、その両隣《りょうどなり》に兵士が立っている。

メメリの部屋の前には、誰《だれ》もいないし扉《とびら》もない。やはり王は別格のようだ。

ふたりの兵士はぼくに頭を下げて、そっと扉《とびら》を開けた。王に確認《かくにん》しなくてもいいのかと疑問に思ったけれど、カラスのぼくは、なにをするにも誰《だれ》かの許可を得る必要がないのかもしれない。

とりあえず入るか、とおずおずと中に足を踏《ふ》みれる。

そこは、だだっ広《ぴろ》いリビングのような場所だった。

動物の毛皮を大量に使っているであろうソファに、石のテーブル、大きな暖炉《だんろ》、サイドテーブル。どれもこれも、高そうな雰囲気《ふんいき》がある。

部屋に待機していたひとりの召使《めしつか》いが、ぼくに会釈《えしゃく》をした。侍女《じじょ》ではなく、召使《めしつか》いだ。侍女《じじょ》の場合は護衛も兼《か》ねているので〝じゃない者〟の場合がほとんどだし、なにより、服装が違《ちが》う。黒いマントを羽織っているが、頭は隠《かく》しておらず、耳を覆《おお》うように顔のまわりに布を巻いていた。

扉《とびら》もあり兵士もいる王の部屋に、なぜ召使《めしつか》いがひとりだけなんだろう。

「あ、あの、王とメメリは」

「――お前になんの期待もしていないのが、まだわからんのか！」

突然《とつぜん》の怒声《どせい》で、空気に、電気が走った気がした。

体をびくつかせたぼくとは対照的に、目の前の召使《めしつか》いはさっきとかわらない表情をぼくに向けている。あろうことか、ぼくと目を合わせるとひとつ頷《うなず》き、声のしたほうに足を向けた。

「ちょ、ちょっと待って」

大声を出したら向こうにいる者に聞こえてしまう。

できるだけ声を落として、召使《めしつか》いの腕《うで》を取って引きとめた。が、彼女《かのじょ》はきょとんとした顔をしている。

「私が死んでも、お前に王座はやらん！　半端者《はんぱもの》の女が王になっていいわけがあるまい！」

声は相変わらず響《ひび》いている。けれど召使《めしつか》いはなにも聞こえていないかのようにぼくを不思議そうな顔で見るだけだ。

――本当に、聞こえていないのかも。

はっとして、慌《あわ》てて首を横に振《ふ》り呼ばなくてもいいことを伝える。召使《めしつか》いはこくりと首を縦に一度振《ふ》ってから、そっと壁際《かべぎわ》に移動した。ぼくのためにお茶を用意しはじめたらしく、カップに手を伸《の》ばしている。

王の部屋だから、大事な話が聞かれないように耳の聞こえない者をそばに置いているのだろうか。一言も声を発していないところから、もしかしたら喋《しゃべ》ることもできないのかもしれない。

……それは、どうしてなのか。

「なぜお前なんだ！　なぜ半端者《はんぱもの》なんかに生まれたんだ！　どれだけ頑張《がんば》ろうと、お前が半端者《はんぱもの》なことはかわらない！　お前は我《わ》が王族の汚点《おてん》だ！」

王の叫《さけ》び声《ごえ》から、ぼくの存在にまだ気づいていないことがわかる。

王の傍《かたわ》らにはメメリがいるはずで、王の罵声《ばせい》はすべてメメリに向けられているもので、そしてメメリはなにも言わずに黙《だま》って聞いている。

ぼくが聞いていいものじゃない。

聞くべきじゃない。

――『カラスさまも、知っておくべきかと思いますよ』

キーさんのセリフを思い出して、ぎゅっと拳《こぶし》を握《にぎ》りしめる。

メメリが自分の容姿と性別に、コンプレックスを抱《いだ》いているのは知っていた。だからこそ、メメリは見た目の性別だけでも女だと思われないように男装をしている。

でもぼくは、本当の意味でメメリのコンプレックスをわかっていなかった。

「ググイレではなく、お前が、いなくなればよかったのに！」

まさか、これほどまでだなんて。

聞き慣れない名前は、メメリの死んだという兄だろうか。

メメリはずっと、これほど、父親に否定され続けてきたのか。

「顔を見せるなと言っただろう！」

――近づくなよ、陰気《いんき》がうつる。

「いつか私がお前を認めるとでも思ってるならそんな考えは捨てろ!」

――誰《だれ》も友だちになりたがるわけないじゃん。

「その醜《みにく》い姿を見せるな!」

――その痣《あざ》、気持ち悪い。

王がメメリを罵倒《ばとう》する。その声に、かつてぼくに向けられた声が重なる。

「私だけじゃない! この国の誰《だれ》もが、お前みたいなまがいものを認めるものか!」

思わず耳を塞《ふさ》いで、目を閉じる。

この国に来て、学校という居心地の悪い場所から解放されたと思っていたのに、そこで過ごした日々が記憶《きおく》にこびりついていることを思い知らされる。

――『そういうこと言うあんたたちのほうが気持ち悪い』

ぴしゃりと言い放った冥《めい》の姿を思い出す。

今ここに冥《めい》がいたら、間違《まちが》いなく、王とメメリのあいだに割って入っただろう。誰《だれ》も彼《かれ》もがメメリの現状を知っているにもかかわらず目を逸《そ》らしている状況《じょうきょう》で、冥《めい》の存在はメメリにとって救いになったかもしれない。

かつて、ぼくも、救われたことがあるから。

でも、それは一時のことにすぎない。冥《めい》がどれだけぼくを庇《かば》い相手を非難しても、同じことは繰《く》り返《かえ》される。冥《めい》のいない場所で、ひっそりと続いていく。悪化することもあった。だから今、ぼくが勇気を振《ふ》り絞《しぼ》ってメメリを庇《かば》ったとしても、根本的な解決にはならない。それどころか、メメリに迷惑《めいわく》をかける可能性がある。王はもっと頑《かたく》なになり、メメリを否定するかもしれない。ぼくを唆《そそのか》したと、より一層メメリを責める可能性だってある。

ぼくは冥《めい》のように、理想主義者じゃないし、綺麗事《きれいごと》を信じてない。

じゃあ、ぼくはただ、ここでじっとしているだけなのか。やり過ごすだけなのか。

自分の体がずんっと重くなって、目眩《めまい》がした。

いつだって、元の世界でカラスは自由に羽ばたいていた。他の鳥と違《ちが》って、カラスにはなんとなく、孤高《ここう》のイメージを抱《いだ》く。

なんて、ぼくには似合わない名だろう。

ぼくは、ちっとも飛べない。飛び方を知らず、地上にへばりついている。だから、飛ぼうという意思さえ持てないのだろうか。

背後で誰《だれ》かが動く気配がして、勢いよく振《ふ》り返《かえ》る。

王のそばから離《はな》れて姿を見せたメメリは、ぼくがいることに気づいていたようで、驚《おどろ》くことなく、ただ、力無く微笑《ほほえ》むだけだった。

「少し、自室で休む。ここで待っててくれ」

アルにそう言って、メメリはぼくとともに部屋の中に入った。

「情けないところを見られてしまったな」

革《かわ》の椅子《いす》に腰《こし》を下ろして、失笑《しっしょう》をこぼしながらメメリが言う。ぼくが正面のソファに腰《こし》を下ろすと、部屋で待機していたメメリの侍女《じじょ》がすぐにお茶の準備をはじめる。

チックスの代わりに侍女《じじょ》になったのは、小柄《こがら》な、どこかリスっぽさのある〝じゃない者〟だ。いつも凛《りん》としていて、上品な感じだが、逆に親しみやすさがない。

侍女《じじょ》はメメリとぼくに、別々のお茶を淹《い》れてテーブルに出すと、会釈《えしゃく》をして部屋を出ていく。

ふたりきりになると、メメリはすぐにお茶に口をつけた。

「体調が悪くなって、父上も不安なんだろう。そのせいで、ここ一周ほど気性が荒《あら》いんだ」

「そう、か」

まるで、以前はあんなふうに暴言を吐《は》かれることはなかったんだ、とぼくにフォローを入れているみたいだ。それが王のためか自分のためかは、わからないけれど。

「でももしかしたら……次の王は私ではなく叔父《おじ》上になるかもしれないな。私はまだ未熟だし、そのほうがいいかもしれない」

「っそんなことは」

「みなも、それを望んでいる」

メメリは歪《いびつ》な笑《え》みを浮《う》かべながら、どこかを見つめて呟《つぶや》く。

その瞳《ひとみ》には、うっすらと涙《なみだ》の膜《まく》が覆《おお》われていた。

「いったい、兄はどんな者だったのだろう。私よりもずっと立派な姿で、私よりももっと、この国のために考え、動き、そのすべてが正しく、民《たみ》を幸せにするような改革ができる王になったはずだと、みなが言うが、さて、どこまでが真実だろうか」

「どう、だったんだろう、ね」

「兄はたった五歳までしかこの国にいなかったのにな」

え、と声にならない声が出る。

「……五歳？　そんな幼くして死んだ兄の幻影《げんえい》と比較《ひかく》するなんて……。そんな馬鹿《ばか》げたことを、みんな本気で言ってるの？」

「そのくらい、優秀《ゆうしゅう》だったんだろう」

ははは、と乾《かわ》いた笑い声を上げたメメリは、気持ちを落ち着かせるためか、お茶を飲む。

「でも、五歳だ。今のメメリのほうが、優秀に決まってる」

今生きていたってみんなが想像するような立派な者だったかどうかは、わからない。優秀《ゆうしゅう》だったというのも、記憶《きおく》が美化されているだけかもしれない。

メメリは、ぼくの言葉になにも返さず、ただ笑《え》みを浮《う》かべるだけだった。

ああ、今ここにいないから、だから、メメリはずっと比較《ひかく》されるのか。

メメリ自身、理想の兄を思《おも》い描《えが》き、自分と比較《ひかく》してきたのだろう。理想の兄の姿は、メメリがなりたい自分に他ならない。

ぼくも冥《めい》となにかと比較《ひかく》されてきた。そのたびにぼくは苛立《いらだ》ちを感じた。

でもぼくらは一緒《いっしょ》に成長して、両親は、冥《めい》よりもぼくのいい所を見つけて褒《ほ》めてくれた。冥《めい》も、ぼくをすごいと、涅《くり》には敵《かな》わないと口にしていた。

もしも幼い頃《ころ》に冥《めい》が——事故かなにかでいなくなっていたら、ぼくは実際の冥《めい》よりも、なんでもできる、誰《だれ》にでも好かれる、聖人君子のような双子《ふたご》の姉を思《おも》い描《えが》いただろう。そして、ぼくは今よりももっと卑屈《ひくつ》になっていたと思う。

だから。

「ぼくは、誰がなんと言おうが、メメリのことをすごいと思う」

出会ってまだ一年半、そのあいだメメリはずっと、前向きだった。心の中でなにを感じていたかはわからない。ぼくのように卑屈《ひくつ》になっていたかもしれない。

でも、決して弱音は吐《は》かなかった。

自分を卑下《ひげ》して、比べられるなら認めてもらえないならもういいやと、放り投げることもなく、自分のできることに目を向けていた。なりたい自分を目指して、そうあろうとしていた。

ぼくには、できなかった。

そばにいる冥《めい》を何度も拒否《きょひ》して否定して、ときに傷つけて、そうやって自分を守り続けた。

「だから、ぼくはずっと、メメリのそばにいる」

「……王になれなくても？　みんなに見下されてても？」

「そんなの、ぼくには関係ない。ぼくじゃない者にとってメメリがどんな存在か、なんてどうでもいい。ぼくにとってのメメリは、今目の前にいるメメリ。それ以上でも以下でもない」

ぼくは、自分のためには頑張《がんば》れない意気地《いくじ》なしの怠《なま》け者《もの》なんだ。

だけど、メメリのためなら、どんなことでもできそうな気がする。今日よりも明日をいい日にする方法を、見つけ出せるかもしれない。無理かもしれない、とメメリが微《かす》かに抱《いだ》いている思いを少しでも払拭《ふっしょく》できるなら、なんでもしたい。

「すごいセリフだな」

ははっとメメリが、今度は屈託《くったく》のない笑《え》みを浮《う》かべてくれた。

その直後、彼女《かのじょ》の瞳《ひとみ》からぽろりと涙《なみだ》が溢《あふ》れる。

「クリは、やさしいな」

「そんなこと、ないよ。ぼくは、すごく自分勝手なんだよ」

だから、冥《めい》の言葉に耳を貸さなかった。いつもイライラしてまわりを拒絶《きょぜつ》した。そして今は、ただ大好きなメメリのためになにかしたい、その一心で動いていてる。

ああ、そうか。

ぼくは、メメリが好きなんだ。

憧《あこが》れや尊敬も抱《いだ》いている。でも、それらが揺《ゆ》らいだとしても、ぼくはメメリをきらいになることはない。メメリがメメリであるだけで、ぼくにとって大事な存在なんだ。

「お茶、冷めてしまったな」

涙《なみだ》を拭《ぬぐ》ってメメリが部屋の外で待機していたアルを呼んだ。

「私が、と言いたいところだが、私は茶を淹《い》れるのが苦手なんだ。チックスを呼んでくれ。チックスが淹《い》れるお茶がいちばんうまい」

さっきまで涙《なみだ》を流していたのが嘘《うそ》のように、普段《ふだん》の頼《たの》もしいメメリの姿だった。

アルはすぐにチックスを連れてきてくれた。チックスは、ぼくとメメリのためにお茶の準備をしはじめる。ぼくがこの国に来るまでチックスはメメリの侍女《じじょ》としてこの部屋で過ごしていたはずだけれど、久しぶりだからか、少し手間取っていた。その様子をぼくはぼんやり見ていた。

そして、あたたかいお茶が、テーブルに置かれる。

「こちらでよろしかったでしょうか」

「ああ、チックスのお茶はなんでもうまいから」

メメリにそう言われたチックスは、うれしそうに口《くち》の端《は》を引き上げた。

「うん」

さきに一口飲んだメメリが、満足そうに頷《うなず》く。

ぼくもすぐに喉《のど》を潤《うるお》す。いつも飲んでいるお茶と違《ちが》って、燻《いぶ》された葉の香《かお》りが鼻腔《びこう》をくすぐった。直後に、喉《のど》に熱を感じる。

はじめて飲むお茶だ。

——と、思った瞬間《しゅんかん》。

喉《のど》が焼けるように熱くなった。

視界に、なにかがパチパチと弾《はじ》けるのが、見える。

「クリ？　クリ！」

体から力が抜《ぬ》けて、宙に浮《う》く感覚に襲《おそ》われた。

なにもかもが、消えていく。真っ暗ではなく、真っ白になっていく。

3 そして、堕《お》ちるカラス

瞼《まぶた》の裏の闇《やみ》の中で、何者かがぼくを見つめている。

猫《ねこ》のような黄色のふたつの瞳《ひとみ》が、ぼくに向けられている。でも、猫《ねこ》じゃない。梟《ふくろう》だ。

なんでそう思ったのかわからないけれど、ぼくは確信していた。

ふたつの目がぼくになにかを語りかけている。声は聞こえないし、口も見えないのに、そう感じた。

でも、なにを伝えたいのかは、わからない。

次第に、世界が真っ白に染まっていく。影《かげ》すら見えない白は、暗闇《くらやみ》よりも恐怖《きょうふ》を感じた。

どこに行ってもいいような自由さは、どこにも行けない不自由な自分を突《つ》きつけてくる。

ああ、ぼくはいつだって立ち止まっていたんだな。

冥《めい》がぼくの手を無理やり引いてくれていたから、ぼくは自分の意思で動いているように錯覚《さっかく》していた。

本当のぼくは、ただ、流されていただけだった。

怒《いか》りに我を忘れて動いたとしても、結局すぐに元に戻る。そして、相手を、世界を拒絶《きょぜつ》し続けた。逃げることすらしなかった。

それ以外の方法が思いつかなかった。それがいちばん楽だった。

自ら選んだことなのに、戦い続ける冥《めい》に、嫉妬《しっと》していた。


明日がいい日になるのは、冥《めい》だからだよ。

ぼくに素敵《すてき》な明日なんてやってこない。

だからずっと、ずっと、思っていた。

——冥《めい》がぼくの立場になればいいのに。誰《だれ》かにきらわれて、なにを言っても相手に届かず、みんなから嫌悪《けんお》を向けられたらいいのに。

そしたらきっと、冥《めい》はぼくの気持ちがわかるはず。

冥《めい》の言っていることはただの綺麗事《きれいごと》だと。正義感なんてなんの役にも立たないのだと。まわりを巻《ま》き込《こ》むだけの迷惑《めいわく》な行為《こうい》だと。

いつやってくるか保証のない、素敵《すてき》な明日を待つことが、どれだけ心をすり減らすかを。

なにもかも無駄《むだ》だから、心を閉ざして今を受け入れるしかないんだと。


同時に、ぼくが冥《めい》の立場になれば、きっと冥《めい》のような溌剌《はつらつ》とした性格になれたに違《ちが》いないし、未来に希望を抱《いだ》くこともできたはず。

自分を守る必要がないから、誰《だれ》かを守ることができただろう。

臆《おく》することなく手を伸《の》ばして、感謝されただろう。

間違《まちが》っていることに、真正面からぶつかっていっただろう。


――本当に？


「う、――っあ」

白い世界が一瞬《いっしゅん》にして、爆《は》ぜた。

暑い。熱い。全身が。なのに指先は冷え切っていて感覚がない。自分の体なのに、なにひとつ思いどおりに動かない。まるでバラバラに切り刻まれてしまったみたいで、胃がひっくり返るような気持ち悪さに襲《おそ》われる。

なに。なんだ。

ぼくは、なにをしていた。

頭がぐらぐらする。頭の中をかき混ぜられたみたいだ。

目に映っているはずのなにもかもを、認識《にんしき》できない。

「カラスさま！」

「クリ！」

ぼくを呼ぶ声がする。でも、反応ができない。

「め、い」

冥《めい》、ぼくを叱《しか》ってよ。

ずっとうっとうしいと思っていた。怒《いか》りを、ときに憎《にく》しみすらも感じていた。でも、それはある意味、ぼくに力を与《あた》えてくれていたのかもしれない。

怒《いか》りはぼくの足を動かす原動力になる。感情を外に向けさせるきっかけになる。

うるさいな、ほっといて、と思ったまま強く言い返せるのは、冥《めい》ただひとりだった。

──『わたし以外にもうるさいって言えばいいじゃん』

うるさい。やっぱり、うるさい。

蘇《よみがえ》る、記憶《きおく》に残る冥《めい》の声に、言い返す。

すると、少し呼吸がしやすくなった。

そこでやっと、ぼくの顔を覗《のぞ》き込《こ》むメメリの心配そうな姿が視界に映った。

「声が聞こえますか？」

聞きなれた医者の声がした。

呼びかけに返事をしようとしたけれど声が出なかった。かわりに咳《せき》が出て、そのたびに喉《のど》がひどく痛む。

「水を」

医者がそう言いながら、ぼくの背を支える。その手にもたれかかるようにして上半身を少しだけ起こすと、水の入った器《うつわ》が誰《だれ》かから差し出された。チックスかと思ったその者は、チックスとは似ても似つかない背の小さな何者かだった。

「ご無理はなさらず。二十日ほど臥《ふ》せっておられたので、体力がかなり落ちています。しばらく安静にしていてください」

二十日？

信じられない単語に、また咳《せ》き込《こ》んだ。

医者の話によると、何度か目を覚ましたが、意思疎通《そつう》ができる状態ではなく、すぐに意識を失うのを繰《く》り返《かえ》していたのだとか。

ぼくの中ではせいぜい二日程度の感覚なのに。

でもたしかに、体力は根こそぎ奪《うば》われている。自分の力だけではベッドから上半身を起こすことさえできない。喉《のど》は張りつき、声も出ない。視界も霞《かす》んだままだ。

頭のてっぺんから足先まで熱がこもっていて、風邪《かぜ》を引いたときとは明らかに違《ちが》う感覚だった。

頬《ほお》に当たる空気が冷たい。凡《ぼん》だったはずの季節も、いつの間にか終わって波《は》の季節に入っているようだ。

「なんで……」

掠《かす》れる声で呟《つぶや》く。

いったいなにがあったのだろう。

最後の記憶《きおく》はどこだ。なんだ。

こめかみに手を当てて、記憶《きおく》を辿《たど》る。夢か現実かわからない曖昧《あいまい》ななにかが蘇《よみがえ》ってはすぐに消える。

そして――メメリと向き合っていたことを思い出した。

メメリと、話をした。

チックスの淹《い》れてくれたお茶を飲んだ。

そこで、ぼくの記憶《きおく》は途切《とぎ》れている。

ぼくが必死に思考を巡《めぐ》らせていることに気づいたのだろう。医者が、

「まだ、今は休んでください」

と言う。その表情は、ぼくを本当に心配しているものだった。

「な、に？」

ぼくはいたって元気だった。倒《たお》れる前兆はなにもなかった。

ぼくの疑問に、医者の視線が揺《ゆ》れる。

「……詳《くわ》しいことは、もう少し体調が戻《もど》られて、から」

なんでそんなに言いにくそうにしているのか。そんなふうにされては気になって体を休めることなんてできるわけがない。

「なに、が」

次第《しだい》に、声が出しやすくなってきた。

「教えて」

視線を彷徨《さまよ》わせる医者を、まっすぐに見つめて訊《き》く。

これは風邪《かぜ》ではない。ただの、体調不良でもないはずだ。

どうしてぼくは二十日間も倒《たお》れていたのか。

今も体に残るこの不快感はなんだ。

ぼくの真剣《しんけん》な想《おも》いに気づいたのか、医者は言いにくそうに何度か口を開いては閉じる。そして、意を決して端的《たんてき》に教えてくれた。

「カラスさまは、毒を、飲まされたのです」

「毒？」

「カラスさまの侍女《じじょ》が、お茶に毒を盛りました。そのせいで、生死を彷徨《さまよ》っておられたのです。まだ、すべての毒が体から排出《はいしゅつ》されたわけではありませんので、どうか、安静にしてください」

ぼくの侍女《じじょ》ってことは、チックスが？

「なんで、そんな、ことを」

「……わかりません。なかなか口を割らないようで、今も調査が続けられております。けれど、侍女《じじょ》は拘束《こうそく》されておりますし、今後は毒味の者をそばに置きますのでご安心ください」

説明をしてもらったのに、理解ができない。

なんでチックスがぼくを殺そうとするんだ。

なんでぼくは殺されかけたんだ。

「え、え？」

頭の中がぐちゃぐちゃだ。あまりの動揺《どうよう》に、手が震《ふる》える。少しずつ感覚が戻《もど》ってきて、動く。

その手で、髪《かみ》の毛《け》をかきむしる。

そこで――自分の髪《かみ》の毛《け》が、真っ白になっていることに気づいた。

メメリと一緒《いっしょ》に飲んだお茶に、毒が盛られていた――らしい。

自分の髪《かみ》の毛《け》から色が抜《ぬ》けて白くなってしまったことに気づいてからも、ぼくはなかなかベッドから出ることができなかった。起きていられるのも数分くらいで、浅い眠《ねむ》りを繰《く》り返《かえ》し、何度もうなされた。

結局、立ち上がることができるようになったのは、ぼくが倒《たお》れてから四十二日後だったとか。

「……すまない、クリ」

目の前で、メメリが頭を下げる。

「メメリが謝《あやま》ることじゃないだろ」

「しかし」

ぼくが首を振《ふ》ると、メメリは目を伏《ふ》せた。

「メメリは、大丈夫《だいじょうぶ》?」

「ああ、私の飲んだお茶には毒は入っていなかったようだ。体は問題ない。念のため、茶葉はすべて新しいものに入《い》れ替《か》えたが」

ということは、やっぱりぼくが狙《ねら》われたんだな。

「チックスは……?」

「彼女《かのじょ》はまだ、地下に。黙秘《もくひ》を貫《つらぬ》いているらしいが……一緒《いっしょ》の茶を飲んだ私が無事なことから、クリの命だけを狙《ねら》っての行動だと考えられる」

そうか、と小さく呟《つぶや》いて、今度はぼくが目を伏《ふ》せる。

どうしてチックスは、ぼくに毒を飲ませようと思ったのだろう。

本物かどうかは別として、ぼくは〝カラス〟で、救国の象徴《しょうちょう》だ。生きていくのに大変なこの国にとって、ぼくの存在は必要なはずだ。

だからこそ、これまでぼくはみんなに歓迎《かんげい》されて親切にしてもらえた。象徴《しょうちょう》でしかないので、なんの期待もされていないんだと感じることはあったものの、排除《はいじょ》しようという動きを感じたことはない。

チックスは、もともとメメリの侍女《じじょ》であり、信頼《しんらい》されていたからこそぼくの侍女《じじょ》になった。そんな彼女が毒を盛るなんて、信じられない。

当然、犯人であるチックスをすぐ処刑《しょけい》すべきだという意見もあったが、メメリがそれを許さなかった。

カラスのぼくを消すことでなにかしらのメリットがあるのは、ダルデールに他ならない。

つまりチックスは、ダルデールがノーパーヴァに差し向けたスパイなのかもしれない。

背後に誰《だれ》がいるのか、どういう思惑《おもわく》があるのか。

もしかすると、城内に他にもスパイが入《はい》り込《こ》んでいるかもしれない。

最悪の場合の可能性を危惧《きぐ》して、すべてを明らかにするために、チックスは今も生かされ、連日取り調べがおこなわれている。

「……本当にチックスがやったのかな」

あたたかくてやさしかった、母さんのように小言を言うところも、好きだった。そんなチックスを思い出すと、疑問がこぼれる。

メメリはどう思っているのかと視線を向けると、苦しそうな表情をしていた。ぼくよりもずっと長いあいだ、チックスはメメリのそばにいた。メメリも、信じられないのだろう。だからこそ、徹底《てってい》して調べるつもりなのだと思う。

部屋の中に波《は》特有の、刺《さ》すような冷たい空気が広がっていて、喉《のど》が詰《つ》まった。

毒については、まだわかっていない。

この国は、科学も医学もあまり発達していない。齧《かじ》る者の調合する薬は元いた世界よりもはるかに効きがいいが、現代医学のような緻密《ちみつ》な研究や、臨床《りんしょう》試験によって作られたものではない。齧《かじ》る者がこれまで培《つちか》ってきた技術と経験によるものだ。正確に調べるには、まだまだ時間がかかる。

お茶自体は、ノーパーヴァではなくダルデールのもので、ザリュエさんがメメリのために仕入れてくれていた。比較的珍《ひかくてきめずら》しいものではあるが、これまでメメリはそれを何杯《なんばい》も飲んでいる。

実際に、あの日チックスが使用した茶葉はすぐに、植物に詳《くわ》しい草の者によって調べられたが、どの葉にも毒性はなかった。メメリも調べた者たちから直接話を聞いて確かめたので、間違《まちが》いないと言う。やはり、なんらかの毒物がぼくの分にだけ、後から入れられたのだろう。

そう考えた草の者や医者たちは、ぼくが使用した器《うつわ》に残ったお茶から、混入された毒物を特定しようとした。ところがメメリの身の安全のためという理由で、メメリの侍女《じじょ》がすぐに器《うつわ》を洗ってしまっていて、成分を特定することができなかったのだ。

どんな毒を使ったのか？

どこで毒を仕入れたのか？

それをはっきりさせるには、チックスの証言《しょうげん》が必要だ。

けれど。

「チックスはなんでなにも言わないんだろう？」

「わからない。毒物を仕入れた経路や、そこでかかわった者が特定されるのを避《さ》けようとしているのではないか――というのが、叔父上《おじ》の見解だ」

ザリュエさんは、自分が贈《おく》った茶葉が毒殺に利用されそうになったことで責任を感じているらしい。自分が必ずすべてを暴《あば》くと全力で調査に当たってくれているそうだ。

メメリも協力するつもりだったが、今年は例年よりはやく波《は》の季節が到来《とうらい》したとかで、イレギュラーな対応に追われている。

——そのあいだ、ずっと臥《ふ》せっていた自分が不甲斐《ふがい》ない。

「でも、他に犯人がいるという可能性も、私は考えている」

「……うん」

「叔父上《おじうえ》に任せてはいるが、手は多いに越《こ》したことはない。チックスを調べることとは別に、私は毒物の解明や入手経路を当たってみるつもりだ。と言っても、今はいろいろ立《た》て込《こ》んでいて動ける者が少ないが……」

メメリは顎《あご》に手を当てて考え込む。

おそらく、この城であまり力のない者たちに協力してもらうことになるのだろう。アルもいるが、彼《かれ》もきっと、メメリと一緒《いっしょ》で忙《いそが》しいはずだ。

それに、アルはなんの関係もない、とは言い切れない。あの真面目《まじめ》なアルに限って、とは思うが、現時点では、あのときそばにいたみんなを疑うべきだと、思う。チックスが犯人であってもそうでなくとも、他に仲間がいる可能性があるからだ。むしろその何者かが黒幕で、チックスは利用されていただけのほうが、現実味がある。そうであってほしい。

メメリの言葉を信じて、こくりと頷《うなず》いた。

疲《つか》れた表情をしているメメリに、ぼくはそれ以上なにも言えない。

緑の肌《はだ》でもはっきりとわかる目の下の隈《くま》や、以前より少し痩《や》せたように感じる体から、王の病気に自分の立場、ぼくが倒《たお》れた今回の件と、波《は》への準備、相当な忙《いそが》しさが感じ取れる。

メメリが、じっとぼくを見つめる。

ぼくの顔を見ているのに視線が合わないのは、ぼくの髪《かみ》の毛《け》を見ているからだ。

「本当に、すまない」

まるで醜《みにく》いものから目を逸《そ》らすかのように俯《うつむ》いたメメリは、もう何度目かわからない謝罪を口にした。

――『いつか、この国を救う黒いカラスが、空からやってくる――』

黒髪《くろかみ》ではなく白髪《はくはつ》になったぼくは、やっぱり、カラスではなかったのだろう。


動けるようになったとはいえ、本調子には程遠《ほどとお》い。

前回の波《は》の時季は本を読んだりメメリと話をしたり話し合いに参加したりと城内を動き回っていた。けれど、今はそこまでの体力はまだ戻《もど》っていない。

おまけに、毒、もしくは薬の副作用なのか、昼間でも起きていられるのは数時間ほどだ。すぐに眠気《ねむけ》に襲《おそ》われ、横になりたくなってしまう。

その結果、ここ数日は指先に紐《ひも》を絡《から》めて、以前チックスに教えてもらったブレスレットをちまちまと作って過ごしていた。あまり体力を使わずに、部屋でできることがこれくらいしかなかったのだ。

ちらりと部屋の隅《すみ》に視線を向けると、メメリの侍女《じじょ》が、気配を消すようにしてじっと立っている。雑談や世間話を好まない物静かな侍女《じじょ》とは、これまで会話らしい会話をしたことがない。だから、未《いま》だ名前も種族もわからない。

ここにいるのがチックスだったら、もう少し楽しい時間を過ごせたんだけどな。

最近はメメリもぼくの体調を気遣《きづか》ってくれているのか、数日に一回しか顔を見せなくなった。

それも、わずかな時間だけだ。

ふうっと息を吐《つ》くと、まるでタイミングを見計らったかのように、

「カラス殿《どの》」

とぼくを呼ぶ声が聞こえた。

はい、と返事をする前に、侍女《じじょ》が入り口に向かい、中に招く。やってきたのは、ブラングさんとザリュエさんだった。

「これは……話は聞いていましたが」

ブラングさんは、体を小さく震《ふる》わせる。

その口調はどこか、芝居《しばい》がかっているように感じた。

「まさか真っ白になるとは、なんとひどいことを……」

「体調はいかがでしょう」

ブラングさんの言葉を遮《さえぎ》り、ザリュエさんがあいだに入る。

「まあ……体力が落ちているだけで、問題はないです」

「そうですか。どうか、無理はなさりませんよう。今はゆっくり休んでください。私が贈《おく》ったお茶に毒物が混ぜられ、カラス殿《どの》が倒《たお》れたと知ったときは、血の気の引く思いでした……。一日もはやく、犯人に目的を自白させますので、今しばらくお待ちください」

ザリュエさんが頭を下げる。

今しばらく、ってすでにけっこうな日数が経《た》っているけれど。

それに、ザリュエさんはチックスが犯人ですべてを知っていると決めつけているようだ。メメリのように、他に犯人がいる可能性も調べたほうがいいんじゃないかと思ってしまう。

でも、それを口にすることはできない。ザリュエさんだってどうにかしたいと思っているはずだ。

「いや、王がご病気のうえに、今季は前周よりも波《は》の到来《とうらい》がはやく、なにかと物資が不足してい

ることの時季に、カラスさままで倒《たお》れてしまわれるとは。いろいろ重なるものですな」

「そういうときもあるだろう」

「これが——国が救われるための、変化というやつならいいのですがね」

なるほどなるほど、とブラングさんが納得《なっとく》するかのように何度も頷《うなず》く。

言い回しになにか引《ひ》っ掛《か》かりを感じる。

なんだろう、とブラングさんを見つめると、彼《かれ》の目が、すうっと細くなったのがわかった。

笑顔《えがお》ではない。

そこに込《こ》められていたのは、蔑《さげす》み、だった。

「何事にも、変化はあるものですからね」

「さようですな。とにもかくにも、カラスさまがご無事でなによりです。いやはやしかし、かなり大変な思いをされたんでしょう。あのお美しかった黒が白になるとは」

心臓が、ばくばくと脈打ちはじめる。

ブラングさんからの、じっとりとした視線が、体にまとわりつく。

寒いのに、体にいやな汗《あせ》が浮《う》かんでくる。

「まるでこれは、黒いカラスではなく、白いカラスのようだ。まあ、白いカラスとはなんなのか、わかりませんが」

「ブラング」

「おっと失礼。深い意味はございませんので」

ザリュエさんに窘《たしな》められたブラングさんは、素直《すなお》に謝罪を口にする。

謝《あやま》る、ということはつまり、ぼくに対してよくない発言をした、ということだ。

言葉だけではわかりにくい。はっきりと明確に、言われたわけではない。

でも。

ブラングさんは、ぼくをもう、カラスだとは思っていない。

カラスどころか、厄災《やくさい》のように感じている。

それが、ひしひしと、伝わってくる。

心臓をかきむしりたくなり、服を握《にぎ》りしめた。

「ブラングが余計なことを言って申し訳ない。いやしかし、なにしろ今回の波《は》はいつもよりだいぶはやく訪《おとず》れたものだから。じゅうぶんな準備もできないままで、民《たみ》どころか、王族ですら、次の凡《ぼん》が来る前に食料が枯渇《こかつ》し飢《う》え死《じ》ぬのではと――城内もぴりぴりしていましてね」

「……そう、でしたか」

恭《うやうや》しく頭を下げてぼくの顔を覗《のぞ》き込《こ》んできたザリュエさんからは、ブラングさんのような感情は読み取れなかった。

でも、ぼくは知っている。

表面上ではやさしくとも、内心ぼくを煩《わずら》わしいと思うひとがいることを。

ザリュエさんも、ぼくに失望しているのかもしれない。

「あまり長居をしてはいけないな。どうかゆっくり休んでください。今日は様子を見に来ただけですので」

「は、い」

ふたりは「では」と頭を下げる。

以前は目元を隠《かく》す挨拶《あいさつ》だったはずが、ただ、頭を下げるだけだ。

「あの」

思わず引きとめた。

振《ふ》り返《かえ》ってくれるのか、確かめたかっただけかもしれない。ふたりが「はい」と足を止めてくれたことにほっとして、自分の気持ちに気づく。

きっと、ぼくの体調を気遣《きづか》って、簡単な挨拶《あいさつ》にしただけだ。そのはずだ。

「穴の者のことって、どうなったか、知ってますか？　あと、ぼくが話してた、新しい植物のこととか、工芸品のこと、とか」

穴の者については、メメリからなんの進展もないことは聞いている。でも、新しい植物の件は、倒《たお》れる直前にちらっと話をした。今までおいしくないとされていた食材を集めて、なにか別の活用方法を、と。あと、この国の石をもっと活用した工芸品に価値を——。

「お気になさらず」

ぴしゃりと、ザリュエさんが言い放つ。

「なにも、気にされなくて大丈夫《だいじょうぶ》です」

向けられる視線に、体がすくむ。

決して、厳しい表情ではない。どちらかといえば、にこやかだ。

けれど、その笑顔《えがお》はまるで、聳《そび》え立《た》つ壁《かべ》のように感じた。

そばにいるブラングさんは、呆然《ぼうぜん》とするぼくを見て、く、と片頬《ほお》を引き上げる。岩のような肌《はだ》でも、それがぼくにはわかった。

——『誰《だれ》もお前なんかに期待してないんだから、邪魔《じゃま》にならないところで、おとなしくしといてくれよ』

体育の授業で、クラスメイトに言われたセリフが、聞こえてくる。

「……っあ、え。いや、でも」

「どうか、お身体《からだ》をお大事に」

引きとめようとするぼくを無視して、今度こそふたりは部屋を出ていった。

波《は》になると、冬と同じで太陽が沈《しず》むのがはやくなる。

まだ夕食前だというのに、空にはふたつの月がぽかんと浮《う》かんでいた。今日は珍《めずら》しく雲が薄いようだ。けれど、毛皮のマントを二重に羽織っていても、肌《はだ》が凍《こお》りそうなほど、外は寒い。

「またそんなところで」

メメリの声に、振《ふ》り返《かえ》る。

気配はまったくしなかった。けれど、いつからかぼくはメメリの声に驚《おどろ》くことはなくなっていた。そのくらい、ぼくはこの国でメメリと過ごしてきた。

「もう、だいぶ元気だよ。今日はどうしたの？」

近づくと、メメリは一歩下がる。

視線は、合わない。気がつけば、長いことメメリの瞳《ひとみ》を見ていない気がする。

「どうしてるかと思って。……たしかに、だいぶ顔色はよくなったな」

「ああ。もう昼間は長時間動けるようになったよ」

万全《ばんぜん》とまでは言わないが、一時期に比べたらずいぶんマシになった。怠《だる》くてもできるだけ部屋の中を歩くようにしているからだろう。

「ちょっと待て、私がお茶を淹《い》れよう」

侍女《じじょ》の手を止めて、メメリがかわる。

毒を盛られたぼくのためだ。毒見もいるしもう大丈夫《だいじょうぶ》だとわかっていても、お茶を飲むとき、少しだけ顔が強張《こわば》ってしまう。それに気づいたのか、メメリは部屋にやってきたときは手ずからお茶を淹《い》れてくれるようになった。

「メメリのほうが、心配だよ」

「私はいつもどおりだよ。心配ない」

「疲《つか》れた顔をしてるだろ。ぼくの、せいで」

ザリュエさんに言われたことが蘇《よみがえ》る。

「クリは関係ないよ」

それは、どういう意味だろう。

気にしなくて大丈夫《だいじょうぶ》だよ、という気遣《きづか》いなのか、それとも、部外者であるぼくに対する拒絶《きょぜつ》なのか。

確かめる勇気はないので、言葉をお茶と一緒《いっしょ》に飲《の》み込《こ》む。

「クリ、それは？」

「え？　ああ、お守り、作ったんだ」

ぼくの首元を、メメリが指す。

部屋にいるあいだに編んだ、お守りのネックレスだ。透明《とうめい》の、けれど光にかざすと芯《しん》から赤い光が放たれる、以前民《たみ》にもらった石を編《あ》み込《こ》んだ。

あのひとは、ぼくを〝カラス〟だと信じて渡《わた》してくれたものだから、実際にはぼくが手にするべきものではなかったのかもしれないけれど。

自分がアクセサリーをつける日が来るとは思わなかった。

でも。

「この石、冥《めい》を思い出すんだ」

これを身につけていると、ほんの少しだけ、気持ちが落ち着く。首に重みを感じることで、安心する。

まるで冥《めい》が、そばにいるみたいな気がする。

近くにいたときは、あんなに煩《わずら》わしく感じていたのに、不思議だ。

「メイ、か」

お茶の入った器《うつわ》を見つめながら、メメリが囁《ささや》く。

きっとメメリは今、カラスである冥《めい》が現れるのを、待っている。

冥《めい》がここにいたらよかったのに。

ぼくなんかではなく。

そしたら、こんな状況《じょうきょう》には、陥《おちい》っていないはず。

「……チックスは、まだ地下にいるの？」

「ああ。でも……もうすぐ、処刑《しょけい》されることになる、と思う」

「え？　それって……！」

驚《おどろ》くぼくに、メメリは眉間《みけん》に皺《しわ》を寄せて、苦しそうな顔をする。

「もうこれ以上待っても、なにも得られるものはないだろう。もう少し時間を掛《か》けるべきだと思ってるが、調べてもはっきりしないことが多すぎて進まない。このまま取り調べを続けてもすべてが明らかになることは難しいだろうと、アルも言っている。私も、そう思う」

チックスは、今なお黙秘《もくひ》を続けている、ということだろう。にもかかわらず、処刑《しょけい》されるなんて、ぼくには受け入れられない。どれだけ時間がかかっても、調べるべきだ。

チックスの他に、犯人がいる可能性も考えていたが、なにも見つけられなかったのだろうか。

でも、メメリがチックスと話をしないまま処刑《しょけい》を決めるわけがない。

じゃあ、やっぱり、チックスが犯人なのか。メメリは、そう確信したのか。

気になる。教えてほしい。知りたい。

なのに、言葉が出ない。

――『なにも、気にされなくて大丈夫《だいじょうぶ》です』

ザリュエさんと同じような返答をされるのが、怖《こわ》いからだ。

「なあ、クリ。今日は一緒《いっしょ》に夕食をとらないか」

話題をかえようとしたのか、メメリがぱっと顔を上げて言った。無理して明るい声を出している。

けれど、目が合った瞬間《しゅんかん》、わずかに眉《まゆ》を寄せて視線を逸《そ》らした。

「いや、まだちゃんと食べられないから、ひとりで食べるよ」

「……そうか。そうだな、うん」

「ご、めん」

「いや、気にしないでくれ。そろそろクリも休まないとな。食欲がなくてもしっかり食べて、薬を飲んで、ちゃんと休んでくれ。また、会いに来るから」

すっくと立ち上がり、メメリが部屋を出ていく。

以前は、メメリと一緒《いっしょ》にいる時間は楽しかったし心安まったのに、今ではぎこちない。それをメメリも感じ取っているから、長居をしなくなったんだろう。夕食のことも、ぼくが断ってくれて内心ほっとしているんじゃないだろうか。

ひとりになり、器《うつわ》に残ったお茶を飲み干して、ふうっと息を吐《つ》く。

もう、どのくらいのあいだ、部屋の中に閉じこもっているだろう。

この部屋から外に出ようとするだけで、最近は足が動かなくなる。体力がないとか、そういう問題ではなく、誰《だれ》かに会うのが、怖《こわ》いのだ。すれ違《ちが》うみんなから向けられる冷たい視線を、見たくないからだ。

環境《かんきょう》がかわったことで、ぼくはぼくなりに頑張《がんば》ったつもりだ。文字を学び、この国のためにできることを考え、積極的に動いた。

相手と目を見て話せるようになった。自分の意見を口にできるようになった。

ぼくは、かわったと思っていた。かわることができたと実感していた。

でもそんなの、気のせいだったんだ。

痣《あざ》を隠《かく》して耳と目を塞《ふさ》いで過ごしていた自分は、そう簡単に消えはしない。

気がつけば、学校でそうしていたように、俯《うつむ》いて過ごすようになっている。

――みんなが、ぼくを見て顔を顰《しか》めているような気がする。

カラスじゃなかったのかと、偽者《にせもの》だったのかと、みんながぼくを責めているように思えてくる。

痣《あざ》なら髪《かみ》の毛《け》で隠《かく》してしまえる。けれど、この真っ白になった髪《かみ》は、すっぽりとフードを被《かぶ》らなければ隠《かく》すことができない。いや、なにをしたって、ぼくの存在は隠《かく》せない。

やさしくされた分だけ、まわりの目が怖《こわ》い。

部屋の中に閉じこもって避《さ》けていれば、悪い想像ばかりが膨《ふく》らむ。

みんな、カラスを求めていただけで、ぼくという人格は不要だったんじゃないかと。

もともと「カラスじゃない」と繰《く》り返《かえ》し主張していたのは、他の誰《だれ》でもない、自分だ。それが真実だったと、ようやくまわりも気づいただけじゃないか。

それでも、せめて他の役割ができていたら、こんなに惨《みじ》めな思いはしないですんだのだろうか。

この国の文字が読めるようになったからって調子にのり、元の世界の知識をひけらかして、役に立った気になっていた。居場所を作ろうとしゃしゃり出て、迷惑《めいわく》をかけた。

そんなぼくが、今なお以前のようにこの城の中で、不自由のない生活をしていることに、誰《だれ》も彼《かれ》もが不満を抱《いだ》いているだろう。

この波《は》を乗《の》り越《こ》えることができるのか不安な民《たみ》からすれば、ぼくはただの穀潰《ごくつぶ》しだ。

ぼくは救世主ではなく、ただの疫病神《やくびょうがみ》だった。

どこにいても、ぼくは誰《だれ》にも必要とされない。

誰《だれ》からも好かれない。

それどころか、疎《うと》まれている。

ぼくは、どうしてここにいるのだろう。

ぼくなんか。ぼくなんか。

「冥《めい》」

無意識に名前を呼び、ネックレスの石を右手で握《にぎ》りしめた。

そうしたら、冥《めい》に「また〝ぼくなんか〟って言ってる！」と叱《しか》られたことを思い出せる。そして、ぼくは「だってそうなんだから」と心の中で言い返せる。

ここでは誰《だれ》も叱《しか》ってくれない。

誰《だれ》も、ぼくの背中を無遠慮《ぶえんりょ》に叩《たた》いてこない。

——今まで、ぼくにとって冥《めい》は、そんな存在だったんだ。

ぼくは本当に、冥《めい》に甘《あま》えていただけの、なにもできない弱虫だった。

自覚してもなお、なにもできないほどに。

「どこにいるんだよ、冥《めい》。いつも、うっとうしいくらいぼくのそばにいたのに、なんでぼくをひとりにしたの」

ぼくは、なんて自分勝手なんだろう。

冥《めい》のことを思い出さない日もあった。自分はカラスじゃないと、カラスは冥《めい》に違《ちが》いないと思いながらも、冥《めい》のことを忘れようとしていた。

メメリに冥《めい》の捜索《そうさく》を頼《たの》んだきり、どうなっているのか積極的に聞いて確かめなかった。冥《めい》はまだ見つかっていないと報告があれば、ほっとした。

冥《めい》は絶対にこちらに来ている。それは双子《ふたご》の直感のようなものでわかる。

でも、ぼくと違《ちが》って、冥《めい》は強いから。

いつでも冥《めい》は誰《だれ》かに囲まれていたから。

ぼくがわざわざ捜《さが》さなくても、冥《めい》なら大丈夫《だいじょうぶ》。

そう思って、冥《めい》の心配なんか少しもしていなかった。

ぼくが心配していたのはただ、冥《めい》が現れることでぼくが不要になるかもしれないことだけだ。

冥《めい》が現れたら、みんなぼくにやさしくするのをやめるはずだ。やさしくすべきは、親切にすべきは、囲むべきは、カラスの冥《めい》だから。

もっとぼくが本気で冥《めい》を捜《さが》していたら、こんなことにはなっていなかっただろうか。

この国のために、メメリのために、ぼくがなにかをしようだなんて、烏滸《おこ》がましいことだった。

ぼくは、ただ、冥《めい》を捜《さが》せばよかったんだ。

ごめんね、冥《めい》。

ぼくなんかに冥《めい》のかわりはやっぱり無理だったんだ。

ぼくは結局、どこにいってもまわりに馴染《なじ》めないんだ。

冥《めい》ならどんな状況《じょうきょう》でも歯を食いしばって立ち向かう。髪《かみ》の毛《け》が何色だって、わたしはわたしだと、胸を張る。泣いて悔《く》やんだってなにもかわらないから、立ち止まる前に、進む。

かつて、学校でそうしていたように。

視界がじわじわと滲《にじ》んで、ぼくは泣いていることに気づく。

溢《あふ》れる涙《なみだ》が、冷気にさらされて、頬《ほお》が刺《さ》すように痛む。

「……冥《めい》を、見つけなくちゃ」

それが、今のぼくにできる、唯一《ゆいいつ》のことだ。それしか、残されていない。

でもそれは、自分のために他ならない。これ以上、惨《みじ》めでいたくないから。

自分でも呆《あき》れてしまうほど、ぼくは自分本位だ。最低だ。本当にぼくは、冥《めい》とは全然似てない双子《ふたご》だ。

できることならぼくだって、冥《めい》のように正しいひとでありたかった。

ずるいよ、冥《めい》。双子《ふたご》なのに、なんで冥《めい》ばかり。

——ぼくだって、カラスになりたかった。


夜になると、城内はしんと静まり返る。

最近は熟睡《じゅくすい》できなくて何度も夜中に目を覚ましていた。そのおかげで、なんとなく城の中がどんな状態かを知っている。

以前は部屋の前に必ずふたりの兵士がいた。ぼくが寝込《ねこ》んでいるあいだは部屋の中にもふたり、出入り口を塞《ふさ》ぐように立っていたそうだけれど、今はいない。カラスじゃないぼくが、今さら誰《だれ》かに襲《おそ》われたところでたいした問題ではないからだろう。

「カラスじゃないと気づかれたおかげで、この国ではじめて本当の自由を得るなんて」

はは、と乾《かわ》いた笑いが溢《あふ》れる。

念のため廊下《ろうか》に顔を出して、誰《だれ》もいないか確認《かくにん》をする。

やっぱり、いない。けれど、見回りはいるはずだ。誰《だれ》かと出くわさないように気をつけなければいけない。

夕食後、部屋にあった風呂敷《ふろしき》サイズの布に、私物を包んだ。もともと着ていた制服と靴《くつ》、そして冥《めい》のスカーフ。お金になりそうないくつかの石と、こっそり持ち出した日持ちのしそうな食べ物も入れた。

しっかり包んだそれを体にくくりつけて、上から毛皮のマントを羽織る。

金目のものはもちろん、今着ている服やマントや刺繍《ししゅう》の布を勝手に持って行くことに申し訳ない気持ちはあるけれど、これらがなければ冥《めい》を捜《さが》し出《だ》す前に、この寒さで凍《こご》え死んでしまいかねない。

そもそも、この季節にたったこれだけの防寒具だけをまとって外に出ること自体、危険だ。

でも、凡《ぼん》まで待つことはできない。いつまでこの城にいられるかわからない。なんなら明日にでも、着の身着のまま追い出される可能性だってある。城を出てからは、しばらく人目につかないところ——森の近くがいいだろう——で寒さに耐《た》えながら隠《かく》れて過ごそう。

目元まで深くフードを被《かぶ》り、そっと部屋を出た。

ぼくは〝じゃない者〟よりも五感が鈍《にぶ》い。だから、細心の注意を払《はら》う必要があった。見つかったところで止められはしないだろうが、荷物を奪《うば》われるのは困る。

それに、どうしても立ち寄りたい場所が、会いたい者が、いる。誰かに見つかるわけにはいかない。

チックス。

きみは本当にぼくを殺そうとしたの？

もし本当だったら、そんなにぼくのことがきらいだったの？　なんでなの。

最後にそれだけ訊《き》きたかった。

チックスが捕《と》らえられているのは城の敷地内《しきちない》にある地下牢《ちかろう》で、その入り口は王族や側近など、限られた者しか知らない。

だけど、ぼくは通用口のひとつを知っている。

城を出て、城門まで続く長い坂道の途中《とちゅう》に、ひとひとりが入れるかどうかという小さな穴が開いている。凡《ぼん》の時季、一度市場からの帰りに汚《よご》れた衣服に身を包んだ子どもがその穴へ入っていくのを見かけた。

どうして子どもがこんな場所にいるのかと気になってメメリに訊《き》いたところ、地下牢《ちかろう》を掃除《そうじ》する小柄《こがら》な狩《か》る者たちだと教えてくれた。

話を聞いただけだし、ぼくはこの世界にやってきてますます身長が伸《の》びた。狩《か》る者が出入りできる穴に入れるかどうかはわからない。施錠《せじょう》されている可能性も高い。

でも、入れるかもしれないから。

冥《めい》なら、やろうとするはず。そうだろ、冥《めい》。冥《めい》は、やる前に諦《あきら》めたりしない。

心の中で冥《めい》に話しかけながら、ネックレスを握《にぎ》りしめる。

波《は》の夜は、昼間よりもはるかに冷《ひ》え込《こ》む。そのせいか危険な人物でさえ出歩くことがないようで、誰《だれ》にも会うことなく外に出ることができた。

夜を選んだのは、ただ、そのほうが見つからないと思ったからだ。でも、もともと、この国はそれほど危険なことがないのかもしれない。ぼくが毒を盛られるまで、なにか事件が起きたこともなかった。

ばくばくしていた心臓が、無事に空の下に出られたことで、落ち着いていく。

緊張《きんちょう》のせいか、寒さもそれほどひどく感じなかった。雪が降っていない日を選んでよかった。

月も出ているので、まわりが見えないこともない。

この調子なら目的地までも問題なく行けるだろう。

できるだけ道の端《はし》をゆっくりと進み、足元を注意深く確認《かくにん》して歩く。

「あ、あった……」

岩と岩のあいだに、穴を見つけた。小さいが、ぼくでもなんとか通れそうだ。

まわりを見回し、そろりと中に入る。円筒《えんとう》の滑《すべ》り台《だい》のようになっていて、足を折り、おしりを地面につけた状態で少しずつ奥《おく》に進んだ。

これ、出るときどうするんだろうか。

この先にあるのは地下牢《ちかろう》なので、脱出《だっしゅつ》しにくい、という点ではいいのかもしれないけど。でも、不便じゃないんだろうか。狩《か》る者はなにかしらの特技で出られるとしても。

疑問を覚えながら、奥《おく》へ奥《おく》へと向かう。

風に乗って、足元から異臭《いしゅう》が漂《ただよ》ってくる。

少しずつ穴が広がっていく感覚がして、足が地面に着いた。今すぐ鼻と口を布で覆《おお》いたいほど腐敗臭《ふはいしゅう》が立《た》ち込《こ》めている。

こんなところに、チックスがいるのか？

ぼくよりも〝じゃない者〟は鼻が利《き》く。ひどく苦しいはずだ。それも、罪人だから仕方ないのだろうか。

地下牢《ちかろう》に、光はまったく届かない。

なにか、明かりはないだろうか。

目を凝《こ》らして見渡《みわた》すと、そばの壁《かべ》になにかの器《うつわ》を見つけた。肌触《はだざわ》りからして、かなり古くなった器《うつわ》だろう。これなら火に強いはず。

ポケットに入れていた枯《か》れ葉《は》を数枚取り出して、手のひらの中でもみ合わせる。すぐに熱を発しはじめたので器《うつわ》の中にそれを入れた。枯《か》れ葉《は》は着火材として使われているもので、懐中《かいちゅう》電灯がわりになる。

本来は石で擦《す》り合《あ》わせて使用するものだ。けれど、興味本位でぼくがいじっていたときに、石でなくてもほんのり熱を持ち光を放つことがわかった。まわりを照らすくらいならじゅうぶんだ。

器《うつわ》から、ふわりとほのかな明かりが広がる。

「……チックス？」

そっと呼びかけると、どこかでなにかが動く音がした。

驚《おどろ》いて横を見ると、薄汚《うすよご》れた子どもが、ひとり。

「え」

〝ひと者〟の子どもだった。五歳くらいか、いやもっと小さいか。ガリガリで体も小さいから、よくわからない。器《うつわ》を掲《かか》げてよく見る。

牢《ろう》の中には、数人の様々な種族の、おそらく子どもが、いた。肩《かた》を寄せ合うようにひとつにかたまり、震《ふる》えている。確かなことはわからないが、ほとんどが〝じゃない者〟だ。

なんでこんなところに子どもがいるんだろう。

なにか、罪を犯《おか》した子どもだろうか。

でも、それにしては全員が怯《おび》えすぎている。

そういえば……子どもが行方《ゆくえ》不明になる事件が続いている、と以前メメリが呟《つぶや》いていた。保護された子どもたちかな。でも、なんだかおかしい。

「あ、の」

「か、から、す、さま」

「……っチックス？」

子どもたちに話しかけようとした瞬間《しゅんかん》、微《かす》かに呼ばれて振《ふ》り返《かえ》った。

「チックス？　チックス？　どこ？」

「からすさ、ま、な、ぜ」

声が聞こえる方向にまっすぐ進むと、今度は掠《かす》れる声が横から聞こえた。勢いよく器《うつわ》を向けて確認《かくにん》し――声を失う。

チックスが、そこにいた。

鉄格子《てつごうし》のすぐそばで、しゃがんでぼくを見上げている。赤い目だ。でも、それはひとつだけだった。ふたつあったはずのチックスの目が、ひとつに、なっている。

「つな、なんで、目、目が……」

「ご無事でしたか。よか、よかった。申し訳あ、りま、せん。ちゃんと、確認《かくにん》、しておけ、ば。ああ、よか、た」

チックスは途切《とぎ》れ途切《とぎ》れに喋《しゃべ》る。

その様子は、発言は、ぼくに毒を盛った犯人とは思えなかった。こんなにも弱っていながら、ぼくの身を案じ、無事を喜ぶチックスが、ぼくに毒を盛るはずがない。

「チックス……いったい、なにが……」

ここが日の下でなくてよかった。

明かりが心許《こころもと》ないほど弱々しくて助かった。

今のチックスのひどい状態を目の当《まあ》たりにしていたら、ぼくは、取《と》り乱《みだ》して泣《な》き叫《さけ》んでいたかもしれない。そのくらい、チックスは痛々しい姿になっている。

膝《ひざ》をついて、チックスに手を伸《の》ばす。

あたたかかったチックスの肌《はだ》は、ごわごわと強張《こわば》り、冷たくなっている。

「……誰《だれ》が、こんなひどいことを。チックスは、なにも、してないのに」

「しんじて、いただけ、るんです、ね」

「当たり前だろ」

「誰《だれ》にも、しんじて、もらえなかった、のに……」

チックスはずっと、沈黙《ちんもく》を貫《つらぬ》いていると報告があった。それはなにかを隠《かく》すためだろうと、ぼくは聞いていた。

でも、違《ちが》う。そうじゃなかった。

チックスはずっと前から無実を訴《うった》えていた。だが、なぜかその訴《うった》えはメメリに届かなかったのだ。そうして、自白も証拠《しょうこ》もないまま、チックスは処刑《しょけい》されることになっていた。

このままここにいれば、近いうちに、チックスは殺される。ぼくを殺そうとした本当の犯人が、そう仕向けたに違《ちが》いない。

胸の中に、炎《ほのお》が灯《とも》る。憤怒《ふんど》の感情が、ぼくの体を熱くする。

許せない。許さない。

「誰《だれ》が、チックスをこんな目に……」

「めめ、り、さまに」

「……っメメリにされたの？」

「めめり、さ、まに、お茶を、飲まない、ように」

なにを言っているのかわからない。

メメリにそんなことを言われたのだろうか。

それとも、メメリにそれを伝えてほしいのか。

チックスは苦しそうに地面に手をつき、ひゅうひゅうと喉《のど》を鳴らしてから数回咳《せ》き込《こ》む。

「おちゃ、が、どく」

ツギハギだったせいで、すんなりと頭に入ってこなかった。

お茶が、毒。

頭の中で漢字に変換《へんかん》する。

どのお茶のことを言っているのだろう。

ぼくが飲んだお茶は、たしかに毒だった。でも、メメリも同じものを飲んだがなんともなかったし、調べた結果お茶そのものに毒は含《ふく》まれていなかった、と聞いている。

どういうことか訊《き》こうとしたとき、チックスが微《かす》かに体を震《ふる》わせた。そして、

「かくれ、て」

と囁《ささや》くように言う。チックスの視線が、ぼくがやってきた方向とは逆に向けられている。

はっとして、すぐさま踵《きびす》を返し、来た道を戻《もど》る。

チックスはぼくよりも聴覚《ちょうかく》が優《すぐ》れている。きっと、ここに今から誰《だれ》かがやってくる。おそらくまだ近くには来ていない。その隙《すき》に、どこかに身を隠《かく》さないと。暗闇《くらやみ》に紛《まぎ》れてしまえばなんとかなるかも、と思ったけれど、今から来る者が夜目の利《き》く種族なら意味がない。

先ほど入ってきた狭《せま》い通路に足先から体を押《お》し込《こ》み、器《うつわ》の中の灯《あか》りを消した。

呼吸音が聞こえないように口を手で覆《おお》って、息を殺す。反対側の入り口なら、そう簡単には見つからない、と願うしかない。

ぼくの耳にも、何者かの足音が届いた。近づいてきている。心臓が激しく脈打つ。

「まだ息をしているか」

舌打ちまじりの声が、聞こえてきた。

「しぶといな。かといって私が殺してしまうわけにもいかないしな」

「……な、ぜ」

「メメリに自分が犯人だと告白するなら、生きる道もあったかもしれないというのに。たかが侍《じ》女風情《じょふぜい》がこんなにしぶといとは」

はあっとため息を吐《つ》いた。

知っている。ぼくは、この声の主を知っている。

この声は――ザリュエさんだ。

メメリの叔父《おじ》で、王の弟で、これまでずっと、ぼくらに親身になってくれていた。でも、この件の指揮を執《と》っていたのはザリュエさんだった。チックスを尋問《じんもん》――ぼくには拷問《ごうもん》のように見えるが――したのも、ザリュエさんなのだろうか。あんなに、むごいことを、いつも穏《おだ》やかな笑《え》みを浮《う》かべていた者が……。

――お茶が、毒。

チックスがぼくに伝えてきた言葉を、思い返す。

ぼくとメメリが飲んだお茶は、ザリュエさんがメメリのために用意した、ダルデールのものだった。

でも、茶葉に毒素がないのは、間違《まちが》いない。調べた誰《だれ》かが偽《いつわ》りの報告をしたり、誤った調査結果になっていないかとあらゆる可能性を考え、メメリは、ひとつひとつ確認《かくにん》したはずだ。

「衰弱死《すいじゃくし》までどのくらいでしょうか」

ザリュエさんとは別の声が聞こえた。ザリュエさんの侍従《じじゅう》なのか、丁寧《ていねい》な言葉遣《ことばづか》いだ。

「さあな。メメリが会いに来るまでには死んでもらわないと困るんだが。余計なことを喋《しゃべ》られては計画が台無しだ。こんなことなら、こいつになにも言わなきゃよかったな」

「まさかこれほどまでに忠誠心が強いとは思いませんでしたね。メメリさまなんかに」

メメリさまなんか。

侍従《じじゅう》のくせに、なんてことを言うんだ。

歯を食いしばり、苛立《いらだ》ちを必死に我慢《がまん》する。

「まったく、予定がめちゃくちゃだ。まさか、カラス殿《どの》があの茶を飲むとは」

ちっ、と舌打ち混じりにザリュエさんが言う。

「あの茶の毒はじわじわ死に至らしめるだけの弱いものだったのに、まさか〝ひと者〟には劇薬になるとは。これだから〝ひと者〟は面倒《めんどう》だ」

「万が一を考えて、わざわざさまカラスさまには別のお茶を用意して、メメリさまの侍女《じじょ》にも伝えていたというのに、この侍女《じじょ》を呼んで一緒《いっしょ》に飲むとは予想外でしたね」

まさか、まさかザリュエさんがメメリに毒を盛っていたなんて。

あのお茶そのものが、毒だったなんて。標的は、ぼくではなくメメリだったなんて。

でも、どうやって毒を隠《かく》すことができたんだろう。

そこで、ふと、思い至る。

掛《か》け合《あ》わせか。

ひとつひとつは毒でなくとも、混ぜると危険な化合物になる物質がある。あるいは水にさらすことや、特定の温度で温めることで毒素が出るとか……その両方かもしれない。

そして、〝じゃない者〟と〝ひと者〟は体の造りがまったく違《ちが》う。

「こいつには水でもかけておけ。そのうち凍死《とうし》するだろう」

「逃《に》げ出《だ》したことにして、あの商品とともにダルデールに売《う》り払《はら》うのはいかがですか」

「ひ……！」

侍従《じじゅう》の言葉に、子どもたちが悲鳴を上げた。

「や、やだ。家に、帰りたい」「ダルデールなんか、やだ、いやだ」「あたし、たち、どうなるの」「こわい……こわいよお」

ぶるぶると震《ふる》えた声で、子どもたちが言葉を漏《も》らす。

それを聞いたザリュエさんたちは鼻で笑っただけで、子どもたちになんの返事もしない。まるで、無駄《むだ》だとでも言わんばかりだ。

まさか。まさか。

子どもたちのすすり泣く声を聞きながら、体の震《ふる》えを必死に抑《おさ》える。

商品。ダルデール。売《う》り払《はら》う。行方《ゆくえ》不明の子ども。家に帰りたい子ども。

信じられない想像が浮《う》かんで、息が止まる。

「逃《に》げたと誤魔化《ごまか》すのはだめだ。そこでメメリがこの件を終わらせるはずがない」

「まあ……余計面倒《めんどう》なことになるかもしれないですね」

「メメリは警戒心《けいかいしん》が強く疑《うたぐ》り深《ぶか》いところがあるからな。私になにかしら疑惑《ぎわく》を持つようなことは避《さ》けなければ。現時点ですでに、この侍女《じじょ》との面会申《もう》し込《こ》みを何度も断っている状態だ」

ザリュエさんの口調は、心底腹立たしそうだった。

メメリのことを煩《わずら》わしい存在だと思っているのが、ありありと伝わってくる。

「なんにせよ、そろそろ限界だ。処刑《しょけい》にはなんとか許可をもらったが、最後に一度は会わせろと粘《ねば》りよる。もって数日だ。それまでに自然死させなければ。あと、あの商品は今日か明日にも売り飛ばしておけとブラングに伝えろ」

ブラングさんも、共犯だったのか。

メメリはあんなにも、ダルデールに頼《たよ》らない国にしたいと、ノーパーヴァを豊かにできないかと必死にいろんなことを考えているのに。

ザリュエさんたちは、この国の民《たみ》をダルデールに売っている。

悔《くや》しさと、怒《いか》りで、涙《なみだ》が浮《う》かぶ。

ぼくに腕力《わんりょく》があれば、今すぐ彼《かれ》らを倒《たお》して、チックスも子どもたちもここから救い出すことができただろう。

でも、ぼくひとりでは、なにもできない。

せめて、この状況《じょうきょう》をメメリに伝えなければ……でも、どうやって？

もし、見つかってしまえば、すべて終わりだ。

恐怖《きょうふ》で震《ふる》えそうになるのを、唇《くちびる》に歯を立ててぎゅっとこらえる。

「あのカラスもどきも、もう不要だな。いっそあのまま死んでくれたらよかったものを」

ザリュエさんが呟《つぶや》く。

ざわりと、全身に鳥肌《とりはだ》が立った。

――殺される。

彼《かれ》らの手にかかれば、ぼくはいとも簡単に死ぬ。外に出るだけでも、凍死《とうし》する可能性が高いくらい、ぼくは弱い。なにもできないまま、あっけなく死ぬに違《ちが》いない。

――いやだ。

ブレスレットに編《あ》み込《こ》んだ石が、視界の隅《すみ》で揺《ゆ》れる。

冥《めい》。冥《めい》、助けて、冥《めい》。いつも、ぼくを守ってくれたように。

でも、今ここに、冥《めい》はいない。

だから、自分で、自分の足で、逃《に》げなきゃいけない……！

しばらくすると、ザリュエさんたちは地下牢《ちかろう》から出ていった。地下牢《ちかろう》に立《た》ち込《こ》める異臭《いしゅう》と暗闇《くらやみ》のおかげだろうか、ぼくの気配には気づかなかったようだ。

一度地下牢《ちかろう》に這《は》い出《で》てから、向きをかえる。奥《おく》から無数の気配がしたが、もう灯《あか》りはつけなかった。顔を背《そむ》けたまま、穴の中から外へと匍匐《ほふく》前進で向かう。

この狭《せま》い道を通る以外の出入り口はあるのだろう。ザリュエさんがやってきたのは、反対側だったし、彼《かれ》はぼくよりも背は低いが体が大きいから。

そちらの通路を探したほうがはやく逃《に》げられるかもしれない。でも、誰《だれ》かが見張っているはずだ。

誰《だれ》かに見つかれば、ぼくは殺される。

ザリュエさんたちの会話を聞いていたことがバレたら、それこそ、すぐに。

いやだ、死にたくない。

痛い思いだってしたくない。

はやく、今すぐ、この城から、いや、この国から逃《に》げないと。

長い長い穴を抜《ぬ》けて外に出ると、力の入らない足を必死に動かして城門に向かう。何度も転びそうになりながら、とにかく前に進んだ。呼吸が乱れる。寒いのに汗《あせ》が滲《にじ》んでくる。

はやく。城の外に。

門が見えてきてほっとしたものの、そばに数人の兵士が立っているのがわかった。波《は》の夜でも、さすがにここには見張りがいるのか、と、慌《あわ》てて足を止め脇《わき》に移動する。

すぐ横にある塀《へい》に目を向ける。ここを乗《の》り越《こ》えたら、外に出られるかもしれない。でも、城は傾斜《けいしゃ》の上に立っているので、塀《へい》の向こうは崖《がけ》の可能性がある。

とりあえず、塀《へい》に上って先がどうなっているのか確認《かくにん》しようか。

でも、どうやって塀《へい》に上ればいいのか。なんとか上れたとしても、こんな暗闇《くらやみ》では、下がどうなっているのか確認《かくにん》できないのでは。

この方法は無理だ。では、堂々と、門を抜《ぬ》ける、というのはどうだろう。

うまくいくだろうか。この時季の夜に外出するぼくを、通してくれるだろうか。

もし彼らが、ザリュエさんの仲間だったら――？

どうすれば。どうすればいい。

考えれば考えるほどわからなくなる。

なにも思いつかなくて、情けなくて涙《なみだ》が出る。

――なんで、ぼくがこんな目に遭《あ》わないといけないんだ。

この世界なら、生きやすいと思ったはずなのに。この国でなら、誰《だれ》にもきらわれずに過ごせると思ったのに。

こんな生死の危機に直面するなんて。

こんなことなら、元の世界でみんなに無視されているほうがずっとマシだった。誰《だれ》にもなににも期待しないで諦《あきら》めていたほうが、ずっとずっと、楽だった。

「いじめも、差別もない、やさしい場所だと、思ったのに……」

蹲《うずくま》って声を漏《も》らす。

――そんな世界は、どこにもない。

はじめから、気づいていた。

ぼくがカラスじゃないことに最初からみんなが気づいていれば、今日まで生きてはいられなかっただろう。寒い中放り出されて、すぐに死んでいたはずだ。誰《だれ》かに助けられたとしても、読み書きもできず、力も知恵《ちえ》もない、おまけに体の弱い〝ひと者〟のぼくは、誰《だれ》にとっても煩《わずら》わしい存在でしかない。

運がよかっただけ。恵《めぐ》まれていただけ。

わかってた。そんなことははじめからわかっていた。

でも、本当の意味でわかっていなかった。

「……なんで、逃《に》げないといけなんだろう」

いじめも差別もない世界なんて、どこにもない。まして、今や自分はカラスを騙《かた》った罪人だ。いずれ見つかって城に連《つ》れ戻《もど》され、そのうちザリュエさんに殺される。運よく逃《に》げ切《き》ったとしても、波《は》の季節をひとりで生き抜《ぬ》くなんて無理だろう。

遅《おそ》かれ早かれどうせ死んでしまうなら、逃《に》げる必要なんてないのでは。

冥《めい》を捜《さが》すと言ったって、ぼくに見つけられるのかもわからない。冥《めい》はぼくが見つけ出さなくても、いつかこの城に——カラスを必要とするこの国に辿《たど》り着《つ》くはずだ。

そもそもぼくは、本当に冥《めい》を捜《さが》すために、城を出ようと思ったんだろうか。

ただ、現実から逃《に》げたかっただけなんじゃないか。

メメリに出ていけと言われるのが怖《こわ》かっただけなんじゃないか。

体から、力が抜《ぬ》けていく。

逃《に》げてどうなる。

でも、やっぱり痛いのはいやだな。

——『涅《くり》はいつもすぐ諦《あきら》める』

諦《あきら》める以外にどうしたらいいんだよ、冥《めい》。

どうしたら楽になれるんだ。うまくいく保証もないのに抗《あらが》おうとするのは、とても、気力がいることなのに。

ゆらりと、足元の影《かげ》が揺《ゆ》れた。うっすらとした、朧《おぼろ》げな影《かげ》。

なんとなく空を見上げると、ふたつの瞳《ひとみ》が——月が、ぼくを見下ろしている。

ぼくを監視《かんし》している、と思った。

ギラギラと輝《かがや》く月は、ときおり聞こえる不思議な声の主の瞳《ひとみ》のようだった。

瞳《ひとみ》といえば……チックスの目は、大丈夫《だいじょうぶ》だろうか。

水をかけろと言っていた。もうすでにひどく弱っていたチックスは、この寒さの中で命を落とすのだろうか。

今、メメリにすべてを伝えれば、チックスは助かるかもしれない。

一緒《いっしょ》にいた子どもたちも、すぐに売《う》り払《はら》うとも言っていたが、今救出すれば間に合うはず。

今ここでぼくが死んだら、あの地下牢《ちかろう》にいる者たちは、みんな――。

最悪の結末になったとしても、それはぼくのせいじゃない。

悪いのはザリュエさんとブラングさんだ。

でも、ぼくが動かなければ、助かるかもしれないみんなが死んでしまう。

そこで、今さら、気づく。

「メメリも、危ない」

はっとして、城に視線を向ける。

チックスがお茶を飲むなと言っていた。これまでザリュエさんがメメリに渡《わた》した茶葉は破棄《はき》されたかもしれないが、彼《かれ》はきっと、また新しく茶葉を贈《おく》るに違《ちが》いない。

メメリを毒殺するために。長い年月をかけて、少しずつ。

ぼくがこのまま逃《に》げたら。ぼくが今までそうしてきたみたいに諦《あきら》めてしまったら。

みんなの悲しい未来が確定してしまう。

——それだけは、いやだ。だめだ！

勢いよく立ち上がり、来た道を戻《もど》る。

地面を蹴《け》って、メメリのもとに。

メメリはきっと眠《ねむ》っているだろう。でも、朝まで待つことはできない。今すぐに、できるだけはやくに、メメリにすべてを伝えなくては。

「夜のお散歩ですか？」

「——っ」

城の入り口が見えてきたそのとき、声をかけられて体が固まった。

「な、なんで」

「カラス殿《どの》は我々のことを侮《あなど》っているのですかね。本当に身を隠《かく》したいのであれば、もう少し時間を置いてからあの場所を動かなければいけませんよ」

闇《やみ》から、ザリュエさんが姿を現す。

冷たい風にまじって、微《かす》かに植物の匂《にお》いがする。まわりは岩ばかりなのに。

城の入り口に置かれている明かりで、ザリュエさんの笑《え》みが浮《う》かび上《あ》がる。

あの場所を離《はな》れるのが、はやすぎた。ぼくの動く音が、ザリュエさんの耳にまで届いてしまったのだろう。迂闊《うかつ》だった。そこまで考える余裕《よゆう》がなかった。

「あのまま逃《に》げ去《さ》るのなら放っておいてあげてもよいかと思いましたが」

「……ぼくを、殺すの？」

「どうしましょうか。どうするのがいいでしょうね。なにも言わずにいてくれるなら、まあ、殺す必要はないかもしれません。私に従順ならば、これからもカラスとして扱《あつか》ってあげてもいいですよ。利用する価値は、まだ、あるでしょう」

それは、メメリを見殺しにしろと、そういうことだ。

メメリだけじゃない。チックスやあの子どもたちも。おそらく、この先の誰《だれ》かも。

ぼくは、諦《あきら》めるのが得意だ。

だってぼくにはなにもできないから。

——でも。

そのせいでぼく以外の誰《だれ》かが傷ついたっていい、だなんて思っていない。思えない。

「……そうするって言ったら……ぼくは無事でいられる？」

ただ、抵抗《ていこう》するのは今じゃない。ここでザリュエさんの提案を断ったところで、対抗《たいこう》する術《すべ》はない。言うことを聞くフリをしていれば、チャンスができるかも。ぼくのことをなにもできない〝ひと者〟だと侮《あなど》り、油断するかもしれない。

声を震《ふる》わせてザリュエさんに問いかけると、彼《かれ》は一歩近づいてきた。

「地下牢《ちかろう》で、しばらくおとなしくしてくれるなら、生かしてあげますよ」

ぼくに近づいてきたザリュエさんが、ふふっとやさしく笑って言う。

ぼくがメメリに余計なことを言わないように、閉《と》じ込《こ》めるつもりか。

おそらく、メメリが死ぬまで。

それでは、だめだ。それじゃ遅《おそ》すぎる。

「納得《なっとく》がいかない様子ですね。やっぱり殺すしかないでしょうか」

「……なにが、目的なんですか」

「私は、この国を、守りたいだけだ」

平然と、けれどきっぱりと力強く、ザリュエさんが答える。

さっきまでの穏《おだ》やかさが消《き》え失《う》せ、ギラついた瞳《ひとみ》をぼくに向けた。

「潔癖《けっぺき》なままで、この貧しい国が存続できると思うか？　そう思いながら私が何周を過ごしたか知っているか。それも、毎周食料はどんどん不足している。ならば、民《たみ》を減らすしかないだろう。売れば数が減る。おまけに物資が手に入る。いいことじゃないか」

「……そんな理由で、子どもを？」

じりっ、と一歩下がると、ザリュエさんはすかさず一歩詰《つ》め寄《よ》ってくる。

「前は〝ひと者〟のほうが需要が多く、集めるのに苦労したが、最近は〝じゃない者〟が人気でね。とても楽になったんだ。この国は私のおかげで、生きながらえているんだよ」

話をしながら、彼はどんどんこちらに近づいてくる。

ここには、ふたりだけだ。

走って逃《に》げる？　ぼくは足が遅《おそ》いのに？　ザリュエさんは小柄《こがら》だが、〝じゃない者〟だ。きっと身体能力も優《すぐ》れているはず。

でも、これ以上不利な状況《じょうきょう》になる前に何とかしなくてはいけない。

仲間を呼ばれたら終わりなのだから。

……仲間？　そういえば、地下牢《ちかろう》でザリュエさんと一緒《いっしょ》にいたあの侍従《じじゅう》は、どこに行ったんだろう？

慌《あわ》てであたりに視線を走らせる。だが、それらしき姿はなかった。誰も、いないザリュエさんの共犯者が、ブラングさんと、侍従《じじゅう》、それだけのはずがない。キーさんたちも含《ふく》めた多くの側近もザリュエさんの仲間なのかもしれない。兵士や侍女《じじょ》や召使《めしつか》いだって。

たとえ、彼《かれ》がどれだけぼくを侮《あなど》っていたとしても、これだけ余裕《よゆう》を見せつけることができるだろうか。仲間も連れず、一対一の状況《じょうきょう》で。

ぼくがなにを考えているのか、ザリュエさんにはお見通しなのだろうか。まるで子どもを見るように目を細めた。

「カラス殿《どの》は、なかなか賢《かしこ》い方ですね。もう少し阿呆《あほう》でもよかったんですけど」

「な――」

なにを、と口に仕掛《しか》けたその瞬間《しゅんかん》、膝《ひざ》から崩《くず》れ落《お》ちる。

体から力が抜《ぬ》けていく。

自分になにが起こったのか。

「これは、ちょっとした麻痺《まひ》の効果がありましてね。ダルデールで採取される、ありふれた植物に、ノーパーヴァにある植物の根を混ぜて煎《せん》じたものなんですよ」

ザリュエさんは膝《ひざ》を折ってぼくに顔を近づけてきた。そして、目の前で一枚の紙を広げてヒラヒラと見せつける。

この紙にさっき煎《せん》じたという液体を染《し》みこませたのだろう。

ずっと、植物の香《かお》りが漂《ただよ》っていた。

ザリュエさんは最初から、ぼくを捕《と》らえて地下牢《ちかろう》に入れるつもりだった。

「これ、ひとりでふらふらしている子どもたちを捕《つか》まえるのに、便利なんですよ。本来は煎《せん》じずに薬に混ぜて飲んで治療《ちりょう》の際に使うそうです」

地下牢《ちかろう》の子どもたちを、今のぼくのように身動きを取れないようにして、さらった、ということだろう。

「カラス殿《どの》は〝ひと者〟なので、子どもも用でもいけるかなと思ったら、大当たりでしたね。お茶のように効き目が強すぎて死ぬ可能性もありましたが」

満足そうにザリュエさんは言って、ぼくの体を引き上げる。

身長はぼくよりも低いのに、ザリュエさんの力は強い。ぼくの腰《こし》を支え、引きずるように地下《ちか》牢《ろう》のほうに向かっていく。それは、さっきぼくが通ってきた道ではなく、ザリュエさんが利用している出入り口のようだった。

「ぼくを、殺すの？」

「大丈夫《だいじょうぶ》、手荒《てあら》な真似《まね》はしませんよ。言ったでしょう。あなたにはまだ利用価値がある、と。髪《かみ》の毛《け》が白くなったのは誤算でしたけど、まあなんとかなります。ただ、あなたが協力してくれるのなら、ですけどね」

拒否《きょひ》したら殺すってことか。

このままだと牢《ろう》に入れられる。なんとか動けないかと手に力を入れる。

「どうやら、少し効きが悪いですね。〝ひと者〟の嗅覚《きゅうかく》の鈍《にぶ》さのせいでしょうか」

無駄《むだ》な抵抗《ていこう》ですけどね、とザリュエさんの心の声が聞こえてくる。

「こんなの、許されない。メメリが、許さない」

「わかってますよ、だから、邪魔《じゃま》なんですよ。兄上も、メメリも。どちらも私からすれば半端者《はんぱもの》の偽善者《ぎぜんしゃ》で理想論者だ。綺麗事《きれいごと》では、この国は救われない」

だからって、子どもを売ることが正義なのか。そんなわけがない。

「さきほど言ったように、この国の食糧《しょくりょう》不足は、悪化の一途《いっと》を辿《たど》るばかりなんですよ。ダルデールから物資を渋《しぶ》られていることも大きな原因のひとつです。でも、なにより、この国は民《たみ》が、多すぎるんです。自給自足する種族はともかく、そうでない民《たみ》は、ただの穀潰《ごくつぶ》しです。それを、私が口減らしをしてあげたんです」

これは、本当のことだろう。彼の言葉に、嘘は感じられなかった。

「私がいなければ、この国の民《たみ》はすでに半分以下になっていてもおかしくはない」

「だか、らって……」

「誰《だれ》かが、悪事を引き受けないといけない。でないと、共倒《ともだお》れだ」

ザリュエさんは、真剣《しんけん》な表情になった。

——言葉が、出ない。

静かになったぼくに、ザリュエさんはちらりと視線を向けた。

そして「そうでしょう?」と、自慢《じまん》げに言葉をつけ足す。

さっき、ザリュエさんは自分のしていることを悪事だと口にした。でも、同時にそれが正しいことだと信じているのだろう。

自分だけは正しいと、自信を持っている。正しくあろうとするメメリを否定して。

「私は、王になるんです」

突然《とつぜん》の発言に、「え」と間抜《まぬ》けな声が漏《も》れた。

「兄上はもう長くない。兄上はお茶よりもお酒が好きなので、ちょっと時間がかかってしまいましたが……まあ、怪《あや》しまれずに済んだのでうまくいきました」

お茶。まさか、王の体調が悪い理由も、彼《かれ》が仕組んだことだった、のか？

「あのお茶、なかなかいい香《かお》りだったでしょう？　私はああいう調合をするのが得意でしてね、私しか作れない特別なお茶なんですよ」

もうぼくに抵抗《ていこう》する術《すべ》がないと思っているのか、ザリュエさんはぺらぺらと話を続ける。

「もうじき、息絶える前に、兄上は次期王に私を指名するでしょう。万が一、周囲からの声に押《お》されてメメリが次期王になったとしても、まだ若すぎる。必ず私の力が必要になる。メメリは志こそ立派ですが、あまりに無知で、潔癖《けっぺき》だ」

ぼくが現れなければ、ザリュエさんはメメリを言いくるめて自分がこの国の実権を握《にぎ》る算段をつけていたのだろう。

けれど、思いがけずぼくが現れた。〝国を救うカラス〟という、利用価値の高い存在が。

ぼくがいれば、メメリは必要ない、と、メメリよりも無知なぼくのほうが、ずっと思いどおりに動かせる、と、そう思ったんじゃないだろうか。

「なにより、私はあんな半端者《はんぱもの》に仕えたくないんですよ」

ザリュエさんは、ずっと、メメリを見下していた。

この国のためよりもなによりも、その言葉が本心なのだろう。

国のためだとか、王やメメリの足りないところをもっともらしく言っておいて、たんに自分が権力を握《にぎ》りたいだけじゃないか。

そんな欲に塗《まみ》れたやつとメメリ、どちらがこの国にとってよりよい王になるか、比べるまでもない。純粋《じゅんすい》に、民《たみ》を想《おも》い、平等に接し、王族の責務を果たそうと覚悟《かくご》をもって日々考え悩み、動き回っているメメリとは、雲泥《うんでい》の差がある。

たとえ――その高尚《こうしょう》でやさしい考えゆえに、なかなか国がかわらないとしても。

動けよ、ぼくの体。

こんなやつの話をおとなしく聞いていなくちゃいけないなんて、まっぴらだ。

「ま、〝ひと者〟のカラスに仕えるのも、うんざりでしたけど」

ザリュエさんはそう言って、突然《とつぜん》足を止めた。乱暴に放り投げられて、地面に倒《たお》れ込《こ》む。着込《きこ》んでいたおかげで痛みはない。

体に力が入らず、地面に横たわっている自分は、なんて、惨《みじ》めなんだ。

ザリュエさんは地面に這《は》いつくばるぼくを一笑《いっしょう》して、両手で大きな石を次々と持ち上げて移動させていく。そして現れた分厚い木板を取り外した。その先に、穴が空いているのがわかった。入り口は小さいけれど、さっきぼくが通った穴よりもまだ大きい。少し屈《かが》めば、楽に通れるくらいの大きさだ。

「入れ」

手を掴《つか》まれ、再び引き上げられる。

彼《かれ》が言ったように、ぼくが子どもではないからか、〝ひと者〟のおかげかはわからないが、あの植物の効果が薄《うす》れていっているのを感じた。寒いからと口元を隠《かく》すようにマントの襟元《えりもと》を立てて着込《きこ》んでいたおかげで、薬を吸《す》い込《こ》む量を少し減らせたのかもしれない。

さっきよりもいくらかマシになった体で、ほんの少し抵抗《ていこう》をする。

でも、大きな石を軽々と持ち上げたザリュエさんに、力では敵《かな》わない。

「お前が、カラスでなくてよかったよ」

まるで駄々《だだ》をこねる子どもをあやすような、やさしい口調で言われた。

「自分でも気づいているんだろう？　もうお前のことを誰《だれ》もカラスだなんて思ってない。それを私がうまく利用してやると言ってるんだ、おとなしく言うことを聞けばいい」

「いや、だ」

穴に、引《ひ》きずり込《こ》まれる。

ここに入ったら、きっとぼくにはもう、なにもできない。

ぼくを掴《つか》むザリュエさんの服の袖《そで》を掴《つか》み、指先に力を入れる。

「なにをする！」

ぎりっ、と爪《つめ》がなにかに刺《さ》さった感覚と、ばちんという音とともに視界が弾《はじ》けるのは同時だった。わずかに遅《おく》れて、頬《ほお》に痛みと熱が走る。

頬《ほお》を叩《たた》かれた、と、思う。

「ったく、やさしくしてやればつけあがって。なにを抵抗《ていこう》することがあるんだ。〝ひと者〟は体だけでなく、頭まで悪いのか。どうすれば楽に生きられるかちょっとは考えろ」

「楽になんて、生きられない、だろ」

ザリュエさんの言いなりになったからといって、安心安全な暮らしができるとは、到底《とうてい》信じられない。

不要になれば、あっけなく殺される。それをわかっているぼくは、今日が最後の日になりませんようにと祈《いの》りながら、毎日びくびくして過ごさなければいけない。

——そのとき、メメリはそばにいない。

動け。動くんだ。なにがなんでも逃《に》げて、メメリにすべてを伝えなければ。

立ち上がれ！

「……っ」

ザリュエさんの足が、力を入れるぼくの手を勢いよく踏《ふ》む。

「さすがにメメリに同情する。国を救うカラスが現れたとあんなに喜んでいたのに」

体重をかけられて、手の甲《こう》がぎしぎしと軋《きし》む。

「メメリも今となっては恥《は》ずかしいだろうな」

頭の中が、沸騰《ふっとう》する。

「こんな偽者《にせもの》のカラスなんかを信じていたなんて」

なんで、いつも、どこにいても、そんなことを言われないといけなんだろう。

たしかにぼくには自慢《じまん》できるところなんかなにもない。いつだって冥《めい》と比較《ひかく》されて、そのたび「自分が下だ」と思い知らされた。

そのことをいちばん恥《は》ずかしく思っているのは、冥《めい》でもメメリでもなく、ぼく自身に決まってるじゃないか。

口の中に、鉄の味が広がる。それが、指先にまで届く感覚がした。

「……うる、さい！」

自分のことは好きじゃない。でも、なんで自分に向けられる悪意を、蔑《さげす》みを受け入れないといけないんだ。自分を恥《は》じないといけないんだ。

「うるさいうるさいうるさい！　黙《だま》れよ！」

――ぼくを恥《は》ずかしいと思わせてるのは、いつだってぼくじゃない誰《だれ》かだ。

体の中から感情が爆発《ばくはつ》する。

頭に血が上って、なにも考えられなくなる。

そういうとき、いつも、ぼくの目の前では誰《だれ》かが――ぼくをからかったクラスメイトが――倒《たお》れていた。

そして今、ぼくの目の前には、穴の中に変な体勢で落ちている、ザリュエさんがいた。


地下牢《ちかろう》に囚《とら》われていたチックスと子どもたちは、すぐにメメリによって保護された。

真夜中だというのに、城は大騒《おおさわ》ぎだ。

目の前を慌《あわ》ただしく通り過ぎていく兵士や召使《めしつか》いたちを、ぼくはぼんやりと眺《なが》めていた。

「クリは、大丈夫《だいじょうぶ》か？」

マントを羽織った上にさらに毛皮の布団《ふとん》をかけられたぼくに、メメリが近づいてくる。黄緑色のきれいな瞳《ひとみ》のまわりは、真っ赤に腫《は》れていた。

「……大丈夫《だいじょうぶ》」

「このままでは体を壊《こわ》す。部屋に戻《もど》ろう。あとのことは、キーに任せたから大丈夫《だいじょうぶ》だ」

メメリはちらりとキーさんに視線を向ける。

それに気づいたのか、キーさんがぼくらに近づいてきた。

「あとはお任せを」

「ああ、よろしく頼《たの》む」

ふたりのやり取りを見ていると、キーさんがぼくを見る。相変わらずの鋭《するど》い視線に、体がわずかに強張《こわば》った。

「カラスさま」

「……え」

「今回の件、ありがとうございました」

キーさんは、目元を腕《うで》で隠《かく》しながら深く頭を下げてぼくに言う。

この国での、相手を敬う挨拶《あいさつ》だ。

「カラスさまは、この国を、民《たみ》を、守ってくださいました」

呆然《ぼうぜん》とするぼくにお礼を重ねて、「では」とキーさんは地下牢《ちかろう》から救出された子どもたちのところに向かっていく。

まさか、キーさんにお礼を言われるとは。

子どもたちは怯《おび》えた様子でひとつにかたまっている。誰《だれ》かがぼくに気づき、手を振《ふ》った。また別の誰《だれ》かが、「ありがとうございました」と、掠《かす》れた声で伝えてくれた。

「行こう、クリ」

メメリが、ぼくに手を差し出す。

水かきが月光で輝《かがや》いている。緑の肌《はだ》は、まるで発光しているように見えた。

「うん」

その手を掴《つか》んで、ぼくは歩き出す。

あのあと、倒《たお》れたザリュエさんの姿に動転して、すぐにはその場から動けなかった。慌《あわ》てて城へと走りだしたのは、しばらくしてからだ。

途中《とちゅう》で何人かの兵士や召使《めしつか》いに会ったが、ザリュエさんの仲間の可能性を考えると、助けを求めることはできず、メメリのもとに向かった。

寝《ね》ていたメメリを叩《たた》き起こし、事情を説明すると、それからはあっという間だった。

「まさか、叔父上《おじ》が、あんなことをしていたなんて……クリがいなければ、この先も私は気づけなかっただろう」

ザリュエさんから聞き出した話を伝えると、メメリは項垂《うなだ》れた。

子どもを捕《と》らえてダルデールに売っていたこと。

自分が王になるつもりだったこと。

そして、ぼくに毒を盛ったこと。

無実のチックスに罪をなすりつけるために、拷問《ごうもん》をしていたこと。

ずっとそばにいた叔父《おじ》が自分を裏切っていたなんて、すぐに受け入れがたいだろう。それでも、認めざるを得ない証拠《しょうこ》が地下牢《ちかろう》にある。

「ザリュエさんは……？」

「大丈夫《だいじょうぶ》だ、叔父上《おじ》は、死んでない」

そうか。

ぽつりと言葉をこぼしたぼくに、メメリが「気にしなくていい」と言った。

わけもわからず、突き飛《つと》ばした。足を掴《つか》んで引き、バランスを崩《くず》したザリュエさんを思いきり。

そして、ザリュエさんは倒《たお》れた拍子《ひょうし》に、地下牢《ちかろう》に続く穴に頭から落ちた。

わざとじゃない。

気がついたら、そうなっていた。

かつて、クラスメイトを突き飛《つと》ばしたときのように。

頭に血がのぼり、なにも考えずにその怒《いか》りをぶつけた。

「ブラングさんは、どうなるの？」

ザリュエさんの会話から、ブラングさんも共犯であることは間違《まちが》いない。

「今は城内の一室に拘束《こうそく》しているけれど……話を聞いてからだな。叔父上《おじ》にもちゃんと真実を口にしてもらって、そのあと、どう罪を償《つぐな》わせるのか考えなければならない」

メメリは、彼《かれ》らの罪に見合った罰《ばつ》を与《あた》えられるのだろうか。

今、声を震《ふる》わせているメメリは、なにを思っているのだろう。

城の中は、外とは打ってかわってしんと静まり返っていた。

「メメリは……ぼくをまだ、カラスだと思ってる？」

「なんだそれは」

「こんな白い髪《かみ》じゃ、もうぼくは……黒いカラスとは、言えないだろ」

「なにをばかなことを。髪《かみ》の色は毒のせいじゃないか。クリがカラスかどうかとは関係ないことだ」

弾《はじ》かれたようにメメリが振《ふ》り返《かえ》り、はっきりと否定した。

「でも、メメリは最近ぼくを避《さ》けていただろ」

ぼくの言葉に、メメリが一瞬《いっしゅん》言葉を詰《つ》まらせる。

図星だったのかな。やっぱり、そうだったのかな。

ぼくは、メメリにとって恥《は》ずかしい存在だったのかな。

「違《ちが》う。そうじゃない。それはただ、私のせいで、クリのきれいな黒髪《くろかみ》が、失われたことで……

クリがこの国をいやになったんじゃないか、と」

立ち止まったメメリが、俯《うつむ》きながら答える。

そこで、メメリはこんなに小さかっただろうか、と疑問を覚える。

この国に来た頃《ころ》、メメリはぼくと同じくらいの身長だった。でも、今はぼくよりも低い。

あれから、一周半が経ち、もうすぐ二周になる。

十二歳から、十四歳になった、ということだ。それだけの期間を、ぼくはここで過ごしてきた。

「そう、だったんだ」

勝手に城を出ていこうとしていたと伝えたら、メメリは驚《おどろ》くだろうか。

「ぼくは、ここにいてもいいの？」

「当たり前だ」

「まわりの者は、いやがるかもしれないけど」

「関係ない。今回の件だって、クリがいなければこの先もずっと、明るみに出なかった。クリのおかげで、民《たみ》は助かったんだ。間違《まちが》いなく、クリはこの国の救世主だ。それでもカラスじゃない、偽者《にせもの》だ、なんて言うやつがいれば、私のところに連れてこい」

メメリは今、ぼくのために、怒《おこ》ってくれている。

――こういうところも、ザリュエさんからすれば、甘《あま》いと感じるのだろう。

でもぼくは、だからこそメメリが王であるべきだと思う。

「クリはカラスだ。でも、カラスでなくとも、クリはこの国に必要なんだと、私が何度でも言ってやるよ」

きっとメメリは本当にそうするだろう。

決して権力や武力で相手をねじ伏《ふ》せようとせずに、対話という手段を選ぶ。

それがどれだけ、時間のかかることであっても。

「……ありがとう、メメリ」

そのやさしさと正しさが、ぼくは好きだ。

それが王にふさわしくないと、そう言ったザリュエさんに、それは違《ちが》うと、そうではないのだと、伝えたい。メメリこそがこの国の王であるべきなんだと、証明したい。

「メメリは、この国を、どうしたい？」

「なんだ、急に」

「改めて聞きたいなって、思って……具体的なものじゃなくていいよ。ただ、メメリが思《おも》い描《えが》く未来のノーパーヴァアは、どんなのかな、て」

ぼくらは再び、歩き出す。

静かな廊下《ろうか》の先には、ぽつりぽつりと光が灯《とも》っている。

昼間には見えないほのかな明かりは、真っ暗な夜にこそ、一際輝《ひときわかがや》いて見える。

「誰《だれ》もが犠牲《ぎせい》にならず、安心して暮らせる国、だな」

メメリが、まっすぐに前を見て答えた。

「食糧《しょくりょう》不足という大きな問題はあれど、この国で暮らす民《たみ》たちは、他者に思いやりをもって、それなりに平等に過ごせている。でも、それが表面上の平等だということは、私もわかっている。種族によっては蔑《さげす》まれたり、侮《あなど》られたりはもちろん、悪事に手を染め、自分だけが富みを得る者もいる。今回は、特にそれを目の当《まあ》たりにしたな」

「なくせるかな?」

「難しいだろうが、諦《あきら》めたくはない。この国で暮らす、すべての民《たみ》のために」

メメリは、自分のためではなく未来の誰《だれ》かのために、諦《あきら》めないのか。

「ダルデールは、ノーパーヴァ以上に身分の差が厳しいという。物資交流の際に見かけたことがあるが、〝じゃない者〟や奴隷《どれい》に対する扱《あつか》いは見るに耐《た》えないほどだ」

「……あの子どもたちはそんな場所に売《う》り払《はら》われるところだったってこと?」

「ああ。ダルデールで〝じゃない者〟は差別対象だが、労働力にはなるだろうからな。〝ひと者〟

は、おそらく奴隷《どれい》になる」

きっと、これまでも何人もの子どもが、売られたのだろう。

「食べ物に困ることなく、誰《だれ》もが誰《だれ》かに傷つけられず、心穏《おだ》やかに暮らせる国にしたい。それには――ノーパーヴァの領土だけでは難しいだろう」

「……ダルデールから、土地を奪《うば》うってこと？」

「無謀《むぼう》なのは、わかっているさ」

メメリは肩《かた》をすくめて笑った。

「でも、私はいずれ、この国の王になるからな」

なんて壮大《そうだい》な夢だろう。

メメリはその夢を、自分のためではなく誰《だれ》かのために実現したいと本気で思っている。実現が難しいことを理解したうえで、王ならばそうあるべきだと信じている。

「先は、長そうだね」

「そうだな。でも、今日、犠牲《ぎせい》になるところだった民《たみ》を救えた。この先、犠牲《ぎせい》になったかもしれない多くの民《たみ》を、救えた。それは、私の目指すこの国の姿に、一歩近づいたんだと思う。クリのおかげだ」

「ぼくのおかげ、か」

「ああ、クリのおかげだ。ありがとう」
澄《す》み切《き》った瞳《ひとみ》で、メメリはぼくに言う。
淀《よど》みのない、きれいなメメリの黄緑色の瞳《ひとみ》に、ぼくは魅《み》せられる。
――『綺麗事《きれいごと》では、この国は救われない』
――『誰《だれ》かが、悪事を引き受けないといけない』
そして、ザリュエさんの言葉が蘇《よみがえ》った。

扉《とびら》の前に、ふたりの兵がいる。ここ最近毎日のように会いに来ているので、彼《かれ》らはぼくの姿を見るなり扉《とびら》を開けて中に招いてくれた。

そして、中には今日も、耳の聞こえない召使《めしつか》いがいる。

目を合わせて会釈《えしゃく》してから、部屋の奥に足を踏《ふ》み入《い》れた。

そこでは、王がベッドに横たわっている。

「今日の調子はどうですか」

かちゃかちゃと、召使《めしつか》いがお茶を用意する音が聞こえてくる。ぼくと王のために。

王は、体を動かさずに目だけをぼくに向けた。

――もうそろそろ、だな。

もう、王は言葉を発することができない。ベッドから起き上がることももちろんできない。メリが見舞《みま》いにやってきても、黙《だま》ってそこで寝《ね》ているだけだ。

「ありがとう」

お茶を持ってやってきた召使《めしつか》いに、聞こえないとわかっているがお礼を伝えた。ぼくの分は器《うつわ》に入っているが、王の分は水差しのような形になっている。寝《ね》たきりのため、口元まで持っていってあげなければ飲めないからだ。

「王もお茶をどうぞ」

そう話しかけてお茶を飲ませた。返事を待ったところで、なんの反応もないことを知っているから。喉《のど》を上下させて飲《の》み込《こ》むのを確認《かくにん》し、追加で注ぐ。

「これは、王が信頼《しんらい》しているザリュエさんが持ってきてくれたお茶です」

ぼくが飲んだ、そしてメリがしばらく飲んでいた、毒のお茶だ。

ザリュエさんは、随分《ずいぶん》前から王にもこのお茶を贈《おく》って間接的に飲ませていた。王が体調を崩《くず》したのは長年体内に蓄積《ちくせき》したお茶の毒素によるものだった。

彼《かれ》は本当に、自分が王になるつもりだった。

ぼくが現れなくとも、ザリュエさんは自分以外の王族を毒殺し、この国の唯一《ゆいいつ》の王として君臨するつもりだった。

王は、生気のない虚《うつ》ろな瞳《ひとみ》を、天井《てんじょう》に向けている。

メメリもこんなふうになっていたかもしれない。

想像するだけで、憤《いきどお》りを感じる。

ぼくに突《つ》き飛《と》ばされたザリュエさんは、頭の打ちどころが悪かったのか、あれからしばらく寝《ね》たきりの状態で目を覚ますことなく、そのまま——亡《な》くなった。

その後の調査には、ぼくも加わった。主に、関係者たちの尋問《じんもん》を担当したのだ。

ザリュエさんと一緒《いっしょ》に地下牢《ちかろう》にいた侍従《じじゅう》は、すぐに捕《つか》まえられた。けれど決して口を割らず、隠《かく》し持《も》っていた毒で自ら死を選んだ。

チックスのかわりにメメリの侍女《じじょ》になった者は、ザリュエさんの仲間だった。もともとはザリュエさんの侍女《じじょ》で、家族を人質《ひとじち》に取られたことから彼《かれ》に協力させられていたようだ。

とはいえ、詳《くわ》しい計画を知らされるほどの関係性ではなく、メメリの監視《かんし》など、言われたことだけをする、といった感じだ。メメリのお茶に毒が含まれていたことも知らなかったのか、話にはいっさい出てこなかった。ぼくとメメリのお茶を別にしていたのはザリュエさんの指示だろうが、おそらく〝ひと者〟の好みに合わせるためだと説明されていたんじゃないかと思っている。

そして、ブラングさんは、ザリュエさんが捕《と》らえてきた子どもたちを、ダルデールに売り払《はら》うとのみを任されていた。それも、ブラングさんが物資を着服していたことをザリュエさんに知られ、それをネタに脅《おど》されていたからなんだとか。

「ザリュエさんは、侍従《じじゅう》以外、誰《だれ》も、信用していなかったんでしょうね」

聞こえているのかいないのかわからないが、王に話しかける。

「……いや、誰《だれ》にも、弱みを見せたくなかったのかな」

王を殺そうとしていることを、そんな自分を、誰《だれ》にも知られたくなかったのかも。

メメリの話では、王とザリュエさんは、本当に仲のいい兄弟だったそうだ。なにごともザリュエさんのほうが優秀《ゆうしゅう》で、兄である王はいつも頼《たよ》っていたのだとか。

まわりからは、ふたりはとても信頼《しんらい》し合っているように見えていた。

だから、ザリュエさんはお茶が毒であることを、誰《だれ》にも言わなかったのだろう。

そして今現在、このお茶が毒であることを知っているのは、ぼくだけだ。

チックスも、地下牢《ちかろう》に入れられているときに聞かされていた。けれど、「あのお茶が毒だというのは、チックスに偽《いつわ》りの自白をさせるための嘘《うそ》だった」と治療《ちりょう》を終えて目を覚ましたチックスに伝えた。

チックスだけではない。メメリにも、他の者にも、ぼくはお茶が毒だったことは言わなかった。

ぼくが倒《たお》れたのは、別のお菓子《かし》を食べたことが原因だったのだ、と。それはザリュエさんからもらったもので、そのお菓子《かし》に遅効性《ちこうせい》の毒が入っていたのだ、と。自国から偽《にせ》のカラスを排除《はいじょ》したいという思いゆえの暴走だったんだ、と。

証拠《しょうこ》はなにもない。だってお茶から毒の成分は発見されなかったのだから。

全員が信じたのかどうかはわからないが、今のところはぼくの証言《しょうげん》を覆《くつがえ》すようなものはないため、そういう結論で片が付いている。

そして、この部屋にあったお茶は、今も王が飲み続けている。

おまけに、メメリがもらった分も調査のために回収はされていたが破棄《はき》されていなかったため、ぼくが引き取った。表向きは、処分のためだ。毒が入っていようとなかろうと、調査されたものを再びメメリに飲ませるわけにはいかないから。

ぼくはそれを、王の部屋に持《も》ち込《こ》んだ。

この先も、王に飲み続けてもらうために。

このお茶は、ザリュエさんにしか調合できないものだと言っていた。お茶がなくなって飲むのをやめたとき、万が一、王の容体が改善しては困るからだ。

その甲斐《かい》あってか、王はこのとおりだ。

「ぼくが見舞《みま》いにくることで前よりも数杯《はい》多めに飲んでるからか、進行がはやいですね」

この調子なら、波《は》を乗《の》り越《こ》えることはできないだろう。

「もう少し、飲んでください」

そう言って、王の分と自分の分のお茶をすべて飲ませた。空になった器《うつわ》を置いて、「では」と立ち上がり、部屋を出る。

廊下《ろうか》を歩いていると、キーさんに出会った。「また書庫に行かれていたのですか」と訊《き》かれたので「はい」と答える。

キーさんのそばにはもう、ブラングさんは、いない。

彼《かれ》は城から、追い出された。故郷の岩場でひっそりと暮らしている。

その後の調べで、ブラングさんとザリュエさんから賄賂《わいろ》を受け取り人身売買の手助けをしていた臣下が数名いることがわかった。全員を処罰《しょばつ》すると国政がまわらず困ることになるので、罪が比較的《ひかくてき》軽い者たちは今もこの城で、監視《かんし》つきで働いてもらっている。

とはいえ、しばらくは疑わしい動きをする者や、不平不満を漏《も》らす者もいた。

メメリの善意のおかげで今があることを理解していない、愚《おろ》かな者たちだ。仕方ないので、彼《かれ》らにはこっそりと、ブラングさんの現状を伝えてあげた。

――どこで、なにをしているか。

彼が今いる場所は、故郷のある土地の、誰《だれ》も立ち入ることのない最北端《さいほくたん》の岩の狭間《はざま》だ。そこで、いったいどれだけのあいだ、彼《かれ》は生き続けることができるだろうか。車椅子《くるまいす》がなければろくに動けない体で。

ぼくの話を聞いた者はみんな震《ふる》えあがっていたので、もう大丈夫《だいじょうぶ》だろう。

邪魔者《じゃまもの》はいなくなった。

これからは、以前よりずっと前向きな話し合いができるだろう。もし邪魔《じゃま》する者が現れたら、そのときはまた——追い出せばいいだけだ。

「おかえりなさい」

キーさんとしばらく話をしてから別れて部屋に戻《もど》ると、チックスが出迎《でむか》えてくれた。

片目のない痛々しい姿ではあるが、チックスは以前のようにぼくのために、おいしいお茶を淹《い》れてくれる。

椅子《いす》に座《すわ》ろうと思ったが、棚《たな》に置かれている制服の前で足を止めた。

——『自分が傷つけられたからって、相手を傷つけたら涅《くり》も同じになるんだよ』

冥《めい》の声が耳の奥《おく》で蘇《よみがえ》る。

そのとおりだね、冥《めい》。

暴力はだめだと、冥《めい》は言っていた。相手と同じになってしまうから、と。

冥《めい》の言うことは正しかった。

やられたから、やり返した。

一度でも誰《だれ》かを傷つけたら、相手と同じように、誰《だれ》かを傷つけることにいっさいの躊躇《ちゅうちょ》がなくなって、堕《お》ちていく。

相手と同じ場所まで。もしかしたらより深く。

――『ぼく、ひとつ、気になることがあるんです』

キーさんとの、先ほどの会話を思い出す。

――『キーさんは、人身売買のこと、気づかなかったんですか？』

子どもたちが姿を消す件《くだん》の調査を任されていたのは、キーさんだった。なおかつ、彼《かれ》はブラングさんとよく一緒《いっしょ》にいた。なのに、本当に、なにも、知らなかったのだろうか。

ぼくの質問に、キーさんは相変わらずの無表情だった。

聞き分けの悪い子どもをバカにしているかのような気さえした。

――『決して許されない行為です。ですが、誰《だれ》かがしなければ、いけないことでもありました。私にはその勇気がありませんでした』

そう言って目を伏《ふ》せた。

一呼吸置いて、そして再び、顔を上げる。どこか、熱を孕《はら》んだ視線がぼくに向けられた。

――『カラスさまは、私とは違《ちが》うようですね』

——『私は、必要ならば目を瞑《つむ》り、口を閉ざし、この国を守るつもりです』

——『この国が、害されない限りは』

微《かす》かに片頬《ほお》を引き上げたように見えたのは、気のせいだろうか。

「……気づいていたんだな」

スカーフに手を伸《の》ばし、独《ひと》り言《ご》つ。

キーさんは、この国の食糧《しょくりょう》不足がどれだけ深刻な状態かわかっていた。だから、少ない犠牲《ぎせい》で多くを守るために、気づかないフリをしていたのだ。実際、ザリュエさんの非道な行為《こうい》に、この国の民《たみ》は、守られていた。

キーさんは、この先も、同じスタンスを貫《つらぬ》くだろう。

もしかしたら、今、ぼくが王にしていることすらも、気づかないフリをしているかもしれない。

メメリだったら、気づいた時点で止めるはずだ。

でも——それではこの先、この国を、民《たみ》を、守ることはできない。

ぼくと、ザリュエさんと、キーさんは、おそらく、似た部分がある。綺麗事《きれいごと》だけではどうにもできないことがあるのだと、知っている。

でも、ザリュエさんは、それに加えて自らが王になろうとした。キーさんは、考えはあっても行動には移さなかった。

ならば、ぼくは。

――『涅《くり》は間違《まちが》ってる』

再び聞こえてきた冥《めい》の声を握《にぎ》りつぶすように、スカーフを握《にぎ》りしめた。

ぼくは、ふたりとは違《ちが》う立場になろう。

ザリュエさんと同じ、いや、それ以上の化け物でいい。

私腹を肥やそうだなんて考えはない。王になろうだなんて微塵《みじん》も思わない。

だってメメリが王だから。

メメリが理想の王になる姿を、ぼくは見たい。

メメリが目指す国になるまで、そばにいたい。

――そのためなら、誰《だれ》かを傷つけたって構わない。いや、誰《だれ》かを犠牲《ぎせい》にしなければ決して、実現はできない。

それを、ぼくが引き受ける。

怒《いか》りに任せてザリュエさんを死に至らしめたぼくに、みんなはお礼を言った。誰《だれ》もぼくを責めなかった。

あのとき、死んだのは、ザリュエさんだけではなかったのかもしれない。

ぼくも、死んだんだ。

生まれ変わった、と言ったほうがいいだろうか。

ザリュエさんが死んでくれてよかった。もし生きていたらメメリは死罪なんかにはしなかったはずだ。

「メメリは、それでいいんだ」

そのままでいい。そうでなければいけない。

汚《きたな》いことは、全部ぼくがやる。メメリは望まないだろうが、メメリに知られないよう、隠《かく》れてやればいい。

手のひらにあるスカーフを、左手首に巻いて結びつける。

常に、視界に入る場所に、冥《めい》の存在を身につけておく。そうすれば、ぼくは冥《めい》のこれまでの言葉をいつでも思い出せるだろう。

そうすれば、ぼくはもう、堕《お》ちているんだと再確認《かくにん》できる。

もう、這《は》い上《あ》がる必要はないんだと、そんなことは無理なんだと、思うことができる。

──カラス。カラスになりたいか。

梟《ふくろう》の声が、頭の中に響《ひび》く。

カラスになりたいと、思っていた。この国が、メメリが、望むカラスに。でも。

「冥《めい》、ぼくはぼくのやり方で、カラスになるよ」

——カラス。今は、探せ。

——カラス。そしていつか、語れ。

+++——————+++

動いていく。

月日とともに、状況《じょうきょう》も、動いていく。

「ダルデールに、仕《し》掛《か》けてもいいかもしれない」

お茶を飲みながらそう口にすると、さすがのメメリも言葉を失った様子だった。

「……無謀《むぼう》じゃないか？」

「べつに王宮まで侵攻《しんこう》しようというわけじゃない。突《つつ》く程度だよ。まあ、ぼくは本気でやっても
ノーパーヴァに分があると思うけど。これからダルデールも波《は》に入る。季節が波《は》なら、こちらの

ほうが有利だ」

以前のこの国の兵力はないに等しかった。でも、今は民《たみ》に配給する食糧《しょくりょう》を減らし、軍事力を上げるために資金を投資したおかげで、対等ではないがそれなりにはなっている。力のある〝じゃない者〟が多いこの国では、長時間働ける者が多いということも、助かっている。〝ひと者〟であれば多少過酷《かこく》な労働環境《かんきょう》だが。

「たしかにそれもそうだな。でも、こちらに大きな被害《ひがい》が出るのは避《さ》けたい」

相変わらずメメリは誰《だれ》かのことを考える。

穴の者の件も、説得するまでずいぶん時間がかかったのを思い出した。あのときは、ぼくがこっそりと穴の者に会いに行って、交渉《こうしょう》したんだっけ。これ以上拒否《きょひ》をするなら武力行使もやむなし、かもしれないと脅《おど》しもしたけれど、結果的にはうまくまとまった。

もともと資源が豊富な場所だったうえ、例の石の他に新しい宝石まで産出できたというおまけつきだ。宝石はダルデールでもそれなりに人気があるようで、ノーパーヴァの強みにもなっている。こちらの技術で装飾品《そうしょくひん》に加工したものは、価値も高い。今は生産性を向上させるために工場《こうば》を作り、民《たみ》を集めている。

「なにを考えている？」

「べつになにも。どうやってメメリを説得しようかなって」

「……説得か。言いくるめられているようにも思うけどな」

そんなつもりはない、と言いたいがあながち間違《まちが》いでもないので黙《だま》っておいた。

メメリに隠《かく》れて陰《かげ》で動いているつもりだけれど、メメリはなにかしら勘《かん》づいている気がする。

でも、それを明らかにしようとしないのは、ぼくへの信頼《しんらい》の高さゆえだろうか。

そういうところが、メメリらしい。

ぼくがかつてのザリュエさんのように、私利私欲のために悪事を働いていたらどうするのか。

もちろん、そんなことはこれまでもこの先もないけれど。

そばにいるアルは、素知らぬ顔をして仕事をしている。キーさんからなにか話を聞いているかもしれないけれど、今のところ彼《かれ》は、ぼくの邪魔《じゃま》をする気はないようだ。ぼくの行動を黙認《もくにん》してくれているところがある。

アルは信頼《しんらい》できる。アルは決して、メメリを否定しないから。苦言は口にしても、できるだけメメリの希望を叶《かな》えようとするから。ぼくと同じようにメメリが王になったこの国に、希望を抱《いだ》いている。それを脅《おびや》かさない限り、アルは大丈夫《だいじょうぶ》だろう。

「そういえば、ダルデールに潜《もぐ》り込《こ》ませた間者から知らせが届いたのだが……」

言《い》い淀《よど》むメメリに首を傾《かし》げる。

もしかして、ダルデール側にバレたとかだろうか。

ダルデールにスパイを送《おく》り込《こ》んだのは、凡《ぼん》になる少し前の時季だ。

ザリュエさんは城内に数人の仲間を作って、自分が動きやすいように利用していた。そこでぼくは、隣国《りんごく》にも、そんな存在がいたら今後、うまく立ち回れるようになるではないかと思ったのだ。それまで秘密《ひみつ》裏《り》に行われていた人身売買を利用すれば、数人は簡単にダルデールに渡《わた》ることができる。

ただ、だからといってスパイになれるかは別問題だった。〝じゃない者〟はダルデールでは差別対象になってしまうため情報収集には向かないし、〝ひと者〟でも身元が不確かな者は奴隷《どれい》として扱《あつか》われてしまう。

なにより、ダルデールから情報をこちらに持ち帰ってくる方法がない。両国は簡単に行き来できない。特にダルデール側がこちらの国を信用していないため厳しい。そこで、数人の間者を配置して、物資のやりとりの際を利用し伝達させることにした。一行ほどの文がせいぜいなのだが。

しかしあいだに人数が多ければ多いほど、問題が発生しやすいし時間もかかる。

結果、これまで何人も送ったものの、なにかしらの事情――おそらく奴隷《どれい》になったとか、差別を受けて逃《に》げたとか、ときには亡《な》くなったか――で、何度も連絡《れんらく》が途切《とぎ》れて失敗している。

今は、ダルデールの王宮にはほど遠い、国境付近の町までしかスパイを送《おく》り込《こ》めていない状態だ。

それでも、相当侮《あなど》られているのか、運がよかったのか、これまでダルデールにスパイの存在がバレた様子はなかったんだけどなあ……。

ダルデールの正確な情報を仕入れるのは、なかなか至難の業《わざ》だ。

そろそろスパイとして隣国《りんごく》に送る人材も足りなくなってきた。

民《たみ》が減ると食糧《しょくりょう》不足は多少改善されるが、今後の兵力のためにも減りすぎるのは困る。ただでさえ、最近はダルデールに逃亡《とうぼう》しようとする民《たみ》がいるのだ。情報なんか持ってないだろうけれど、なにが命取りになるかもわからない。この国を捨てようとする民《たみ》なら活用方法はいろいろあるし阻止《そし》しているが、手間がかかるのでやめてほしい。その仕事はぼくが担当なのだ。

他の者に任せて、余計なことをされたりメメリに伝わったりすると面倒《めんどう》だから。

仕方ないとはいえ、ときに血が流れる場面に遭遇《そうぐう》することもある。ぼくや兵士に襲《おそ》い掛《か》かってきたり、自分で自分を傷つけようとしたり。

その様子を目《ま》の当《あ》たりにすると、やっぱり気が滅入《めい》る。

この国の、メメリのためだと思うことで、受け入れてはいるけれども。

そんなことを考えているあいだ、メメリはずっと、神妙《しんみょう》な顔をしていた。

「なに？　よくない知らせ？」

「いや、違《ちが》う」

メメリは、ぼくの予想を否定して首を振《ふ》った。

「じゃあ、なに？　もしかしてノーパーヴァの民《たみ》が反乱でも起こしそうとか？」

食糧《しょくりょう》が足らないとか、採掘《さいくつ》の労働や宝石の加工による賃金が足りないとか、最近やたらと民《たみ》が不平不満を叫《さけ》んでいる。一度、なにかしらの対策を取らないといけないだろう。

多少、手荒《てあら》な方法ででも。

考《かんが》え込《こ》んでいると、メメリが「カラスだ」と呟《つぶや》いた。

「ダルデールに、カラスが、現れた、と」

4 噂《うわさ》と森とカラスたち

黒い夢だ。

真っ暗な中で意識が目覚めて、すぐに気づいた。これは、夢だ。

自分の体も見ることができないほどの漆黒《しっこく》の世界で、わたしはぐるりとその場で回る。すると、今日は背後にふたつの瞳《ひとみ》を見つけた。

――カラス。

いつも、その瞳《ひとみ》はわたしのことをカラスと呼ぶ。

今となっては、わたしがカラスだろうと、そうじゃなかろうと、どうでもいい。

――カラス。進め。

そしていつも、かわり映《ば》えのしない言葉をわたしに投げかけてくる。

――カラス。見て、聞いて、悩《なや》め。そして、答えを。

このふたつの瞳《ひとみ》は、いったいわたしになにを求めているのだろう。

わたしはただ、涅《くり》に、会いたいだけなのに。

+++――――+++

過ごしやすかった凡《ぼん》が終わり、波《は》に入った。

それは、わたしが想像するよりもずっと、過酷《かこく》な季節だった。

まだ日が沈《しず》んでもいないのに、空気がキンキンに冷え切っている。

「う、うぐ、さ、さむい」

ぶるぶると震《ふる》えながら、カイロのようなものを握《にぎ》りしめる。

火をつけるのに便利な枯《か》れ葉《は》を、薄《うす》い革《かわ》で包んだものだ。それを手で揉《も》み込《こ》むと、熱を発する。

なんで革《かわ》が燃えないのか、仕組みはよくわからない。水陸両棲《りょうせい》の生き物の革《かわ》だとグレドが言っていたので、そのあたりになにか理由があるんだろう。

グレドから、ノーパーヴァよりはマシだが、それでもこの国の波《は》もまた命を落とすこともあるほど厳しい、とは聞いていた。たしかにこの寒さは、危険だ。グレドがわたしとアオイにあたたかな毛皮のマントを被《かぶ》せてくれたからなんとかなっているが、少しでも備えを怠《おこた》れば寝《ね》ている間にうっかり命を落としていてもおかしくない。

「アルモニ、さむくない」

ずるずると、滑《すべ》るようにわたしのうしろを歩いているアルモニが言った。

「這《は》う者は基本、森で暮らしてるからね。寒さに強いんだよ」

「アルモニ、さむくない」

「わかったよ。わかってるよ」

グレドが説明すると、アルモニが同じ言葉を繰《く》り返《かえ》し、それに対してアオイがはいはいと呆《あき》れたように返事をする。

この会話は、波《は》になってから、数えきれないほど繰《く》り返《かえ》されている。


わたしがこの世界にやってきて、半年近く経《た》った。

商人であるグレドにとって日数は大事らしく、あの日森でグレドと会ってからの正確な日数は百二十五日だと、きっちり数えていた。

学校帰りに涅《くり》と川に落ちて、気がついたらこの世界に流れ着いていた。

この国――ダルデールを滅《ほろ》ぼすカラスだと言われて地下牢《ちかろう》に入れられ、奴隷《どれい》だったアオイと出会い、処刑《しょけい》される直前にアオイとともに逃《に》げ出《だ》した。

途中《とちゅう》で〝じゃない者〟である商人のグレドに出会い、涅《くり》を捜《さが》すために旅をはじめて、這《は》う者であるアルモニに騙《だま》されたものの、今はこうして四人でいる。

あっという間だった。

この世界にいるはずの涅《くり》をはやく捜《さが》さなければと思うけれど、そのためには、毎日を必死で生き抜《ぬ》かないといけない。

見つかればすぐに捕《と》らえられ処刑《しょけい》されるであろう、カラスのわたし。

元奴隷《どれい》の、過去の記憶《きおく》がないアオイ。

この国では差別される〝じゃない者〟でありながら、商人として国中を旅するグレド。

そして〝じゃない者〟の中でも最もにんげんから忌《い》み嫌《きら》われる〝這《は》う者〟のアルモニ。

差別が当たり前のこの国では、わたしたち四人が安全に旅することはかなり難しい。

グレドがひとりで旅していた頃《ころ》は、主に夜に移動していたらしいが、外灯もなく夜は完全な暗《くら》闇《やみ》になるこの世界で、にんげんのわたしやアオイが移動するとなると、進みが遅《おそ》くなる。

だから日中、なるべく日のあたらない森の中や、森のすぐ脇《わき》の道なき道を進む。そのほうが人目につかないからだ。

アルモニと出会った街を出てから、わたしたちは知識豊富な潜《もぐ》る者や、噂《うわさ》に詳《くわ》しい沈《しず》む者を探して、川の上流に向かって進んでいる。

途中《とちゅう》、アルモニと同じ這《は》う者に出会い、森を追い出されたこともあった。縄張《なわば》り意識が強い這《は》う者は、余所者《よそもの》を受け入れない。同じ種族であればなおさらだ。

いくつかの集落でグレドは商売をしたものの、〝じゃない者〟であるからか、やはり売上はかんばしくない。そのうちの何回かは矢を放たれた。

少し大きな街ではひとの出入りが激しい分、矢を放たれることはないにせよ、〝じゃない者〟と見るや暴力を振《ふ》るおうとするにんげんにも会ったし、わたしを捜《さが》しているっぽい兵士に見つかりそうになりみんなで慌《あわ》てて逃《に》げたこともある。

数え上げればキリがないほど危険な目に遭《あ》った。

同じだけ、憤《いきどお》りを感じた。

奴隷《どれい》に偉《えら》そうに振《ふ》る舞《ま》うひとを見るたび、不思議で仕方ない。あなたの身の回りの世話をしてくれているのは誰《だれ》なの？　と言ってやりたくなる。

グレドたち〝じゃない者〟を見て顔を顰《しか》め暴言を吐《は》くひとには、おかしいだろ、と思った。べつに〝じゃない者〟たちからなにかされたわけでもないのに。〝じゃない者〟たちの知恵《ちえ》や技術によって、救われているにんげんも多いのに。

なぜ、誰《だれ》も暴力や差別を止めないんだろう。それどころか、ときには、そういう言動をしている最中、笑っているひともいる。

それに不快を示すわたしが、この国では異質なのだ。

そう気づいてからは、耐《た》えた。見て見ぬ振《ふ》りする自分に嫌悪感《けんおかん》で胸が苦しくても、歯を食いしばり、手のひらに爪《つめ》が食《く》い込《こ》むくらい握《にぎ》りしめて、やり過ごした。

何度も何度も、この国をきらいになりながら。

そんなふうに、気がつけば、あっという間に月日が過ぎていた。

涅《くり》はこの半年ものあいだ、どうしていただろう。

一度考えはじめると、いても立ってもいられなくなる。焦《あせ》りが募《つの》り、落ち着かなくなる。不安に駆《か》られてどうしようもなくなる。

そのたびに、アオイとグレド、アルモニのことを考えて気持ちを落ち着かせた。

この国で、わたしにできることは、少ない。

元の世界と違《ちが》う価値観の世界で生き抜《ぬ》くのに、わたしの考えは邪魔《じゃま》でしかない。

なにより、わたし自身が捕《つか》まって処刑《しょけい》されたら、涅《くり》に会うどころではなくなる。

今はとにかく、ゆっくりでもいいから、確実に前に進む。

それだけを考える。

グレドは、地図を見て「ここもダメだったかなあ」とため息を吐《つ》いた。

「波《は》は、潜《もぐ》る者がときおり顔を出すはずなんだけどな」

潜《もぐ》る者か沈《しず》む者に会えば、涅《くり》の情報を得られるかもしれない。

グレドにそうアドバイスをもらってずっと探しているが、これまでまだ一度も出会えていない。

今回は近くの集落で「潜《もぐ》る者が寝床《ねどこ》にしているらしい」という話を聞いて、森の奥深《おくふか》くにあるこの川辺にやってきた。十日ほどねばったが、空振《からぶ》りのようだ。

「もう少し待ってみてもいいけど、そろそろ商品を仕入れたいしなあ」

そう言って、グレドは大きなカバンをぽんぽんと叩《たた》く。

これまで、市場や集落で商品を売り金銭を得て、食料を購入《こうにゅう》したり売り物になりそうな商品を仕入れたりしてきた。けれど、旅の仲間は当初の三人から四人に増えている。グレド以外は旅の経験も知識もないし、お金を稼《かせ》ぐ術《すべ》もない。結果的にこの旅の費用やルート策定はすべてグレド頼《だよ》りだ。

おまけに、わたしのせいでお金を奪《うば》われてしまったこともある。お金くらいすぐに稼《かせ》げる、とグレドは言ってくれて、それ以降の旅で資金不足に陥《おちい》った——なんてことは一度もないのだが。

わたしにもできることがあればいいのに。

でも、今のわたしは、できること、よりも、すべきこと、をしなければいけない。それは、カラスであることを誰《だれ》にもバレないように、おとなしく過ごすこと、だ。

「市場に向かうってこと?」

「そうだね。国境近くの市場だから、橋で物資の交換《こうかん》にも参加したいねえ」

橋とは、隣国《りんごく》ノーパーヴァと唯一《ゆいいつ》つながっている橋のことだろう。そこで、ノーパーヴァの品を仕入れることができると、以前教えてくれた。

沈《しず》む者や潜《もぐ》る者には会いたいけれど、グレドの仕事に支障をきたすわけにはいかない。

「じゃあ、行こう。ここからなら、どのくらいかかる？」

「うーん、六日くらいかな――と言いたいところだけど、波《は》の季節だしアオイとメイがいるなら十日はみたほうがいいかも」

うぐ、とアオイとともに目を逸《そ》らす。

グレドとアルモニはわたしたちよりも体力があるので、長いあいだ歩き続けることができる。特にグレドは、旅に慣れているからか、たとえ野宿でも短い睡眠《すいみん》時間で体力を回復できているようだ。アルモニは歩く速度は遅《おそ》いが、這《は》えばかなりはやく移動することができる。

アオイはもともと力仕事をしていたので、わたしよりも体力はあるはずだが、それでも〝じゃない者〟のふたりに比べたら劣《おと》る。わたしも前より体力はついたと思うけれど、まだまだだ。

「メイ、のろい」

アルモニにはっきり言われてしまう。

「が、がんばる！」

「きたい、してない」

気合いを入れて拳《こぶし》を作ると、アルモニがじっと冷たい視線を向けてきた。

わたし、アルモニにきらわれているんだろうか。

「メイ。アルモニは、自分に乗ればいいって言ってるんじゃないか」

ショックを受けているわたしに、アオイがこっそり耳打ちする。

「アルモニは素直《すなお》じゃないから。こういうの、ツンデレって言うんだろ」

「――え？」

「なにそれ。わからない。きらい。アオイ、のせない」

アオイを睨《にら》みつけるアルモニに、アオイは「乗らないし」とそっけなく言い返した。

わたしの一瞬《いっしゅん》の戸惑《とまど》いは、ふたりの会話に流される。

ツンデレ。たしかに、アルモニはツンデレなのかもしれない。

でも、この世界にも、ツンデレって言葉があるのだろうか。アルモニの反応を見る限り、違《ちが》う気がする。でも、アルモニだから知らないだけ、ということも考えられる。

不思議に思っていると、

「アルモニは、メイが好きだよな」

とアオイがやさしい微笑《ほほえ》みを浮《う》かべて言った。

好き、という言葉に、頭の中が弾《はじ》けたような衝撃《しょうげき》が走る。

「メイ？」

「えっ、あ、アルモニね、アルモニがわたしを！　えーっと、うん、そう、そうなの……かなあ。そうだとうれしいけど」

なにを考えていたんだ、わたしは。

すーはーと深呼吸をして、気持ちを落ち着かせる。そして、アルモニにちらりと視線を向けた。

アルモニは、わたしたちの会話が聞こえていないのか、うとうとした様子だった。

アルモニに好かれているかどうかは、あまり実感はないし、自信もない。

でも、わたしはアルモニのことが好きだ。

アルモニだけじゃない。面倒見《めんどうみ》がよくて、なんでも知っている頼《たの》もしいグレドにはどれだけお礼を言っても足りないくらい感謝している。アオイは、この世界ではじめて出会った存在で、ずっとそばにいてくれて、アオイがいるだけで心強く感じる。

見知らぬ世界にひとり投げ出されたわたしが、この三人に出会えたことは本当に奇跡《きせき》のような幸運だったのだと、今さら実感する。

わたしは、三人のことが大好きだ。

だからこそ、三人がこの国でひどい扱《あつか》いをされているのを目《ま》の当《あ》たりにすると、すごく、つらくて苦しい。それをなんとかしたいと思うことすら烏滸《おこ》がましいほど、わたしは無力で無知な子どもでしかない。そのことに、やるせなさを感じる。

こんなわたしがこの国を滅《ほろ》ぼすカラスだなんて、ありえないよねえ……。

しみじみと、改めて、思う。

「今夜はここで野宿して、明日の朝出発しよう。とりあえずご飯食べようかあ」

グレドが立ち上がって言う。

旅をするために大事なことは、食事と休息だ。グレドの案にみんなが同意し、食事の準備をはじめた。アルモニとグレドが食料を調達しに森に入り、アオイが植物から水を集めに行く。そのあいだにわたしは火を起こす。いつからか、そういう役割分担ができていた。

調理できる状態にセッティングしていると、みんなが戻《もど》ってくる。

料理を作るのは、この国の食事に詳《くわ》しいグレドが買って出てくれているが、アオイは肉を捌《さば》けるようになり、わたしも下拵《したごしら》えまではできるようになった。波《は》に入ってからは、あたたかいお湯を切らさずに用意しておくのも、わたしの役目だ。

今日の晩御飯《ばんごはん》は、ウーと山菜の鍋《なべ》らしい。ぐつぐつと煮込《にこ》んでいると、川でなにかが跳《は》ねる。おそらく魚だろう。

この国では魚を食べる習慣がない。地よりも下にあるものだから。

〝じゃない者〟の中には魚を食べる種族もいるらしいが、それもまた、〝ひと〟が〝じゃない者〟を蔑《さげす》む理由のひとつになっている、と思う。

〝じゃない者〟と一言で言っても、みんな個性があるし、好きな物なんてひとそれぞれなのに。実際、グレドは水の者なので、魚を食べたことがあると言っていた。アルモニは森の者なので、くさい、と難色を示した。アオイはわたしと同じ〝ひと〟だし、食の好みは似ているほうだと思うけど、この国で育ったからか抵抗《ていこう》があるようだ。

元の世界でわりと魚料理が好きだったから、こちらでも一度くらい食べてみたいんだけどなあ。おいしいのかなあ。川魚なら、鮎《あゆ》と似た味がする魚がいたりして。

ばしゃばしゃ、とまたなにかが跳《は》ねた。

これまでいちばんはっきりした大きな音に、みんなが顔を見合わせる。

——もしかして、とうとう、潜《もぐ》る者が現れたのでは。

アオイが、一歩川に近づく。そのうしろを、わたしがついていく。アルモニは体を伏《ふ》せて警戒《けいかい》しながら川を睨《にら》んでいる。

シン、と静まり返る。

やっぱりただの魚だったのかな、と思った瞬間《しゅんかん》。

「ぶはあっ！」

水面から、何者かが顔を出し、全員が、

「わあああああ！」

と思わず叫《さけ》んだ。


現れたのは潜《もぐ》る者——ではなく、ひとだった。

二十歳《はたち》くらいの黄色の髪《かみ》の男のひとは、わたしが渡《わた》した大きな布を被《かぶ》って、ガチガチと歯を鳴らしている。すぐさまみんなで川から引き上げたけれど、かなり長いあいだ水の中にいたらしい。なにか話したそうにちらちらと赤い瞳《ひとみ》をこちらに向けているが、まだ声を発することができないようだ。

濡《ぬ》れそぼった体は痩《や》せ細《ほそ》っていて、見ているこちらまで寒くなる。

「とりあえず、これを飲んでください」

器《うつわ》にあたたかいお湯を注いで、男のひとに差し出す。彼《かれ》は震《ふる》える手で、それを受け取った。両手をあたためるようにしっかりと持ち、ゆっくりと口元に運ぶ。

「ほっといても、よかった」

「同意だな」

アルモニとグレドは少し離《はな》れた場所で、ぶつぶつぼやく。

仕方ないことなのだけれど、〝じゃない者〟のふたりは、〝ひと〟のことが好きではない。〝ひと〟のわたしとアオイを受け入れてくれたのは、わたしたちがカラスと奴隷《どれい》だったからだ。

「あ、あり、が、とう」

男のひとの声は震《ふる》えている。

唇《くちびる》は青くなっていて、肌《はだ》は真っ白だ。

「川に落ちたんですか？　えーっと……どう、しようか」

戸惑《とまど》いながらアオイに意見を求める。

「このひとに任せるしかないんじゃないか」

「……だよね。でも、えーっと、どうしよう」

「ど、どう、どういう、こと」

アオイとふたり考《かんが》え込《こ》んでいると、男のひとが不安げに話しかけてくる。

フードを深く被《かぶ》り髪《かみ》の毛《け》と目を隠《かく》しているので、わたしがカラスだとはまだ気づかれていないはず。身なりを整えてしばらく経つアオイも、奴隷《どれい》だとは思われないだろう。つまり、わたしたちは、彼《かれ》の目には、なんの問題もない〝ひと〟に見えているということだ。

でも。

わたしたちのそばには、〝じゃない者〟のグレドとアルモニがいる。

この国のにんげんは、誰《だれ》ひとりとして〝じゃない者〟を対等に扱《あつか》わないし、やさしく接しようとはしない。グレドが仕事で関わるひとたちも、最低限の会話しかしないひとがほとんどだ。それ以外のにんげんは、マシな対応で無視。ひどい場合は一方的に排除《はいじょ》しようとしたり、出会うなり攻撃《こうげき》したりしてくる。

特に、アルモニは種族独特の体臭《たいしゅう》があるからか、すれ違うだけでも顔を顰《しか》められることが多い。波《は》の季節になり、においは比較的《ひかくてき》落ち着いているけれど。

今、濡《ぬ》れて凍《こご》えているこのひとを見捨てたら、彼は体調を崩《くず》すだろう。最悪の場合死に至る。

でも、グレドとアルモニを拒否《きょひ》するのなら、わたしは、ふたりを選ぶ。

「わたしたち、四人で、一緒《いっしょ》にいるんです」

「え？　あ、うん」

男のひとは、ちらりとわたしたちの背後にいるふたりに視線を向けた。

「あのふたりと一緒《いっしょ》にいるのが無理なら、わたしたちはすぐにここを離《はな》れるので、ひとりで……」

「え、いやいやいや、無理だよ！」

ああ、やっぱりそうなのか。

もしかしたら、誰《だれ》かひとりくらい、偏見《へんけん》も差別もないひとがいるかもしれない、といつも心のどこかで期待してしまい、そして、落胆《らくたん》する。わかっているのに、なんでわたしは諦《あきら》められないんだろう。

ひとが、にんげんが、そんな冷たいばかりではないと、そう思いたいのかもしれない。

元の世界にだって、偏見《へんけん》や差別はあった。でも、それに対して間違《まちが》っていると声を上げるひとは多かった。でも、ここでは差別しないほうがおかしくて、迷惑《めいわく》になる。

わたしはそのことが、すべてのひとがそれを受け入れていることが、さびしく感じる。

「こんな状態の俺《おれ》をひとりにしないでよ！」

「……え？」

「無理無理無理、見捨てないでくれ。頼《たの》むよ。なに、うしろのふたりが俺《おれ》のことイヤだって言ってるの？　なんでもするから、せめて一晩だけでも助けてくれ」

男のひとはぶんぶんと顔を左右に振《ふ》って、必死に頼《たの》み込《こ》んできた。

「……あんたは、いいのか？」

「な、なにが？」

「ふたりは〝じゃない者〟だけど」

アオイも驚《おどろ》きを隠《かく》せないようだ。グレドとアルモニは、ぽかんとしている。

「え？　うん。そうだな。見ればわかるさ。水の者と土の者だろ？」

男のひとは、当たり前のように答えた。

「あんたが気にしないなら……おれはいいけど。メイも、いいよな。グレドとアルモニも気にしない？　いやならこのひとには少し離《はな》れた場所で過ごしてもらうことにするよ」

アオイの言葉に、グレドは「なにかあったらボクを守ってよね」と拗《す》ねたように言って、アルモニは「いや」と素直《すなお》に拒否《きょひ》した。けれど「アルモニ、離《はな》れる」と言って、自分から森の奥《おく》に入っていく。アルモニなりに、受け入れてくれた、ということだ。たぶん。

しばらくすると料理が出来上がり、みんなで食事をはじめた。

「はあ……生き返る。きみたちは命の恩人だよ」

涙目《なみだめ》で男のひと――ワカジという名前らしい――が言う。

まだ体は震《ふる》えているけれど、顔色は随分《ずいぶん》マシになった。

ワカジさんは布を体に巻き付け、その上に、アオイのマントを羽織って暖を取っている。濡《ぬ》れた服のままでは体が冷えてしまうので、着ていた服は脱《ぬ》いでもらい、たき火の近くで乾《かわ》かしているところだ。

「あんた、料理うまいな」

「……きみは、かわってるねえ。流れ者、じゃないだろうに」

気さくに話しかけられたグレドが、一瞬《いっしゅん》たじろぎ、訝《いぶか》しげに答えた。

「ん？　あぁ、俺《おれ》はただの〝ひと者〟だけど……流れ者かどうかって、見てわかるものだっけ？」

ひともの、と聞き慣れない言葉を発するワカジさんに、グレドがぴくりと体を震《ふる》わせる。

「でも、きみ、この国の奴隷《どれい》だよね。あの服、奴隷《どれい》の着るククラの生地だ」

「そうそう！　そうなの、俺《おれ》、奴隷《どれい》なんだわ。へー、服でそんなことがわかるんだあ。物知りなんだな。洗い物を頼《たの》まれたんだけど、滑《すべ》って川に落ちちゃったんだよなあ」

うははは、と明るく豪快《ごうかい》に笑うワカジさんはあまり奴隷《どれい》っぽくなかった。

わたしが今まで見かけた奴隷《どれい》は、アオイはもちろん、みんな、ひどい扱《あつか》いをされていて、とても沈《しず》んだ目をしていたから。

「奴隷《どれい》だからそんなに〝じゃない者〟に拒否《きょひ》反応を見せないのか？」

「なにが？　あ、そっか。こっちは差別がひどいんだっけ。奴隷《どれい》だと基本外と関わりがないから忘れてたな。あっちじゃ〝じゃない者〟は当たり前だったたし、差別とかもなかったから」

「……やっぱりきみは、ノーパーヴァから来たのか」

グレドの言葉に、わたしとアオイが「え」と同時に声を発した。

「ノーパーヴァとダルデールって、行き来できるの？」

以前グレドは、足を踏《ふ》み入《い》れることはできないって、言っていた気がするけど。

「基本はできないよ。唯一《ゆいいつ》行き来できる橋は常に両国の兵士が見張っているし、泳いで渡《わた》るのは無理。なにかに乗っていくなんてすぐバレるからね。でも――少し前に、ちらほらノーパーヴァからダルデールに逃《に》げてくる者がいるって噂《うわさ》を耳にしたことがある」

「なんで逃《に》げてくるの？」

「そりゃあ、貧しいからだよ。食べ物のあるダルデールのほうが、たとえ、こっちで奴隷《どれい》になったとしてもマシなくらいにね」

わたしの疑問にワカジさんが答えてくれる。

……奴隷《どれい》のほうがマシだなんて。

呆然《ぼうぜん》としていると、ワカジさんは「そんなに驚《おどろ》くこと？」と言って笑い、ノーパーヴァについて教えてくれた。グレドも興味深そうに耳を傾《かたむ》ける。

ノーパーヴァで暮らすのは、ほとんどが〝じゃない者〟なのだという。にんげんは〝ひと者〟と呼ばれていてかなり少ないらしい。差別はなく、どの種族も他種族とそれなりに協力し合って慎《つつ》ましく生きているそうだ。

その理由は、寒くて厳しいから、というのもあるのだろう。植物を育てられる土地がほとんどなく、波《は》になると毎日のように雪が降り続き、外出も困難なほどなんだとか。だから、食料は凡《ぼん》のあいだに自分たちで収穫《しゅうかく》して保存していたものと、ダルデールから王族が仕入れた物資の配給だけ。

けれど、それだけではまったくと言っていいほど、生きていけないほど過酷《かこく》らしい。だから、協力し合って生きていくしかないのだ。

そう話してくれたワカジさんは、「でも」と言葉を続けた。

「表面上は、ね。ノーパーヴァの民《たみ》は、みんなもともとダルデールから追いやられた者たちだ。だから、干渉《かんしょう》されたり管理されたりするのをひどくきらう。〝じゃない者〟は特に、みんな大なり小なり、自身の種族に誇《ほこ》りと仲間意識があるからな」

「それはそうだろうねえ」と相槌《あいづち》を打ったのはグレドだ。

「だから、王や王太子が国のためを想《おも》っていろんな政策を考えても、自分たちの生活になんの支障もないことならいいが、なにかしらの害があれば、自由を迫害《はくがい》するのかって反発する」

そういうものなのか。わかるようなわからないような。

「でも、これまではそれなりにやってきたんだろ？　なんで急にダルデールに逃《に》げる者が増えたのさ」

「それが、前の波《は》から、なんでかわかんないけど急に食糧《しょくりょう》不足が深刻化してるんだよ。民《たみ》への配給が減って……多くの〝ひと者〟が亡《な》くなるほどにね」

ワカジさんはそこで空になった器《うつわ》に、自らご飯を装《よそ》う。

「亡《な》くなるのは、〝ひと者〟だけなの？」

「俺が知る限り、今のところはね。俺《おれ》たちのような〝ひと者〟は、〝じゃない者〟よりもはるかに体が弱い。助けたって遅《おそ》かれ早かれ死ぬし、食糧《しょくりょう》不足みたいな死活問題は〝じゃない者〟も同じだからな。真っさきに見捨てられる」

「じゃあ、こっちにやってくるのはほとんどが〝ひと者〟か」

グレドが頷《うなず》く。

「ほとんどってほどじゃないけど〝ひと者〟のほうが多いのはたしかだね。餓死《がし》よりも奴隷《どれい》のがマシだろ。実際、俺《おれ》もこっちでは仕事さえすりゃあそれなりに食べさせてもらえるしな」

うれしそうにご飯を頬張《ほおば》るワカジさんを見ていると、ノーパーヴァにも大変なことがたくさんあるんだ、とわかる。

ノーパーヴァは、話に聞いていた以上に厳しい国のようだ。

わたしは、自分が経験した日々しかわからないんだなって、今さら気づく。

いや、わたしは、わたしのことしか、わからないんだ。

考えてみれば当たり前のことだ。

目の前で笑っているひとが、本当に幸福かどうかは本人にしかわからない。同じように、一緒《いっしょ》に旅をしている仲間たちの気持ちもすべてはわからない。

伝えなければ伝わらないし、伝えても正しく伝わるとは限らない。

「でも、越境《えっきょう》に成功するのはほんの一握《ひとにぎ》りだな。大半はその前に見つかって引《ひ》き戻《もど》される。民《たみ》のためだとかいうよくわかんねえ理由でな」

「ワカジさんは、ひとりでこっちに逃《に》げてきたの？」

「……ああ。家族はみんな、いなくなったから。ひとりであの寒い国にいるのは耐《た》えられなくて。で、ノーパーヴァからダルデールに資源を運ぶ馬車の荷に潜《ひそ》んでやってきたんだ。俺《おれ》って賢《かしこ》いだろ」

えへんと胸を張ったワカジさんは、とても明るい。

家族がいなくなった、とさらりと言った。

寒い国にひとりきりが耐《た》えられない、とも。

わたしには想像もつかないくらいのさびしくて大変な日々があって、決死の思いでダルデールにやってきたんだろう。

それでも明るいワカジさんは、すごく、かっこいいひとだ。

「でも、そんな急にノーパーヴァの食料が枯渇《こかつ》するのって、変じゃないか？」

グレドは不思議そうに首を傾《かし》げている。

「不作だったとか理由があるんじゃねえの？」

「ろくに作物の育たないノーパーヴァは常に不作だろ。ダルデールが物資を減らした、ってことか？　でも、最近ノーパーヴァでは質のいい石の採掘《さいくつ》量が増えていて、工芸品も需要《じゅよう》が高い。ダルデールはそれらを仕入れたいはずだから減らしてないと思うんだよなあ」

「――白髪《はくはつ》のカラスのせいだよ」

アオイとグレドの会話に、ワカジさんが言った。

「はくはつのカラス？」

「四周前くらいに、現れたんだよ、ノーパーヴァにカラスが」

さっきまで笑顔《えがお》だったワカジさんは、渋《しぶ》い顔をした。アオイとグレドが、ちらりと視線をわたしに向ける。

「カラスが、現れたのか？」

「ああ。偽者《にせもの》の、な」

「偽者《にせもの》？」

以前にもそんな話を聞いような、と記憶《きおく》を探《さぐ》る。

ああ、そうだ。アルモニとわたしたちを攫《さら》った男のひとが、言っていた。ノーパーヴァにカラスが現れた、と。

あのときはたしか、三周ほど前と言ってた。そのカラスは、黒髪《くろかみ》じゃない、とも。だから、涅《くり》じゃないのか、とがっかりした記憶《きおく》がある。

あれからさらに半周ほど経《た》っているので、現時点では四周になる。

「伝承では黒いカラスだろ。なのに白髪《はくはつ》の〝ひと者〟がカラスのわけがない。前に見かけたときはたしかに黒髪《くろかみ》だったから、カラスなのかと思ったけど、次に見たら白になってるとか、おかしすぎるだろ。みんな、騙《だま》されてるんだ」

ワカジさんは顔を顰《しか》めて、声を絞《しぼ》り出《だ》すように話を続けた。

「あいつが現れてから、ノーパーヴァはおかしくなったんだ。いつもよりはやく波《は》がやってきたし、なんか罪を犯《おか》したとかで偉《えら》いやつらを何人も排除《はいじょ》したって聞いた。他にも〝じゃない者〟の棲家《すみか》を荒《あ》らしてまわったり、無理やり工場《こうば》で働かせたりしているんだ。しまいには、王が死んだ。殺されたのかもな」

「……へえ。死んだんだ」

グレドが呟《つぶや》く。

「じゃあ、今は王はいないの？」

「いや、直系の子どもが王になったよ。男装のメスだ。まわりのやつら、特に〝じゃない者〟たちは半端者《はんぱもの》のメスが王になることに納得《なっとく》してなかったけどな」

メス、という言い方に、どことなく棘《とげ》を感じる。

それに半端者《はんぱもの》ってなんだろうか。

「俺《おれ》は王がメスでも半端者《はんぱもの》でも、どうでもいい。それより、白髪《はくはつ》のカラスが新しい王のそばに常にいることのほうが気に入らない。王はあの偽者《にせもの》にいいように扱《あつか》われてるんだ」

怒《いか》りを滲《にじ》ませるワカジさんから、その白髪《はくはつ》のカラスをどれだけ憎《にく》んでいるのかが伝わってくる。

なにを言えばいいのかわからず、わたしたちが黙《だま》っていると、

「あんたらは、いいひとだから教えるけど」

と、ワカジさんがさっきよりも声を潜《ひそ》めた。

「ノーパーヴァは、ダルデールに奇襲《きしゅう》をかけるつもり、らしいぞ」

奇襲《きしゅう》とは。

「なにそれ。そんなことしたってノーパーヴァに勝ち目はないじゃん。なんだってそんな無謀《むぼう》なことをしようとしてるんだ？」

グレドは呆《あき》れる。そのくらい、ありえない話のようだ。

「それが、そうでもないんだと。ダルデール側は、みんな、あんたみたいに考えて、油断をしてる。ノーパーヴァの新しい王と白髪《はくはつ》のカラスは、ずっと機会を狙《ねら》っていたんだよ。その準備のせいで、俺《おれ》らにまわす食料や物資が減ったってみんな言ってたんだ。劣悪な環境で強制労働させられる〝じゃない者〟も多くいるんだとよ」

「戦争でもする気なの？　本気で？」

アオイの戦争、という言葉にギョッとする。

戦争って、あの、戦争だよね。

「た、大変じゃん」

「そんなことにはならないだろ。どれだけ準備してたって、ノーパーヴァにダルデールを侵略《しんりゃく》できるほどの武力があるとは思えない。戦争を仕掛《しか》けるメリットがなさすぎる」

「最近ノーパーヴァで採《と》れる石がこっちで人気なんだろ。ダルデール側が、その件で無茶《むちゃ》な要求をしてるって噂《うわさ》だったぞ。だからまあ、ちょっとした威嚇《いかく》じゃねえの？」

「だからって……」

ダルデールとノーパーヴァの力関係は、長年、ダルデールのほうが優位だった。ダルデールは温暖な気候で、植物や動物が育ちやすい土地に恵《めぐ》まれている。そのため、貧しい隣国《りんごく》、ノーパーヴァは、ずっとダルデールに強気に出ることができなかった。

けれど、今はノーパーヴァには価値のある石がある。やっと対等になれたと思いきや、それを欲《ほっ》するダルデールは、物資供給を盾《たて》により多くの石を要求してきたってことか。

もちろん、ノーパーヴァ側もダルデールの豊かな土地は奪《うば》えるのなら奪《うば》いたいようだけれど、現時点ではまだ、そこまでではなさそうだ。

なんとか、話し合いで折り合いをつけられないのだろうか。

戦争ではなくとも、争いは、誰《だれ》かが傷つく可能性が高い。

――いやだな。

そういうのは、いやだ。

これも、なにも知らない子どもの綺麗事《きれいごと》だと言われるのだろうか。


日が沈《しず》むと、一層気温が下がり冷《ひ》え込《こ》んだ。

カサカサと、木々の葉っぱが揺《ゆ》れる音がする。

「……メイ、眠《ねむ》れないのか？」

川のそばで揺《ゆ》れる水面を眺《なが》めていると、アオイがやってくる。

「ごめん、起こした？」

「いや、寒くて目が覚めたらメイがいなくなってたから」

アオイが大きなあくびをして、わたしのとなりに腰《こし》を下ろす。

「なんか、戦争って単語を聞いてから、悶々《もんもん》としちゃって。わたしが考えたって仕方ないし、本当に戦争になるかどうかだってわかんないのに、ばかだね」

目を閉じると、教科書や資料集で見た戦争の写真や、ニュース番組で流れていた外国の悲惨《ひさん》な映像が蘇《よみがえ》る。

なんでそんなことが起こるんだろう。

そう考えていると、どんどん、どんどん、よくない想像が浮《う》かんでくる。

「ワカジさんが、言ってたじゃん。白髪《はくはつ》のカラスのせいでおかしくなったって。でも。もしかしたら、わたしのせいかもしれない。わたしが、〝滅《ほろ》びのカラス〟だから」

わたしが直接なにかをしたわけじゃない。

でも、わたしが本当にカラスで、この国を滅《ほろ》ぼす伝承の存在だとしたら、個人の能力や行動は関係ないんじゃないか。わたしという流れ者がこの世界にやってきたことが、この国の滅《ほろ》びのはじまりを示唆《しさ》しているのかも。

「白髪《はくはつ》のカラスは、四周前にやってきたんだろ。じゃあ、メイは関係ない」

「そうだけど、でも」

わたしがこの国に現れなかったら、なにかが違《ちが》っていたのかもしれない。

この国にやってきてすぐに処刑《しょけい》されていたら、現状はかわっていたのかもしれない。

そんな、もしもの話を考えたって、どうにもならない。

わかっているのに、頭から消えてくれない。

「珍《めずら》しく弱気だな」

「……わたしだって、たまにはそんなときもあるんだよ」

無理やり笑《え》みを作ってアオイに言う。

平等であってほしい。みんな仲良くしてほしい。誰も傷つかず、誰も傷つけない平和な世界であってほしい。

「最近、わたしって欲張りなのかもしれないって思うんだよね。前にそう言われたときは、そんなことないって否定したけど」

ふと思い出して口にすると、アオイは「クリに？」と訊《き》いてくる。わたしは小さく頷《うなず》く。

湦《くり》は、わたしよりも慎重派《しんちょうは》だった。勢いで行動するわたしとは正反対で、その様子は、あれもいや、これもいや、とすべてを拒否《きょひ》して立ち止まっているように見えた。

でも、

――『冥《めい》はあれもしたいこれもしたいってなってるから迷うんだよ』

何度も湦《くり》に言われた。

双子《ふたご》のわたしたちは、両極端《りょうきょくたん》に分かれてしまったんだろう。足して二で割ったくらいが、ちょうどよかったんじゃないかな。そんなこと言うと、湦《くり》にいやな顔をされそうだけどさ。

「カラスって、なんだろねえ」

考えても仕方ないや、と肩《かた》をすくめる。

「さあなあ」

アオイは、首を傾《かし》げて答えた。

すると。

「カラスは、カラス」

水の中から、低い声が響《ひび》いた。

え、とアオイと顔を見合わせて、恐《おそ》る恐《おそ》る川に視線を向ける。

また誰《だれ》かが流れてきたのだろうかと、大声を出さないように心の準備をする。

暗闇《くらやみ》に溶《と》けてしまいそうな暗い川が、ゆらりゆらりと揺《ゆ》れて、ぽこんと、空気が水底《みなそこ》から浮《う》かんできた。

固唾《かたず》を呑《の》んで、次になにが起こるのかを見守る。

まるでわたしたちを驚《おどろ》かせないようにと細心の注意を払《はら》ってくれているかのように、ゆっくりと水面を揺《ゆ》らして、なにかが、ゆらりと姿を現した。

水から出てきたので当然ではあるけれど、全身が濡《ぬ》れている。体は泥《どろ》に塗《まみ》れていて、まるで、ナマズのようだった。水の中に手足はあるのかもしれないけれど、見えている姿はナマズの頭だ。

真横にあるふたつの瞳《ひとみ》は水色で、キラキラとそこだけが光《ひか》り輝《かがや》いている。

「……カラス」

その者の声は、水の中で反響《はんきょう》しているような、妙《みょう》な音になって耳に届く。低くて、揺《ゆ》らぎがある。すごく小さな声なのに、なぜかしっかりはっきりと、聞こえてくる。

「もぐる、もの？」

確信はない。

でも、その名前がぴったりだと思った。

「ほ、知ってるのか。いかにも」

声色《こわいろ》から感情は読み取れない。そのせいか、畏怖《いふ》を感じる。アオイも同じ気持ちなのか、わたしたちはいつの間にか手を取り合って抱《だ》き合《あ》うような体勢になっていた。

「カラス。やはり、カラス。とうとう、流れてきたか」

やはり、という言葉から、この数日わたしのことを見ていたのかも、と思えた。

潜《もぐ》る者は動きが遅《おそ》くて、行動範囲《はんい》が狭《せま》く、長生き。

グレドはそう言っていた。あまり姿を現さないのは、警戒心《けいかいしん》が強いのもあるのだろう。

そんな潜《もぐ》る者が目の前に現れて話しかけてきた。それにはなにか、理由がある、かもしれない。

どのくらいの年かわからないが、潜《もぐ》る者からは風格を感じる。発言も意味深で、なんでも知っていそうな雰囲気《ふんいき》だ。

「あ、あの、もし知っていたら教えてほしいことが、あるんです。涅《くり》は、涅《くり》はどこにいますか？

わたしの双子《ふたご》の弟なんですけど」

潜《もぐ》る者は、わたしの質問になんの反応も返してくれなかった。

じっと、こちらを見てくるだけ。

「知らない、ですか？　じゃあ、流れ者が、元の世界に戻《もど》る方法とかは？」

ふたつ目の質問にも、潜《もぐ》る者は微動《びどう》だにしない。

なにも知らない、ってこと？

少しでも手掛《てが》かりがあると信じていた。それに縋《すが》りつくように、それだけを頼《たよ》りに、今日まで
やってきた。

なのに。

必死に手繰《たぐ》ってきた希望の糸が、ぷつんと切れる。

「まだ」

項垂《うなだ》れるわたしに、潜《もぐ》る者が言った。

「まだ、ある」

なにが。意味がわからない。訊《き》きたいことが他にもあるか、ということだろうか。

涅《くり》のこと、元の場所に戻《もど》る方法。それ以外で、訊《き》きたいこと。

なにも、ない。

けれど、潜《もぐ》る者はわたしの言葉を待っていた。わたしが口にするなにかを、待っている。

「……わたしは、カラスなの？」

「それは、こちらの預かり知らぬこと」

「カラスって、なんなの」

「それは、あちらが承知のこと」

あちらとは。

「森に、待ち者が、いる」

「も、森って、どこの」

待ち者もよくわからないけれど。

「漆黒《しっこく》の、森」

「……あそこに、入るのか？」

アオイが驚《おどろ》きの声を上げた。

「森は、カラスの答えを、待っている」

どういうこと。森に誰《だれ》かがいるの？　森が、待っているの？

戸惑《とまど》うわたしを無視して、潜《もぐ》る者はくるんと方向転換《てんかん》をした。そして、

「ちょ、ちょっと待って！　まだ——」

制止の声もむなしくとぷんと川の中に潜《もぐ》り、姿を消した。


「漆黒《しっこく》の森、か。どうやって行くんだ？」

朝、みんなが目覚めてから、アルモニとグレドを呼び集めて四人で顔を突《つ》き合《あ》わせる。わたしがカラスだとバレるわけにはいかないので、ワカジさんには飲み水を集めるようお願いして、少し離《はな》れた場所に行ってもらっている。

昨晩、潜《もぐ》る者に会ったことと、森に待ち者がいる、と言われたこと。それをふたりに伝えた。潜《もぐ》る者の言葉の真意まではわからないが、他に手掛《てが》かりがない以上、その森に行くのがいいだろうと全員の意見が一致《いっち》した。

問題は、その方法だ。

「興味があって向かったことはあるけど、まわりが崖《がけ》みたいになってて近づくことすら難しかったし、森に入るなんて、とてもじゃないけど無理そうだったなあ」

グレドはうーんと悩《なや》みはじめた。

漆黒《しっこく》の森は、ダルデールとノーパーヴァが陸地でつながっている唯一《ゆいいつ》の場所で、誰《だれ》も中に入れないと言われている深い森のことらしい。今いる場所からはだいぶ離《はな》れているが、それでも遠くに森の頂上らしき形がうっすらと見える。

「だめ、むり」

アルモニはきっぱりと言い切る。

「あの森に、主《ぬし》はいない。主《ぬし》いない森は、わからない。きけん」

這《は》う者は、それぞれ縄張《なわば》りがありその森の主《ぬし》となる。主《ぬし》がいない森は、相当危ないのだろう。

〝ひと〟だけではなく〝じゃない者〟も避《さ》けるなんて、よっぽどだ。

「なんでそんなところ行きたいわけ？」

突然《とつぜん》、ワカジさんがアオイの背後から顔を出して訊《き》いてきた。

「サボって盗《ぬす》み聞《ぎ》きするなよ」

アオイがじろりと睨《にら》みつけると、「サボってないよ！　ちゃんと水集めてきたし！」と胸を張って答えた。

「戻《もど》ってきたら俺《おれ》をのけ者にしてこそこそ喋《しゃべ》ってるんだもん、気になるじゃん。おまけに漆黒《しっこく》の森とか危険な単語が聞こえてくるし。あの森はノーパーヴァの民《たみ》ですら誰《だれ》も近づかないのにさ。ちなみにノーパーヴァでは境の森って呼ばれてるよ」

ダルデールだけではなく、ノーパーヴァでも、あの森に立ち入るのは難しいようだ。

「ま、よくわかんないけど、行きたいならとりあえず向かえば？　方角的に川の上流に沿っていくんだろ？　んじゃ、俺《おれ》のいた集落も途中《とちゅう》にありそうだし、よかったら寄っていってよ」

「アルモニ、こいつ、きらい。いっしょ、いや」

軽い口調で話すワカジさんに、アルモニが渋《しぶ》い顔をする。その言葉はツンデレではなく、本気でいやそうだ。明るいひとが苦手なのかもしれない。ワカジさんは「そんなこと言わずにさあ」とまったく気にした様子を見せないが。

「でも、ワカジの言うとおりではあるよな」

「まあね。この場所で潜《もぐ》る者に会うっていう当初の目的は果たしたしねえ」

アルモニとワカジさんのやりとりにハラハラしているわたしをよそに、アオイとグレドは答えを出す。

たしかに、ワカジさんが川に流されてきたということは、上流にはワカジさんの暮らしていた集落があるんだろう。

森に入れるかどうかはわからないが、とにかく、行くしかない。

そうと決まれば、と片付けをしてわたしたちは森を目指し歩きはじめた。

「この国の集落ってのは新鮮《しんせん》だったなあ。ノーパーヴァは〝ひと者〟が住める場所が限られてるからそういうのはなかったし。あと、ここは波《は》でも外に出歩けるってのもいい」

歩きながら、ノーパーヴァとダルデールの違《ちが》いを、ワカジさんはたくさん教えてくれた。ダルデールになんの不満もないのが、伝わってくる。

ワカジさんのいた集落は、話を聞く限り、アオイのいた——わたしが流れ着いた——集落よりも大きそうだった。住んでいるひとは多くないらしく、奴隷《どれい》でもあまりひどい扱《あつか》いはされないのだという。ただ、人手が足りないからか、毎日朝から晩まで忙《いそが》しいと言った。

「いちばんしんどいのは、周辺にふらついている〝じゃない者〟が集落に入ってこないように交代で夜の番をしないといけないことだなあ」

「なるほど、地域によって違《ちが》いは大きいんだなあ。外から見るだけじゃそこまではわからないから、なかなか為《ため》になるよ」

グレドは興味深そうに話を聞いている。

「っていうか〝じゃない者〟にも仕事を手伝ってもらえばいいのにな。俺《おれ》たち〝ひと者〟より器用さはないけど、労働には向いてるじゃん。もったいないと思わないか？」

「現場ではそういう動きがあるけど、〝じゃない者〟は望まないだろうね。奴隷《どれい》よりもひどい扱《あつか》いになると思うよ。ひとからすればただ働きの消耗品《しょうもうひん》だろうなあ」

「あんたも〝じゃない者〟なのに、よくそんな他人事《ひとごと》みたいに言えるな」

「それはそれ、これはこれ、だよ。事実なんだから気にしたって仕方ないだろ」

ふたりが話す姿を、アオイと一緒《いっしょ》に少しうしろから見つめる。

ワカジさんは、本当に〝じゃない者〟になんの偏見《へんけん》もないのだろう。わたしたちに対する態度と、グレドやアルモニに対する態度は、一緒《いっしょ》だ。楽しそうに話しているワカジさんを見ていると、なんだかすごく、ほっとする。

「ノーパーヴァでは、本当に差別がないんだね」

あの様子が、この国でも当たり前になったらいいのにな。

グレドやアルモニが、誰《だれ》にも傷つけられない世界であればいいのに。

みんなが、ちゃんと屋根のある場所で眠《ねむ》れて、おいしいご飯を食べることができたらいい。姿を隠《かく》して歩く必要がなければいい。

「差別がないかわりに、奴隷《どれい》のほうがマシだと思うほど、生きるのに厳しい国なんだな」

奴隷《どれい》だったアオイは、複雑そうな表情で呟《つぶや》く。

「……どっちがいいかは、わかんないね」

いいこといやなことは、ひとそれぞれ違《ちが》う。

それは、元の世界でも同じだし、この世界にはいろんな種族がいるから余計だ。

わたしと涅《くり》も、同じじゃなかった。わたしは学校が好きだったけど、涅《くり》は、どうだろう。学校に向かう足取りは、いつも、重かった気がする。

わたしの好きは、みんなの好き、じゃない。

わたしの同情が、アルモニには不快だったように。わたしの正義感が、アオイとグレドに迷惑《めいわく》をかけたように。わたしの感情と、みんなの感情はイコールにならない。

ワカジさんと違《ちが》って、わたしにはノーパーヴァのほうが過ごしやすい、と感じるかもしれない。今も、差別がないのは羨《うらや》ましく思う。でも、この国のほとんどの〝ひと〟は、ノーパーヴァに行きたいとは思わないだろう。むしろ、ノーパーヴァを下に見ている。

だから、どちらがいい国かは、わからない。

そもそも、ノーパーヴァのことを、わたしは知らないし。

どっちもいい国なら簡単なのにな。

「わたしは元の世界に戻《もど》りたい。でも、流れ者の中には、こっちのほうがいいって思うひともいるのかな」

「どうだろうな。おれはこの国しか知らないからなんとも言えない」

「なんか、わからないことが多すぎるね」

元の世界のことも、この世界のことも。

誰《だれ》かのことを考えれば考えるほど、なにがよくて、なにが悪いのかよくわからなくなっていく。

「わからないって思えるだけマシかもな。おれはメイやグレドと出会わなければ、カラスのことも〝じゃない者〟のことも、ノーパーヴァのことも、わからない、とすら考えたことなかったし」

「それは、状況《じょうきょう》のせいじゃないの？」

奴隷《どれい》のときのアオイは、なんの感情も抱《いだ》いていなかったように見えた。

一緒《いっしょ》に旅をするようになってから、感情を出してくれるようになった。もともと落ち着いている性格だからか、そっけないときはそっけないけれど。

「それもあるけど、それだけじゃないと思う。メイとグレドと過ごしてなかったら、今もおれはカラスはこの国を滅《ほろ》ぼす災《わざわ》いだと思っていただろうし、〝じゃない者〟は、話の通じない種族だと思ってた。この国のことも理解しようとしないままだった」

「知らないままでよかった、とは思わない？」

「知らないほうが簡単に答えが出て楽だったけど、知っていろいろ考えてわかんないなって悩《なや》むのは、悪くない、と思う」

そう答えたアオイの瞳《ひとみ》は、はじめて会ったときの虚《うつ》ろな瞳《ひとみ》とは違《ちが》っている。

「アルモニ、無視するの、よくない」

背後にいたアルモニが、ぼそっと呟《つぶや》く。

アオイからアルモニの名前が出なかったことに、拗《す》ねたのだろう。

そっぽを向きながらも、ちゃんとうしろをついてくるアルモニがかわいくて、思わず笑ってしまった。

歩き続けて、三日が経《た》った。

いちばん体力のないわたしは何度かアルモニの背に乗せてもらったけれど、アオイもワカジさんも〝じゃない者〟ほど体力がないため、進みはかなりのんびりだった。

「この川の分岐点《ぶんきてん》のそばに、ワカジの集落があると思う」

地図を広げてグレドが説明をしてくれる。この調子なら、あと少しで到着《とうちゃく》するだろう。

「いやあ、まさか歩いて三日もかかる距離《きょり》を半日で流されるとは」

「この距離《きょり》を流されたのに、体調を崩《くず》してないことのほうがボクは不思議だけどねえ」

グレドとワカジさんはすっかり仲良くなっていた。

わたしとアオイにとってはお兄さん的存在のグレドだけれど、ワカジさんとは年が近いためか、気心の知れた友人のようだ。

「アルモニ、あいつ、にがて」

アルモニは疲《つか》れた表情をしている。いろいろ話しかけられるのがいやだと毎日言っていた。でも、なんだかんだアルモニも気を許しているようで、話しかけられれば必ず返事はするし、はじめに比べたら、物理的な距離《きょり》も縮まっている気がする。

「メイも、アオイも、あいつも、へん」

「どう変なの？」

「アルモニに、話しかけるの、へん」

これまで出会った〝ひと〟との違《ちが》いに、戸惑《とまど》っているんだろう。アルモニがむむむと唸《うな》っているのがわかり、微笑《ほほえ》ましくなる。

変、か。たしかに、アルモニやグレドからすれば、そうなんだろう。

「変なひとが、もっとたくさんいたら、変じゃなくなるのにね」

そうしたら、いつかアルモニも笑うことがあるかもしれない。

わたしの言葉に、アルモニは「やっぱりメイが、いちばんへん」と言った。

「いやあ、この三日間みんなと一緒《いっしょ》で楽しかったし、奴隷《どれい》のときよりもおいしいご飯を食べられたから、もうお別れかと思うとさびしいなあ」

名残惜《なごりお》しそうに、ワカジさんがお腹《なか》をさする。

「野宿に文句ばっかり言ってたくせに」

「それとこれとは別だろ、アオイ。いじわる言うなよ。な、メイちゃんもさびしいだろ？」

「んー、まあ」

「あんまり気持ちがこもってないなあ」

「ワカジ、うるさい」

集落が近づいてきて、ワカジさんのテンションはかなり高くなっている。

「四人は、ずーっとこんなふうに旅してんだよな。すげえなあ。特にメイちゃんとアオイは〝ひと者〟なのに、根性《こんじょう》あるよ」

「グレドがわたしたちに合わせてくれてるおかげだよ。グレドは物知りだし」

「そうそう。ボクのおかげ」

グレドは満足そうに頷《うなず》く。ワカジさんは「なるほど」と言ってケラケラと笑った。

そしてふと、笑うのをやめて、わたしをじっと見つめてくる。

「な、なに？」

思わず一歩後ずさった。

ワカジさんがいるあいだ、わたしは一度もフードを脱《ぬ》いだことがない。深く被《かぶ》っていたので髪《かみ》の色はもちろん、瞳《ひとみ》の色もよく見えてないはずだし、極力目は合わせないようにしていた。

なのに、ワカジさんの妙《みょう》に真剣《しんけん》な表情から、もしかしてわたしの正体に気づいているのでは、という予感を抱《いだ》く。

「メイちゃん」

びくり、と体が震《ふる》える。

同時にアオイとグレドとアルモニが、警戒《けいかい》するのがわかった。さっきまで和《なご》やかな空気だったのが、一気にぴんと張《は》り詰《つ》める。

「やだなあ、アオイ、そんなに睨《にら》まないでよ。べつに怖《こわ》がらせようとか思ってないから」

両手を上げて、ワカジさんは肩《かた》をすくめる。

「ただ、訊《き》きたいだけ。訊《き》くだけ。誰《だれ》かに話そうとかは思ってないよ。気になることがあるんだよ。本当にそれだけ。命の恩人に不義理はしないよ」

ワカジさんが、そっとわたしに近づいてくる。

逃《に》げたほうがいいかもしれない。でないと、またアオイとグレドを、さらに今度はアルモニも巻《ま》き込《こ》んでしまう。

タイミングを見計らって、森の中に駆《か》け込《こ》もうか。

そう思うのに、足が、動かなかった。

ワカジさんの視線が、わたしを捉《とら》えて放さない。なにもかもを見透《みす》かされているような、余裕《よゆう》を感じる赤色の瞳《ひとみ》には、ただ、好奇心《こうきしん》だけが浮《う》かんでいる。

「な……に？」

「この国のカラス伝承は、ノーパーヴァと少し違《ちが》うんだよね。こっちでは〝滅《ほろ》びのカラス〟って言うんだろう？　メイちゃんが、それなの？」

疑問系ではあるものの、ワカジさんは確信していた。

「いやあ、でもまさか、こんな、普通《ふつう》の女の子だとは思わなかったな」

「だったら、どう、するの？」

ぎゅっと背中に結びつけている制服の入った布を、握《にぎ》りしめる。

「どうもしないよ。ただ、どうなのかなって思っただけ。この国を滅《ほろ》ぼすのかなって。そうだったら——悲しいなって、できたらやめてくんないかなあって」

にこっと、いつもの明るい笑《え》みをワカジさんは顔に貼《は》り付《つ》ける。

「この国は、いい国だなーって、思ってるから、俺《おれ》は」

それは、本心だろう。

「奴隷《どれい》だけど、仲間はいるし、ご飯もあるし、草がたくさん敷《し》かれた屋根のある場所でそれなりにあたたかくして眠《ねむ》れる。仕事は大変だけど、一周の大半を雪で身動きが取れない生活をするよりもずっと、楽しいんだよ」

ワカジさんは、幸せそうに目を細めた。

「だから、この国には滅《ほろ》んでほしくないんだ。俺《おれ》、またさびしくなっちゃう」

わたしにとって、この国は、ちっとも幸せじゃなかった。

ひどい国で、いっそ滅《ほろ》んでしまえばいいとも思った。

でもアオイやグレドやアルモニと旅を続けるうち、別の感情が生まれた。

わたしはここで出会った三人を、傷つけたくない。

だから、滅《ほろ》ぼしたいなんて本気で思っていないし、そもそも、わたしに国を滅《ほろ》ぼせるような力なんてない。ただ、涅《くり》と一緒《いっしょ》に元の世界に戻《もど》りたいだけ。

でも今、心の底から、この国を必要としているひとが、目の前にいる。

わたしを攻撃《こうげき》して自分を守ろうとするわけじゃなく、ただ、願っているひとが。

「あ……」

わからない。

なにを言えばいいのか。今、自分がなにを感じているのか。

なにも、言葉が浮《う》かんでこない。

「俺《おれ》よりも小さな子どもに、なに言ってんだって感じだな。ごめんごめん」

ははっと笑って、ワカジさんがわたしの頭に手を置いた。大きいけれど、指も腕《うで》も細くて、弱々しい。それはやさしくて、あたたかい。

「ここから先は一本道だよな。ここまででいいよ。俺《おれ》はメイちゃんのこと誰《だれ》にも話す気はないけど、知られた以上は俺《おれ》の集落には寄りたくないだろ。俺《おれ》としては、いろいろ紹介《しょうかい》したかったんだけど」

動けないわたしを置いて、ワカジさんはひとり先に進んでいく。その足取りは、とても軽《かろ》やかだった。

「気をつけてな。怪我《けが》しないようにな」

滅《ほろ》びのカラスであるわたしが存在することに不安を感じているはずなのに、ワカジさんはわたしを、心配してくれる。

「……っワカジ、さんも！」

離《はな》れていくワカジさんの背中に、思わず大きな声で呼びかける。

振《ふ》り返《かえ》った彼《かれ》はちょっと驚《おどろ》いた顔だったけれど、すぐに満面の笑《え》みで手を振《ふ》ってきた。またなあ、と叫《さけ》んでいる。

「また、か」

アオイが手を振《ふ》り返《かえ》しながら呟《つぶや》いた。

「また、会えたらいいね」

会えるかわからない。だからこそ、そう思う。

わたしたちは、ワカジさんの姿が見えなくなるまで、その場を動かなかった。

「……そんなに、ノーパーヴァはひどいのか」

明るいワカジさんがいなくなって静かになると、グレドが囁《ささや》くように言った。

森に向かうか、仕入れのために先に国境に向かうか。

「森に行こう」

どうしようかと考えていると、グレドがきっぱりと言った。

「森に行ったあとで仕入れに向かえばいい。その程度なら大丈夫《だいじょうぶ》だ」

「……どうしたの、グレド」

まるで急いでいるかのように見える。

これまでグレドは、経験値の高さもあって、常に落ち着いていた。

「ワカジが言ってただろ。ノーパーヴァがダルデールになにかを仕掛《しか》けてくるかもしれない。そのとき、真っ先に戦場になるのは国境の橋だ。しばらく避《さ》けたい」

「たしかに。そっか、そうだね」

「お金はあるから、国境に近い集落にたむろしてる顔なじみの商人を通して仕入れるっていう方法もある。質は下がるだろうけど、まあ、たいしたことじゃない」

グレドは自信満々だ。胸を張ってにやりと笑う。

「グレドのその自信は、どっからきてんの？」

「事実だからだよ。〝じゃない者〟が商人ってだけで誇《ほこ》れるうえに、ボクはその種を利用することで〝ひと〟よりも優《まさ》る商人だよ」

「グレド、商人、まれ、おかしい」

アルモニの言葉から、〝じゃない者〟から見てもグレドが商人であることはかなり珍《めずら》しいことなんだろう、と思う。わたしも、これまでこの国で過ごしてきて、グレドのようにひとと接する仕事をしている〝じゃない者〟は見たことがない。市場の人通りの少ない裏道でお店を出している者はいたけれど、そういうのはみんな〝じゃない者〟相手だとグレドが言っていた。

「なんで、グレドは商人になったの？」

「商人なら仕事でこの国を自由に歩き回れるだろ。いろんな商品にも出合える。ボクの探究心を満たしてくれる。だからだよ。でもまあ、成り行きもあるね。ボクを拾ってくれたにんげんが、変わり者の商人だったからさ」

そういえば、五歳のときに家を出た、みたいなことを言っていた。

家出をしたわけではないとも話していたけれど、なにがあったのかは聞いていない。

「変わり者って……もしかして」

「うん。流れ者だった。十歳くらいで流れてきてしばらく奴隷《どれい》だったんだけど、ある日逃《に》げ出《だ》して自力で生きていくために商人になったんだってさあ。ボクが出会ったときにはもう五十歳とか六十歳とかだったかなあ」

そんな過去があったのか。

今までグレドは、あまり自分の過去を話すことがなかった。ざっくりとは教えてくれるけれど、詳細《しょうさい》はふんわりとぼかして、要点だけだった。

流れ者のほとんどは奴隷《どれい》になる、と言っていた。でも、稀《まれ》にそうならないひともいて、グレドはそのひとを知っている、と。そして、そのひとは病気で死んでしまった、と。

それが、グレドを拾ってくれたという、商人なのだろう。

「それまでボクはこの国で散々な目に遭《あ》ってたから、流浪《るろう》の〝じゃない者〟を保護しようとするにんげんを、最初はなにか裏があるんじゃないかと疑ったよ」

「メイみたいなやつだな」

アオイが言うと、グレドとアルモニが「そう」と頷《うなず》く。

「ボクが宿に泊《と》まれないならって、ボクと一緒《いっしょ》に野宿するような変わり者だ。奴隷《どれい》だとか〝じゃない者〟だとかで対応をかえるにんげんはおかしいって言ってたよ。結局、体調が悪い中、波《は》の季節にボクと野宿したことが原因で死んじゃったけどねー」

うはは、とグレドが肩《かた》を揺《ゆ》らして笑う。

「バカだよね。だからメイもバカだよ」

「な、なんでわたし？」

「この国で〝じゃない者〟や奴隷《どれい》の境遇《きょうぐう》に理不尽《りふじん》を抱《いだ》いて怒《おこ》るなんて、バカだろう？　そんなことしたってなんにもならないのは、経験済みのはずなのに」

うぐ、と言葉に詰《つ》まる。

そのとおりなので言い返せない。

「でもバカは、悪人じゃない」

「メイは、無神経、なだけ」

グレドの言葉にアルモニが頷《うなず》く。グレドは「そうそう」と愉快《ゆかい》そうに笑った。

「だからボクは、変わり者のバカが、ボクのせいで、この国のせいで、我慢《がまん》を強《し》いられたり、怪《け》我《が》をさせられたりするのが、気に入らない」

グレドの声には、芯《しん》の強さが込《こ》められていた。

それは。

――『カラスの行く末を見たい』

――『きらいだからかな』

はじめて森で会って、わたしとアオイを助けてくれる理由としてそう答えたときと、同じだった。

グレドは、わたしよりもずっと長いあいだ、この国と、この国の差別に嫌悪感《けんおかん》を抱《いだ》いているんだ。そのせいで、自分を保護してくれた流れ者が亡《な》くなったから。

市場で必ずわたしとアオイを宿で休ませたのも、その経験からだろう。理不尽《りふじん》なことに憤《いきどお》りを感じているわたしを見て呆《あき》れていたのは、わたしの心配をしたのだろう。何度もわたしを助けてくれたのは、かつてこの国に反抗《はんこう》した大事なひとを思い出していたからだろう。

「そのひとは、どんなひとだった？」

「のんびりした、お人好《ひとよ》しだったなあ。あといろんなことに詳《くわ》しくて元の世界にあった便利なものをよくボクに教えてくれた。この国では珍《めずら》しい発想だったから、流れ者でも商人になれたんだろうね。そういう考えを知れたおかげで、ボクも無価値とされていたものをいくつか商品にすることができるようになった」

アオイの質問に、グレドが懐《なつ》かしそうに答える。

「あとは、どうしてもこの国の考え方には慣れない、受け入れられないって言ってて、ボクはそれが不思議で仕方なかったよ」

やさしい声色《こわいろ》から、グレドはそのひとのことが本当に好きだったと伝わってくる。

「元の世界は、差別があれば誰《だれ》かが声を上げて止めようとするんだって。生まれや立場で優劣《ゆうれつ》をつけることは悪いことだという認識《にんしき》で、みんな平等であるべきという考えだったって言ってた。そんな世界があるなんて、ボクには信じられなかった」

「それは、へん」

話を聞いていたアルモニが、首を傾《かし》げる。

「アルモニ、森の主《ぬし》。森は、いつも、ひとを見てる」

「……そうなんだ。でも、なにが変なの？」

「流れ者、みんな、なにも知らない」

グレドがぴたりと足を止める。そしてゆっくりと振《ふ》り返《かえ》り、

「まだまだボクの知らないことがたくさんあるなあ。這《は》う者は排他的《はいたてき》だから、そんなにまわりをよく見てるなんて思わなかったなあ」

「かくす？」

こてんと首を傾《かたむ》けるアルモニに、グレドははあっとため息を吐《つ》いた。

ふたりがなんの会話をしているのか、わたしもアオイもわからない。

「べつに隠《かく》す必要はないけどね。ややこしいから言わなかっただけだし。この状況《じょうきょう》じゃ、もう隠《かく》しても黙《だま》っていても、意味がないだろ」

「グレド、怒《おこ》ってる」

「怒《おこ》ってない。確証《かくしょう》がないから言いたくなかっただけ！」

「うそ。怒《おこ》ってるし、わかってた」

アルモニを無視して、グレドは前を向いて再び歩きだす。たしかに、アルモニの言うように怒《おこ》っているように見える。でも、なにに対して怒《おこ》っているんだろう。

「グレド？」

呼びかけるけれど、グレドは足を止めない。

かわりに。

「流れ者は、それまでの記憶《きおく》を失う」

そう言った。

「……え？　でも、そのひと、元の世界のことを教えてくれたんだよね」

「流れ者、なにも知らない。なにも、わからない。だから、奴隷《どれい》」

「え、アルモニ、それ、どういうこと？」

「知らない」

アルモニは首を振《ふ》る。

「記憶《きおく》は失うだけで、なくならないってことだよ。完全に思い出すことはないけど、ところどころ、蘇《よみがえ》るんだと。まあ、それもどの程度かはひとによるみたいだな。ボクが世話になったそのひとは、そう言ってた」

グレドは説明をつけ加えてくれたけれど、背中を向けたままだ。

まるで、これ以上はなにも訊《き》いてくるなと、そう言われているように感じる。

「流れ者のほとんどは奴隷《どれい》になるって、言ってたよな、グレド」

戸惑《とまど》うわたしと対照的に、アオイは落ち着いた声でグレドに話しかけた。

アオイは、奴隷《どれい》になる前の記憶《きおく》がない。気がついたら集落で拾われていて、そこで奴隷《どれい》になった。親のことはもちろん、それ以前のことは、なにも知らない。

それって、つまり。

もしかして——と思ったそのとき、ふっとわたしたちの上に大きな影《かげ》が落ちてきた。

顔を上げると、真っ黒な大きななにかが覆《おお》い被《かぶ》さるように頭上にいる。

それがぐんぐんと、わたしに向かって近づいてきている。

「え、え？」

「メイ！」

驚《おどろ》きのあまりその場から動けないわたしに、アオイが体当たりしてきた。突《つ》き飛《と》ばされてその場に倒《たお》れ込《こ》む。着込《きこ》んでいたおかげで痛みはない。

わたしの上には、アオイが覆《おお》い被《かぶ》さっている。

「アオイ？　アオイ？」

「大丈夫《だいじょうぶ》。なんともない」

わたしのかわりにまた怪我《けが》をしたのでは。

そう思い、慌《あわ》てて体を起こす。アオイは私よりも先に立ち上がって、素早《すばや》く視線を巡《めぐ》らせて警戒《けいかい》していた。どこかを痛めたりはしていないようで、少しだけほっとする。

「なんだったの」

「メイ！」

今度はグレドがわたしの名前を叫《さけ》ぶ。

それと同時に、黒い影《かげ》と強い風がわたしとアオイに向かって降ってきた。

「――っわ、あ、ああああああ」

「な、な、うわ！」

なにかに上半身をがっしりと掴《つか》まれる。わたしとアオイをまとめて、身動きが取れないようにぎゅうっと強く。と思ったら体が、宙に浮《う》いた。

わたしたちを呼ぶグレドとアルモニの声が遠ざかっていく。

「な、なになになに！　なんなの！」

「飛んでる」

わたしは上を、アオイは下を見ている。

先ほどから空気を切りさく羽音が聞こえているので、なんらかの羽を持つ生物にさらわれたのだろう。餌《えさ》と間違《まちが》えられたのだろうか。

相手の姿を確かめたいが、アオイと背中がぎゅうっと密着した状態では、体をよじることすら叶《かな》わず、黒い塊《かたまり》としかわからなかった。

「離《はな》れてく……」

再び背中越《ご》しにアオイの声が聞こえた。アオイには、どんどん地上から離《はな》れていくのが見えているのだろう。

「……やばい、飛びそう」

「どういうこと？　飛んでるんだよね？」

「おれが……」

その言葉を最後に、アオイの体から力が抜《ぬ》けたのがわかった。

「アオイ！　アオイ！」

――うるさい。

誰《だれ》かが言った。どこかで聞いたことのある声だ。誰《だれ》だ。

そんなことを考えていると、ふわりとわたしの意識も遠のいていった。

「っいった！」

全身に衝撃《しょうげき》が走り、声が出た。

ぶつけた腰《こし》をさすりながら目を開けると、そこはどこかの森の中だった。

「え、なにここ……どこ」

なにかに捕《と》らえられ、空を、飛んだ。そこまでは覚えている。

今いる森は、これまでグレドたちと過ごしてきた森とは、様相がまるで違《ちが》う。木々のあいだから青空が見えるのに、夜のような闇《やみ》が広がっている。今まで見たどの木よりもはるかに背の高い木々がまわりを取り囲んでいて、おまけに地面は土ではなく、岩だ。ごつごつした硬《かた》い岩が積み重なっていて、平坦《へいたん》な場所がほとんどない。

「アオイ、アオイ？」

一緒《いっしょ》にいたはずのアオイの姿が見当たらない。

さあっと血の気が引いていく。

同じ場所で目覚めたなら、わたしを置いてアオイがひとりで行動するとは考えづらい。いつもの森ならまだしも、ここは明らかに様子が違《ちが》うから。

だとすると、アオイは別の地点で目覚めたか、運ばれている途中《とちゅう》で落ちてしまった可能性が考えられる。怪我《けが》をして動けずにいたらどうしよう。

捜《さが》しに行かないと、と体に力を入れて起き上がろうとしたとき、バサバサとなにかが羽ばたく音がした。ぶわっと強い風が、頭上から吹《ふ》き下《お》ろす。まるで、大きなうちわで空を扇《あお》いだみたいだ。

またなにかに捕《つか》まるかも！　と咄嗟《とっさ》に身を低くして、そばにある木にしがみついた。体を強張《こわば》らせていると、ゆったりと、なにかが降りてくる。

なぜか、そこに気品を感じて、言葉を失ってしまう。

ただ、その様子を眺《なが》めることしかできない。

――目の前に、大きな梟《ふくろう》が、降り立った。

大きく広げられた羽が閉じられると、風で髪《かみ》の毛《け》が乱れて視界が悪くなる。どうやら、運ばれているときに頭に巻いていた布が解《ほど》けて取れてしまったようだ。

髪《かみ》の毛《け》を手で押《お》さえて目をしっかり開くと、背中にひとを五人は軽く乗せられるくらいの、大きな梟《ふくろう》がわたしを見下ろしていた。梟《ふくろう》の影《かげ》に、わたしの体はすっぽりとおさまっている。

黒色の梟《ふくろう》かと思った。でも、黒、と単純に言い表せない不思議な色だった。赤のような、でも灰色のような、茶色のような、緑のような。この世にあるすべての色を混ぜたように、さまざまな色を感じる。

「カラス」

梟《ふくろう》が、呼びかけてくる。

その声は、何度も聞いたことのある、なんの雑味もない低くてよくとおる、心地《ここち》のいい声だ。

「あなた……夢でも、わたしに語りかけてきた、よね」

「カラス」

わたしの言葉は夢でも現実でも、聞いてもらえないらしい。

「カラス。答えは出たか」

梟《ふくろう》が、わたしに問いかけた。

5

梟《ふくろう》とカラスと羽の者

　梟《ふくろう》の瞳《ひとみ》は、黄色だった。

　毎晩見ていたふたつの月はこの梟《ふくろう》の瞳《ひとみ》だった、と言われたら、わたしはそうなのか、と納得《なっとく》しただろう。そのくらい眩《まばゆ》くて、美しくて――恐《おそ》ろしかった。

　この国の月はふたつあるせいか、常にわたしを見下ろしているような不気味さがある。だから、この梟《ふくろう》も、わたしを決して逃《のが》してはくれないだろうと感じる。

「なんの、答え？」

「カラス。思うがまま、進め。そして、答えを語れ」

　聞き覚えのあるセリフだ。

　梟《ふくろう》は羽を広げ、そして閉じる。わたしを威嚇《いかく》するためだとわかる。

「……アオイは、どこ？」

　負けるな、と自分を叱咤《しった》して、梟《ふくろう》から目を逸《そ》らさずに問いかける。

　ここにわたしを連れてきたのには理由があるはずだ。だから、今ここで、この梟《ふくろう》に襲《おそ》われることはない、はず。

「カラス。流れ者は、そばにいる」

はじめて会話が成り立ったことに少し驚《おどろ》き、そして、梟《ふくろう》の言葉でやっぱりアオイは流れ者なのだとわかり動揺《どうよう》する。けれど、そばにいる、という答えに安堵《あんど》した。

「そばって、どこ？　姿は見えないけど……無事なんだよね？」

梟《ふくろう》はこっくりと頷《うなず》いた。ほっと息を吐《つ》くと緊張《きんちょう》が若干緩《じゃっかんゆる》んで、少し冷静になれた。

気になることを、ひとつひとつ、確かめていかなくてはいけない。

ここはどこだろう。視界は木々に覆《おお》われている。

――『森は、カラスの答えを、待っている』

〝潜《もぐ》る者〟の言葉を思い出して、はっとした。

「ここは……漆黒《しっこく》の、森？」

梟《ふくろう》は再び頷《うなず》く。

「あなたは……なに？」

「羽の者」

神の遣《つか》いと言われている存在すらあやしいと言われる種族だ。

そして、グレドの予想では――。

「もしかして……伝神師《でんしんし》？」

羽の者が、カラスの伝承を伝えたのではないか、と。

「いかにも」

これまでと同じように、梟《ふくろう》は淡々《たんたん》と答える。

「じゃあ、やっぱりわたしは……カラスなの？」

この問いにはうんともすんとも言わない。答えたいことだけ答えるスタンスのようだ。

さっきまでわたしをカラスと呼んでいたくせに。

「なんのために、わたしをここに連れてきたの」

「答えを語れ」

「……なんの答え？」

「思うがまま進む、その先を」

「なんで、それを聞きたいの？」

「語れ、カラス」

梟《ふくろう》がなぜこんな質問をするのか、わたしには理解できない。

ただ、答えなければ、いつまでもこの状態のままだということはわかった。

質問の意図がわからない。けれど、わたしがこれまで旅をしてきたのは、たったひとつの目的のためだ。

「元の場所に、帰りたい。涅《くり》と一緒《いっしょ》に」

「国は、どうする」

「どうするって、わたしにできることなんかなにもないよ」

わたしはただの中学生だ。この世界にやってきた途端《とたん》、命を狙《ねら》われ、これまでずっと逃《に》げてきた。グレドとアオイ、そしてアルモニがいるからなんとか生きていられるだけだ。そんなわたしに、国をどうこうする力はない。

「できるなら？」

「……え」

「カラスにできることがあるなら、どうする」

考えたこともなかった。

言葉が出てこないわたしに、梟《ふくろう》は「考えろ」と急《せ》かすように言葉を重ねる。

「滅《ほろ》ぼしたいか」

ぎくり、と体が震《ふる》える。

まるでわたしの心を見透《みす》かしているみたいだ。

わたしの中の、醜《みにく》くて残忍《ざんにん》な気持ちが露《あら》わになる。

何度も、そんなことは望んでいないと思った。

でも、本音は違《ちが》う。

アルモニやグレドたち〝じゃない者〟を差別し、同じ〝ひと〟なのに相手が奴隷《どれい》と見るや否《いな》や虐《しいた》げる。

この国が、わたしはきらいだ。間違《まちが》っている、おかしい、と思う。それを正したくなる。

でも、常識をかえるのは、とてつもなく難しい。何年も何十年もかかる。いや、もっと長い時間がかかる。もしかしたらそれでも、無理かもしれない。

ならばいっそ、全部なくなってしまえば――滅《ほろ》んでしまえば、いい。

心の奥底《おくそこ》で、わたしはずっと、そう思っていた。

誰《だれ》かが傷ついても、この国のなにもかもが、なくなっても。

そんな自己中心的で暴力的な考えをする自分を認めたくなくて、わたしはずっと、目を逸《そ》らしていた。

いやだ、こんな自分は、いやだ。

それを、こんなふうに暴《あば》かれるのも、いやだ。

「それを聞いて……どうしたいの」

なんだか、とても気分が悪い。

「だいたい、なんなのよカラスって！　わたしがこの国に迷《まよ》い込《こ》んだのも、カラスにしたのも、あなたたちの仕業《しわざ》？」

わけもわからずにこの世界に放り投げられて、突然《とつぜん》カラスだのなんだのと言われて忌《い》み嫌《きら》われ、あまつさえ殺されかけた。

自分の意思でカラスになったわけでもないのに。

「国を滅《ほろ》ぼしたいのは、あなたたなんじゃないの？　その責任をわたしに押《お》し付《つ》けるために、カラスだなんだって祭り上げたんでしょう？」

いつの間にか、頬《ほお》に涙《なみだ》が伝う。

泣きたくないのに、感情が昂《たかぶ》って止めることができない。

どうしてわたしなの。

わたしの気持ちを無視して、この世界の事情に巻《ま》き込《こ》まないでよ。

「勝手に役目を押《お》し付《つ》けてこないでよ！」

体からなにかが爆発《ばくはつ》する。

力一杯叫《ちからいっぱいさけ》ぶ——そして、静寂《せいじゃく》が落ちてくる。

ふうふうと呼吸を繰《く》り返《かえ》す。心臓がばくばくしている。息苦しくて、体中から力が抜《ぬ》けていく。

すると、心がどんどんと弱っていく。

「……涅《くり》を、返してよ。わたしたちを、元の場所に、戻《もど》してよ」

もう、振《ふ》り回《まわ》さないで。

このままここにいたら、わたしがわたしでなくなってしまう。

やさしいまわりのひとを巻《ま》き込《こ》んで、傷つけた。ひとりでは生きていけないくせに、自分の正義感を優先した。

だからといって、迷惑《めいわく》をかけないようにすれば、誰《だれ》かを傷つけてしまうひとになる。そのことに気づかないひとになる。

いやだ。いやだよ。

涅《くり》はどうしてるの。

涅《くり》はどうやって、この世界で過ごしているの。

「帰りたいか」

「……え？」

思いもよらない梟《ふくろう》の言葉に、顔を上げる。

「帰りたいなら帰ればいい。それが答えなら」

「か、帰れるの？」

「道はある。教えてやれば帰るのか？」

当たり前だ。

そう答えようとしたのを、

「すべてを置いて」

梟《ふくろう》が遮《さえぎ》った。

「すべてって？　まさか、涅《くり》も？　違《ちが》う、わたしは涅《くり》と帰りたい」

「これまで出会ったすべて。カラスがカラスにならなくても、構わない」

出会ったすべて。ということは、アオイやグレドやアルモニのことを言っているのだろうか。

アオイが流れ者ならば、わたしと一緒《いっしょ》に元の世界に戻《もど》ることを望むかもしれない。でも、今はまだ、おそらくその記憶《きおく》がない。そんな状態でどこに帰るというんだろう？　本当に、それを望むだろうか。

それに……グレドやアルモニは、あちらでは暮らせない。ここにいるよりも、もっと大変になるはずだ。だって元の世界に〝じゃない者〟はいない。きっと、今以上に、差別される。

そこで気づく。

結局、元の世界はわたしにとって生きやすい場所なだけだ。

ワカジさんにとって、ダルデールがいい国であるように。

「だが、自惚《うぬぼ》れるな、カラス」

突然《とつぜん》、梟《ふくろう》の低い声に空気が震《ふる》えだした。それは、わたしの肌《はだ》を刺激《しげき》する。

「神は、起こったこと、起こりうることの一部を知っているだけ。選んだわけじゃない。たまたまこの国に合う二羽《わ》で一羽《わ》の者が流れてきただけ。我々は、それを語っただけ」

怒《おこ》っている。

神を侮辱《ぶじょく》したと思われたのかもしれない。

声を発することができないほどの恐怖《きょうふ》に襲《おそ》われる。たとえなにか喋《しゃべ》ることができても、なにを言えばいいのかはわからないけれど。

ただ、さっき梟《ふくろう》は『二羽《わ》』と言った。それはつまり、ここに流れてきたのはわたしだけではない、ということだ。

ゆっくりと息を吐《は》いて、ゆっくりと息を吸う。そして、口を開く。

「涅《くり》も、カラスなの？　ねえ、涅《くり》は、どこにいるの。教えて」

「カラスは、決めた。だが、まだ未確定だ」

それは、どういうことだろう。わたしはなにも決めていない。ということは、今、梟《ふくろう》が言ったカラスは、涅《くり》のことを指している、はず。

涅《くり》は、なにを決めたのだろう。

「カラスは、滅《ほろ》び。カラスは、救い。我々は、それを、見守り、道を示すために、存在する。だから、カラスの答えを待つ」

まるで、それが誇《ほこ》りであるかのように、梟《ふくろう》は堂々としている。

「帰りたければ帰れ。道はいつでも示せる。迷いがなければ、帰れる」

迷い、という言葉が、ずしりと体にのしかかってきた。

「迷いがない者だけが、帰れる」

それは、迷いがあれば帰れない、ってことだ。

「カラス。カラスはまだ、帰れない」

わたしは、なにか迷っているんだろうか。

でも迷いなんかない、と答えることはできなかった。

それは、涅《くり》とまだ会えていないからなのか、アオイやグレドやアルモニが気がかりだからなのか。それとも――この国のことなのか。

突如《とつじょ》、梟《ふくろう》が大きく翼《つばさ》を広げた。

突風《とっぷう》が起こり、あたりが真っ暗になる。

まるで、いつも見る夢の中にいるみたいに、なにも見えなくなる。

「カラス。帰れば、滅《ほろ》びる」

「――え」

ばさっと、翼《つばさ》が前後に動く。そばにある木々が大きく軋《きし》んで、舞《ま》い散《ち》る葉と、わたしの髪《かみ》の毛《け》が、視界を覆《おお》う。

「カラス。残れば、救われる」

「な、なに」

風音で、自分の声がかき消される。けれど、梟《ふくろう》の声ははっきりとわたしの耳に届く。

「カラス。答えを語れ」

吹《ふ》き飛《と》ばされそうになりながら、黒い影《かげ》に視線を向ける。

ふたつの瞳《ひとみ》がわたしから逸《そ》らされたのがわかった。同時に、影《かげ》がぐんと羽ばたいて遠ざかる。

「カラス。カラスの答えを待っている」

最後にそう言い残して、梟《ふくろう》は消えていった。

梟《ふくろう》のいた場所には、横になっているアオイと、今まで対面していた梟《ふくろう》に比べたらずっと小さな鳥がいた。


アオイが目を覚ましたのは、それから数分後のことだった。

「怪我《けが》はない？　ごめん、わたしのせいだ」

「メイのせいじゃないだろ。それに、まさか漆黒《しっこく》の森に入れるとは思ってなかったから、なかなか貴重な経験だよ。グレドに言ったら羨《うらや》ましがられると思う」

それは、そうかもしれない。今は心配しているだろうけれど。

この森までは歩いて数日はかかるはずだ。いくらグレドとアルモニが〝じゃない者〟で体力があるとはいえ、すぐに来られるようなところじゃない。来られたとしても、どうやってこの森の中に入るのか、羽の者に連れられてきたわたしには、わからない。

「また、会えるよね……」

このまま二度と会えなかったらどうしよう。

いつかは元の世界に帰るつもりだったけれど、こんなふうに別れるのは、いやだな。

――これが、わたしの迷いなのかな。

「すぐ会える会える」

軽《かろ》やかな声が、肩《かた》から聞こえる。

アオイのそばにいた、あの鳥だ。色は白まじりの紺色《こんいろ》で、小型犬くらいの大きさだが、肩《かた》に感じる重みは、不思議なことにとても軽い。

鳥、といってもわたしの知っている鳥とは違《ちが》って、羽の先には人間の手のように指があった。ふっくらとしたお腹《なか》から足が出ているが、足のサイズはかなり大きい。くちばしがあるのに、その顔にはどことなくひとっぽさもある。

つまり、たんなる鳥ではなく〝じゃない者〟だ。正確には舞《ま》う者と言うらしい。

「クスクス、見張り見張り」

おそらく、クスクス、というのが名前で、わたしとアオイを監視《かんし》する役目をあの梟《ふくろう》——羽の者から与《あた》えられているのだろう。わたしがなにかしらの答えを出すまでは、この森から出さないつもりのようだ。

アオイには、巻《ま》き込《こ》んでしまったことを謝《あやま》ってから、羽の者との会話をざっくりと伝えた。

アオイの第一声は、

「やっぱりおれ、流れ者だったか」

だった。驚きはなく、すっきりした様子だった。

「もしかして、アオイはグレドの話を聞く前から……気づいてたの？」

「なんとなく。メイと話してたら今まで知らなかった単語が頭に浮《う》かんできたり、記憶《きおく》にない光景が瞼《まぶた》の裏によぎったりすることが増えてたんだよな。で、もしかしたら自分は流れ者なんじゃないかってちょっと思うようになってた」

そうだったのか。

だから、グレドとアルモニの会話にも、あまり動揺《どうよう》していなかったのか。

「まあ、まだはっきり思い出せるわけじゃないけど。グレドに商人としての生き方を教えた流れ者は、どこまで思い出していたんだろうな」

流れ者は記憶《きおく》を失うが、ひとによっては断片的《だんぺんてき》に記憶《きおく》が蘇《よみがえ》ることがあると言っていた。グレドを救った流れ者やアオイのように、自分が流れ者だと気づくひとは、稀《まれ》かもしれないけれど。

元の世界のことを思い出したひとは、どんな気持ちでこの国で過ごしたんだろう。

「帰る方法は、あるって言ってた」

羽の者は帰りたければ帰れと言った。その方法は、まだ教えてもらっていない。それは、カラスのわたしを引き留めるため、というわけではないだろう。わたしがカラスであることは、どうでもよさそうだったから。

「アオイも同じ方法で、帰れると思う。アオイも、帰る？ 帰りたいよね？」

「そこまで思い出したわけじゃないから、よくわかんないな」

んーと首を捻《ひね》りながらも、アオイの返事には迷いがなかった。

「そもそも、流れ者ってなんなんだろな」

「たまたま、流れてきただけなんだって言ってたよ」

思い出すと、またムカついてきた。

――『神は、起こったこと、起こりうることの一部を知っているだけ。選んだわけじゃない。たまたまこの国に合う二羽《わ》で一羽《わ》の者が流れてきただけ。我々は、それを語っただけ』

羽の者は、そう言っていた。

つまり、彼《かれ》らの予言にわたしと涅《くり》が、ぴったり当てはまっただけなのだ。カラスという名前がついているだけで、羽の者からすれば、流れ者のひとりでしかない。カラスと呼ぶにふさわしい見た目のわたしが、この国の変化の瞬間《しゅんかん》にいるだけ。おそらく、涅《くり》も。

……そのくせ、答えを求めてくる。

勝手にもほどがある。

文句を言ったわたしに羽の者は憤《いきどお》りを感じたようだったけれど、わたしの身にもなってほしい。

「メイは、それがいやなのか？」

口を尖《とが》らせるわたしに、アオイが訊《き》いてきた。

「……いやっていうか、なんなんだろ、て感じかな。カラスだからってこれまで散々な目に遭《あ》った理由が、運がなかっただけなのかと思えてくる……」

そんなこと、文句を言っても仕方ないのにな。

わたしを求めてたんです、待っていたんです、と言われたらそれはそれで知らないよって思ってただろうし。

ただ、起こったことと気持ちの、折り合いをつけられないんだ。

「そのくせわたしの答えがこの国の未来を左右するんだよ？　帰れば滅《ほろ》びるとか、やめてほしい！」

「……責任重大だな」

思わず声を荒《あら》らげると、アオイが苦く笑う。

「そもそも滅《ほろ》びるって、具体的にどういうことなのかもわかんないしさ。戦争が起きて、別の国に侵略《しんりゃく》されるとか……？　それとも、流行《はや》り病で民《たみ》が死んでしまう……とか？　滅《ほろ》ぶって、どこまでの範囲《はんい》なんだろう。説明が足りてなさすぎるよね」

「どこまでも、どこまででも」

ぶつぶつ文句を言うわたしに、クスクスが答えた。

どうやらクスクスは、羽の者ほどではないにしろ、いろんなことを知っているようだ。

「未来は、無数無数。この森は、未来未来」

そう言いながら、クスクスは羽を動かしてわたしの肩から足元に降りる。

「意味わかんないんだけど」

「無数の枝。無数の木。外の影響《えいきょう》で育つ。根が広がる。森は、大きくなる」

ぺしぺしと、羽の先の手のひらで地面を叩《たた》いてクスクスは語る。

わかるようなわからないような内容に、アオイとともに首を傾《かし》げる。

「その無数の未来ってどんなのがあるの」

「知らない。最悪と、最高だけしか知らない。でも、それだけじゃない」

この世界の鳥の種族は、話がものすごく曖昧《あいまい》だ。カタコトで喋《しゃべ》るのに主張が強いアルモニや、物知りなグレドが特殊《とくしゅ》なのかもしれない。ひとと接する機会が少ないから、という理由も考えられる。

「じゃあ、最悪ってどんなのなんだ?」

わたしのかわりにアオイが訊《き》くと、クスクスは、

「森以外、消える」

とあっさりと答えた。

「……は? え、え? 森以外って……国そのものが? 全部?」

それって滅亡《めつぼう》なのでは。

「ダルデールもノーパーヴァも、消える」

「ノーパーヴァも?」

「この国、ふたつでひとつ。一緒一緒《いっしょいっしょ》」

しかも、ダルデールだけの話じゃなかったなんて。

アオイも同じように考えていたようで、わたしと同じく呆然《ぼうぜん》としている。

そんな重要なことが、なんでわたしの選択《せんたく》によって決まるの。

いったいどんな答えを出せばいいの。

なにが、正解なの。

プレッシャーで眩暈《めまい》がする。

「……その最悪は、どういう選択《せんたく》をしたら、起こるんだ？」

「いろいろな、選択《せんたく》。無数の、選択《せんたく》」

その中のひとつに、元の世界に帰る、が含《ふく》まれるのだろうか。帰れば滅《ほろ》びる、とそう言われたのだから、きっと、そうに違《ちが》いない。それに、羽の者は言っていた。残れば、救いだと。

それはつまり、わたしがここに残れば、この国は、ふたつの国は救われると、そういうことだ。わたしが元の居場所での未来を失うかわりに、この国のひとたちが、これまでどおりの生活を続けられるってことだ。

——そこまでするほど、わたしはこの国が好きじゃないのに。

お母さんとお父さんに二度と会えなくなるなんて、いやだ。友だちとだって、もっとたくさん遊びたい。危険を感じることなく、ふかふかのベッドで寝《ね》て、おいしいご飯を食べたい。

涅《くり》と一緒《いっしょ》に。

もしも戻《もど》ると決めたら、どこにいるかもわからない涅《くり》はどうなるの。涅《くり》もカラスだったら涅《くり》の意見も必要なんじゃないの。なのになんで、わたしだけに求めてくるの。一緒《いっしょ》に戻《もど》れるかどうかもはっきりわからない状態で、どうしたらいいの。

涅《くり》のことを考えたらなにがなんだかわからなくなって、答えどころじゃなくなる。

そこでふと、疑問が浮《う》かんだ。

「ねえ、もしも……わたしがこの国で、処刑《しょけい》されていたら、どうなってたの？」

恐《おそ》る恐《おそ》る、クスクスに質問をする。

「また、カラスが来る。来る。いつか、来る」

本当に、わたしである必要なんか、ひとつもなかったんだ。国が滅《ほろ》びることはなく、かといって現状維持《いじ》でもなく、別の新たな誰《だれ》かが、カラスになっていただけのこと。

なんて空《むな》しい立場なんだろう。

なのに、究極の選択《せんたく》を迫《せま》られるなんて。

「メイ、歩こう」

顔を両手で覆《おお》い黙《だま》りこくったわたしにアオイが言う。

そっと視線を持ち上げると、アオイがわたしに手を差《さ》し伸《の》べていた。

「……一緒《いっしょ》に地下牢《ちかろう》を逃《に》げ出《だ》したときみたい」

「そうだっけ」

あの頃《ころ》よりも大きくなった気がするアオイの手を握《にぎ》りしめて、わたしは立ち上がる。

「そっち、崖《がけ》。こっち、こっち」

歩きだしたわたしたちを、そばを飛ぶクスクスが案内してくれた。

クスクスがいなければどうなっていたのかと思うほど、この森は危険に溢《あふ》れていた。木々が鬱《うっ》蒼《そう》と茂《しげ》っていたかと思えば、急に崖《がけ》になっていたり、脆《もろ》い岩を踏《ふ》めば崩《くず》れ落《お》ちる。

誰《だれ》も足を踏《ふ》み入《い》れないのは、そういう理由もあるのだろう。もちろん、動物の気配もしない。

「そういや、腹減ってきたな。これ、食べられんのかな」

「これはどうだろ」

「それ、甘《あま》い、甘《あま》い」

暗い森に生えている植物や木の実は見たことのない種類ばかりで、どれが食べられるのか、わたしもアオイもわからない。クスクスは、それも教えてくれる。

「これ、グレドに渡したら喜ぶかな」

食べられるという木の実を集めていると、グレドを思い出す。

今までグレドに教えてもらったものの中に、このピンク色で大粒《おおつぶ》の木の実はなかった。

「アルモニの好きそうなみずみずしい葉も多いな」

アオイが深緑の植物を手にして呟《つぶや》く。

アルモニは、わたしたちと同じご飯も食べるけれど、いちばん好きなのは葉っぱなのだ。アルモニには食べられる植物をたくさん教えてもらった。わたしやアオイがそれを好むかは別として。

これらの珍《めずら》しい木の実や葉があれば、グレドは大金持ちになれるのでは。難点は、次に手に入れられる機会がないかもしれないことだ。でも、優秀《ゆうしゅう》な商人であるグレドならなんとかできるかもしれない。

そう考えると、グレドはわたしがいなくなっても、この先もこれまでどおり、いやこれまで以上に逞《たくま》しく生きていくんだろうなと思える。

アルモニはどうだろうか。行く場所がないと言っていた。これまで一緒《いっしょ》にいたのは、わたしが誘《さそ》ったからだ。わたしがいなくなったあとも、誰《だれ》かを騙《だま》さずにいてくれるだろうか。アルモニが、自分の未来を諦《あきら》めないでいてくれたらいいな。

アルモニがこの森の主《ぬし》になって、グレドと取引をする、というのはどうだろう。

あのふたりはよく口論をする。けれど、なんだかんだ仲がいい気がしているので、うまくいくんじゃないかなあ。

ふたりのあいだにアオイがいれば、きっと大丈夫《だいじょうぶ》だろう。

これまでも、そんな日々だったから。

「どうした」

じっと木の実と葉っぱを見つめるわたしに、アオイが呼びかけてくる。

わかっている。これは、わたしが勝手に思《おも》い描《えが》く、わたしにとっての都合のいい未来だ。世界は滅《ほろ》ばず、わたしだけがいない未来。そこで、みんなに穏《おだ》やかに過ごしてほしいという、願い。

「わたしが帰ってこの国が滅《ほろ》びたら……グレドやアルモニや、アオイは、どうなるんだろう。わたしのせいで、みんなのこれからは、なくなっちゃうのかな」

大事なみんなの未来と天秤《てんびん》にかけたら、とてもじゃないけれど、帰れない。

でも、だからといって、帰るのを諦《あきら》めることもできない。

羽の者は、そんなわたしの迷いに気づいていたんだろうか。わたしが帰れば滅《ほろ》びるだなんて、さっきはじめて知ったことなのに。

なんだか、わたしの行動すべてが、誰《だれ》かに操《あやつ》られているような気分だ。

「……それは、最悪の場合だろ」

わたしの不安を、アオイがすくいあげてくれる。

「アオイは、この国のこと、きらいだって言ってたよね」

「きらいっていうか、どうでもいい、かな。国に限らず全部どうでもよかった」

「今も？」

「正直言って、生きていくには、今のほうが奴隷《どれい》だったときより大変だなって思う」

そんなふうに感じていたとは思わず、目を見開く。

「だって奴隷《どれい》は言われたことをやっていればよかったんだから。それ以外の生き方を知らなかったからだけど」

アオイはそう言って、クスクスに教えてもらった葉っぱを齧《かじ》り、顔を顰《しか》めた。

思わず笑ってしまう。

「こんなに苦い草があるのも、知らなかった」

「それは焼く焼く。生じゃない」

クスクスが教えてくれる。なるほど、とふたりで顔を見合わせて、また笑う。

「お腹《なか》が空《す》くこともあった。殴《なぐ》られることもあった。でも、基本的にはなにも考えずに生きることができてた」

話しながら食材を集める。

森の中の闇《やみ》が、どんどん深まっていく。

「今のほうが、ずっと、やるせないよ。なんでおれは奴隷《どれい》として何周も過ごしてきたんだろうって、やるせなく思う。奴隷《どれい》のときよりも差別を感じてるし、いやな思いもした。毎日、自分で考えないと生きていけない。そうすると、おれってなんにも知らなかったんだなあって、思い知らされる」

アオイがそんなことを考えていたなんて、今まで気づかなかった。

「でも、不思議だよな。なにも知らなかった頃《ころ》よりつらいのに、それでも、今のほうが生きていたいって思ってる」

出会った頃《ころ》の、虚《うつ》ろな瞳《ひとみ》をした少年は、もういない。

目の前にいるアオイは、あの頃《ころ》とは別人のようだ。

「できれば、グレドとアルモニと、メイも一緒《いっしょ》に。メイも、そうなんじゃないの？」

「……うん。でも」

「じゃあ、大丈夫《だいじょうぶ》だろ。メイがそう思ってるなら、元の場所に戻《もど》っても、メイはこの国を滅《ほろ》ぼしたりはしない。少なくとも、最悪の場合にはならない」

はっきり言い切られた。

わたしを勇気づけたり安心させたりするためではなく、アオイは、心からそう信じてくれているのが伝わってくる。

「アオイは、やさしすぎるね」

「そんなことはないと思うけど」

「そんなことあるよ。なんの知識もないうえに見つかったら捕《つか》まるカラスのわたしと、今日まで一緒《いっしょ》にいてくれたんだから」

それどころか、何度も助けてくれた。

「わたしだったら、きっと適当な言い訳して別行動してたよ」

「それはないだろ」

間髪《かんはつ》を容《い》れずにアオイが否定する。

「メイは、どんなひとにでも、者にでも、手を伸《の》ばす。そして、自分からは絶対手を放さない。そういうメイだから、おれはメイと一緒《いっしょ》に地下牢《ちかろう》から逃《に》げようと思ったんだよ」

アオイに言われると、まるで自分がとても心やさしい存在になったかのような錯覚《さっかく》に陥《おちい》る。

でも、そんなことはない。

アオイの言うようなわたしだったら、もっと涅《くり》の気持ちを理解していたはずだし、なによりもアオイやグレドの制止を無視しなかったはずだ。

あのとき、わたしはただ、自分のために行動をした。

誰《だれ》かを虐《しいた》げる側になりたくなかっただけ。

その結果、わたしをたくさん守ってくれたアオイとグレドを傷つけてしまった。

にもかかわらず、わたしは今も、勢いで飛び出しそうになるときがある。理不尽《りふじん》な暴力や暴言を浴びせられているのを目にすると、悔《くや》しくてあいだに入りたくなる。

わたしをカラスだと知らずにやさしく接してくれたひとが、平気な顔で奴隷《どれい》や〝じゃない者〟

を虐《しいた》げている姿は、何度見ても慣れない。

憤《いきどお》りと、悲しさと、恐怖《きょうふ》で、ぐちゃぐちゃになる。

それがしんどくて、目を逸《そ》らしてなんとかやり過ごしてきた。

「アルモニの件があってから、メイは誰《だれ》かと関わるのを避《さ》けてるよな」

「……そうだね」

アオイたち以外の誰《だれ》かとちゃんと話をしたのは、ワカジさんだけだ。あのひとはずぶ濡《ぬ》れだったし、なにより、グレドにもアルモニにも普通《ふつう》に接してくれたから、好きだ。

「メイはおれたち以外のひとを見るとき、いつも苦しそうなんだよ。おれやグレド、アルモニには当たり前の光景が、メイにはそうじゃないんだなって、不満なんだろうなってすげえ伝わってくる」

「わたしがいなければ、とか、思うこともあったでしょ」

「メイがいなかったら、おれはまだ奴隷《どれい》だった。メイは、おれはそのほうが幸せだったと思う？」

そう訊《き》かれると、返事ができない。

「ワカジみたいに奴隷《どれい》でいることになんの不満もないひともいるし、奴隷《どれい》のおれだったらその状況に不幸を感じてなかったかもしれないけど、今のおれはもう、奴隷《どれい》じゃないから」

「それを、アオイは幸せだって、思ってる？」

「さあ？　そこまではわかんないな」

そっか、と呟《つぶや》く。

グレドとアルモニは、どうだろう。わたしと出会ったことで、幸せだと、感じてくれる瞬間《しゅんかん》はあるだろうか。

「とりあえず飯を食おう」

「ご飯、ご飯ご飯」

クスクスがうれしそうにわたしたちのあいだを飛び回る。

料理についてはクスクスもあまり知らないようで、ただこちらのすることを不思議そうに見ていた。

わたしとアオイはこれまでの旅でグレドに教えてもらったことを思い出しながら、なんとか晩《ばん》御飯《ごはん》を作る。葉っぱで木の実を包み、揉《も》み込《こ》むと発熱するという枯《か》れ葉《は》で火を通す。飲み物はいつもの見慣れた植物がこの森にもあったので、そこから採った。

あたたかいご飯は、気持ちを落ち着かせてくれる。お腹《なか》が満たされると、幾分《いくぶん》か不安や迷いがマシになったように感じられた。

食事を終えると、並んで横になる。岩の上はごつごつしていたけれど、クスクスが柔《やわ》らかい木の根のそばまで案内してくれたのだ。

大きな葉を布団《ふとん》がわりに羽織って、木々で覆《おお》われた空を見つめる。

今が夜かどうかはわからない。特にすることがないため、体を休めることにしたものの、まったく眠《ねむ》くない。

「羽の者は、いつまで、わたしの答えを待っててくれるのかな」

「いつまでもいつまでも」

「答えを出さない限り、ここから出られないってことだよね」

「待ってる、待ってる」

クスクスはそう言って、羽を広げてどこかに飛んでいった。

羽の者が求める答えって、なんなんだろう。

「ねえ、アオイはなんで、わたしに帰るなって、言わないの？」

「え？」

「最悪の場合になるのは、いやでしょう？　アオイはなにも悪くないのに、この国が滅《ほろ》びたら死んじゃうかもしれないんだよ」

わたしが戻《もど》るのを諦《あきら》めたら、この国は滅《ほろ》びない。救われる、とも言っていた。

なのにアオイは、話を聞いてから今まで一度も、わたしにこうしてほしいとか、ああしてほしいとか、自分の希望を口にしなかった。わたしがどんな答えを出したとしても、ただ受け入れるって感じだ。

奴隷《どれい》じゃなくなった今が、幸せでなくとも不幸でないのなら、滅《ほろ》んでいいと思うはずがないのに。

それはきっと、わたしが元の世界に戻《もど》りたい気持ちを、知っているから。残ってほしいと言われたら、わたしがより一層悩《なや》むのをわかっているから。

「アオイは、いつもわたしを守ろうとしてくれるね」

アオイがごろんと寝返《ねがえ》りを打って、わたしを見る。

「メイのためじゃないよ。おれはいつも、おれを守ろうとしてる」

「わたしには、わたしを守ってくれているように感じるけど。自分を守るどころか、わたしのせいで、いつもアオイが怪我《けが》してるし」

「怪我《けが》はどうでもいいんだよ。そういうことじゃなくてさ」

アオイは視線を空に戻《もど》して、ゆっくりと話を続ける。

「メイを見捨てたら、おれを殴《なぐ》った集落のおとなと同じになりそうだから、いやなだけ。メイのすることは無茶《むちゃ》で無謀《むぼう》で、余計なことせずに黙《だま》っておけばいいのに、って思うこともあったよ。グレドがメイをめちゃくちゃ叱《しか》ってたときは、同じ気持ちだったし」

うん、と消え入りそうな声で相槌《あいづち》を打った。

「でも、それはこの国でおかしいって思われることなだけで、間違《まちが》った考えなわけじゃない。むしろ、正しいと感じるから、綺麗事《きれいごと》だって言ったんじゃないかな。グレドもアルモニも」

「……綺麗事《きれいごと》、か」

「そんなメイを否定したり突《つ》き放《はな》したりしたら、おれはこの国の思考に染まるんだろうなって感じるようになった。それがいやなんだ。そうならないように、今の自分を守るために、行動してる。それだけだよ」

そっか、そうなんだ。

返事をしたつもりだけど、アオイに届いたかはわからなかった。

「おれがメイに戻《もど》るか戻《もど》らないか任せてるのは、綺麗事《きれいごと》が好きなメイがどういう答えを出すか、興味があるってのもある」

「そう言われると、答え出すのが前より緊張《きんちょう》するなあ」

「はは」

アオイが、笑う。

目を細めて、すごく自然に笑い声を漏《も》らす。

「とりあえず、今日はもう休もう。おやすみ」

アオイが再び寝返《ねがえ》りを打ち、わたしに背中を向けて言った。

「うん」

考《かんが》え込《こ》んでもすぐには答えは出てこない。

疲労《ひろう》した頭と体では、考えもまとまらない。眠《ねむ》ったほうがいい。

そう思って目を瞑《つぶ》ったけれど、睡魔《すいま》はちっともやってきてくれない。

しばらくすると、となりからすうすうと、アオイの寝息《ねいき》が聞こえてきた。アオイも疲《つか》れが溜《た》まっていたんだろう。寒いと体力を消耗《しょうもう》するし、これまでの旅路はずっと気が抜《ぬ》けなかったから。

そういう意味で、誰《だれ》も入れないこの森は、安心で安全だ。

この国のひとがみんな避《さ》ける漆黒《しっこく》の森の中で安堵《あんど》に包まれるのは、この国で暮らすひとたちと自分では、立場も価値観もまったく違《ちが》うからだ。

実際、ダルデールで暮らすほとんどの〝ひと〟は、わたしと違《ちが》って街や集落で危険を感じることなく過ごせているだろうし、ワカジさんのように、この国に不満を抱かず安心して生きていられる奴隷《どれい》もいる。

そういうひとたちにとっては、ダルデールは素敵《すてき》な国なのかもしれない。

でも、そうじゃないと感じる〝ひと〟もきっといる。滅《ほろ》んでくれと願う〝ひと〟も、どこかにいるはずだ。それが、ダルデールの中か、ノーパーヴァの中かは、わからないけれど。〝じゃない者〟にも、様々な考えや想《おも》いがあるだろう。

木々の隙間《すきま》から見える夜の空を見つめながら考える。

羽の者の言葉を、思い返す。

クスクスの最悪の場合の話も。

帰れる。滅《ほろ》びる。救われる。答え。ダルデールとノーパーヴァ。

涅《くり》。わたし。カラス。

信じたくなかったし信じられなかったけれど、やっぱりわたしはカラスだった。

そして、涅《くり》もカラスだった。

涅《くり》がこっちの世界にいることははっきりした。

なにを「決めた」のかわからないが、少なくとも、元の世界には戻《もど》っていないようだ。『二羽《わ》で一羽《わ》』と梟《ふくろう》は言っていた。それなら、いずれふたりで答えを出すことになるのかもしれない。

いや、そのあとの、羽の者の口調や発言から考えれば、答えを揃《そろ》える必要はないんだろう。

ぐちゃぐちゃだ。頭の中が泥水《どろみず》みたいになったようで、重い。

なにを考えればいいのか、わからない。自分が出すべき答えが、見つけられない。あれもこれも浮《う》かんできてまとまらない。

——わかんないよ！

がばっと起き上がり、両膝《りょうひざ》を抱《かか》えて丸くなる。

――『冥《めい》は計画性がなさすぎるんだよ』
記憶《きおく》の中の涅《くり》が、わたしに向かって呆《あき》れたように言った。
小学六年生の、夏休みの自由研究で頭を抱《かか》えていたときだ。わたしのテーマはみんなの名前の由来をまとめるというものだったっけ。
友だちはもちろん、両親や親戚《しんせき》やおじいちゃんおばあちゃん、近所のひとに名前と由来を聞いてまわった。調べていくうちに楽しくなって、過去の著名人の名前の由来も調べて、さらには固有名詞のことまで検索《けんさく》した。
その結果、とんでもない量の資料が山積みになって、それをどう処理したらいいのかわからず、わたしは途方《とほう》に暮れていた。しかも、二学期がはじまるまで残り一週間くらいしかなかった。
そんなわたしに、涅《くり》が言ったんだ。
――『あれもこれもいっぺんに考えようとするから、わかんなくなるんだよ』
――『でも、全部大事なことじゃん』
――『そういうときこそひとつずつ、だよ』
身動きが取れなくなっていたわたしに、涅《くり》は手を差《さ》し伸《の》べてくれた。
わからないなら、まず、内容を整理しよう、と調べたものを種類別にして、それをさらに、年代や性別で分けた。涅《くり》に言われるがまま片付けていくと、わたしはなんであんなに悩《なや》んでいたんだろうと思うくらい、簡単に物事が進んだ。

――『冥《めい》は行動力があるからって欲張って、自分で複雑にしてるだけ』

――『わかんないわかんないってパニックになって、思考停止するんだから』

思い出すと、口角が引き上がったのが自分でわかった。

ああいうときの涅《くり》は、すごく頼《たの》もしかった。

もっと幼いとき、一緒《いっしょ》に迷子になったときにも、涅《くり》のおかげで家に帰れたことがあったっけ。

まず、今いる場所をちゃんと把握《はあく》して、今できることを考える。

家に帰りたい、心細い、どうしよう、とあたふたしていたわたしは、涅《くり》のおかげで落ち着きを取《と》り戻《もど》した。

涅《くり》を思い出す。

瞼《まぶた》を閉じて、涅《くり》がすぐそこにいるように感じられるまで、意識を集中する。

知っていたはずなのに、やっぱりわたしは、全然涅《くり》のことを知らなかったんだな、と思う。わたしがこんなに涅《くり》を頼《たよ》りにしていたことにだって、自分で気づいていなかったのだから。

ねえ涅《くり》、わたしはどうしたらいいかな。

今わたしのいる場所。そこでわたしが思うこと。

最終的な目標は、なんだろう。

――『カラス。思うがまま、進め。そして、答えを語れ』
わたしが辿《たど》るべき道は、語るべき答えは、どこにあるだろう。
目を開けてとなりのアオイに視線を向けた。

いつの間にか眠《ねむ》っていた。

目を覚まし、ゆっくりと体を起こす。となりのアオイはまだ気持ちよさそうに眠《ねむ》っている。クスクスの姿はない。昨日、突然《とつぜん》どこかに飛んでいってから戻《もど》ってきていない。この森のどこかに自分の寝床《ねどこ》があるのだろうか。

アオイを起こしてしまわないように立ち上がった。昨日ほどではないが、森は相変わらず暗い。今が何時なのか、さっぱりわからない。

慎重《しんちょう》に一歩ずつ進んで、ほんのりと光が差《さ》し込《こ》んでいるような気がするほうへ向かう。大きな葉をかき分けると、突然《とつぜん》、目の前に真っ青な空が現れた。

引《ひ》き込《こ》まれるように先に進もうとしたところで、数歩先が崖《がけ》であることに気づき慌《あわ》てて立ち止まる。地上は木々に覆《おお》われていて見えないけれど、今いる場所は相当高いのだろうと、髪《かみ》をさらう強く冷たい風からわかる。

「カラス。答えを語れ」

「……そればっかりだね」

常にわたしを監視《かんし》しているのか、頭上から声が聞こえて振《ふ》り仰《あお》ぐと、木の上に大きな梟《ふくろう》の影《かげ》があった。

その影《かげ》を見つめていると、今は夜なんじゃないかと錯覚《さっかく》しそうだ。

あのふたつの目がこの国の月と似ているから。

「帰るよ、元の場所に」

目の前にいる大きな梟《ふくろう》——羽の者に、堂々と答えた。

昨晩、アオイと話してからたくさんのことを考えた。

わたしは、やっぱり元の世界に戻《もど》りたい。

でも、今すぐ戻《もど》れば、ダルデールもノーパーヴァも滅《ほろ》びてしまうかもしれない。今生きているすべての者が命を落とすかもしれない。

それを選ぶには、あまりにも荷が重すぎる。自分だけが無事ならいいと、そう割り切ることはできない。アオイやグレドやアルモニが自分のせいで死んでしまうのは耐《た》えられない。

たった数日一緒《いっしょ》に過ごしただけのワカジさんだって、もう他人という気持ちにはなれない。ダルデールはいい国だと言って笑う彼《かれ》を思い出すと、胸が痛む。

今この瞬間《しゅんかん》も、この国で笑って過ごしているひとがいる。

カラスを不吉《ふきつ》だと忌《い》み嫌《きら》うひとが多いのは、自分たちが暮らすこの国が、滅《ほろ》んでほしくないからだ。

一方で、傷ついている者や、今すぐ国が滅《ほろ》んでも構わないと思っている者もいるだろう。

わたしの、帰りたい、という気持ちは決して揺《ゆ》るがない。

涅《くり》と再会して、わたしは一緒《いっしょ》に帰りたい。

だからこそ。

「でも、今すぐには、帰らない」

「それは、カラスのせいか」

「涅《くり》のことを言ってるなら、そう。涅《くり》を置いてひとりで帰るのは、ありえない」

「カラスの答えが、気になるのか」

涅《くり》の答え。

羽の者のセリフを頭の中で繰《く》り返《かえ》し、首を振《ふ》った。

「気になるよ。でも、それだけが理由じゃない」

涅《くり》がどんな答えを出したか、今のわたしには、わからない。

以前なら、涅《くり》はわたしを待っているはずだと、信じて疑わなかった。ひとりで不安なはずだから、わたしが見つけてあげなければと、助けなければと、思っていた。

でも、それはわたしの一方的な考えだ。涅《くり》の気持ちを決めつけていた。

――そうじゃないかもしれない。

この世界にやってきて、過ごしてきて、わたしはこれまで涅《くり》にいろんなことを押《お》しつけていたことを知ってしまった。

わたしの気持ちは、決まっている。涅《くり》も同じであってほしい。

だからこそ、わたしは。

「話がしたい」

どんな答えでもいい。涅《くり》がなにを考えて選んだのかを教えてほしい。きっと、涅《くり》はいろんなことを考えて、選択《せんたく》したはずだ。

「……でも、今はまだ、わたしは涅《くり》と、ちゃんと話せない」

「なぜ」

「わたしには、わからないことが多すぎるんだよ」

羽の者の瞳《ひとみ》をじっと見返して、続ける。

「わからなすぎて、涅《くり》の気持ちを理解できない気がする。今のわたしは、どんな道を選ぶにしても、なんの覚悟《かくご》もできない状態だから」

「じゃあ、どうする」

自分でもこの答えはどうなのかと思っていたけれど、羽の者の声には、呆《あき》れも怒《いか》りも感じられなかった。

「知りたい」

だからわたしは、はっきりと返事をする。

「わたしは、知ってると思っていたことすら、知らなかった」

涅《くり》のことなら、なんでも知っていると思っていた。涅《くり》も、わたしのことならなんでもわかっていると思《おも》い込《こ》んでいた。ずっと一緒《いっしょ》だったから、双子《ふたご》だから。最近の涅《くり》はなにを考えているのかわからない、とわからないことは全部、涅《くり》のせいにしていた。

「そのせいで、大切なひとを傷つけていたかもしれない。それを、すごく、後悔《こうかい》してる」

涅《くり》を知ろうとしなければいけなかった。

わたしのことも、知ってもらう努力をしなければいけなかった。

「わからないのは、知らないからだと、思う。だからまず、知ろうとしなくちゃいけない」

ダルデールのことはもちろん、ノーパーヴァのことも。

自分がこの国を滅《ほろ》ぼすカラスだと言われても、半信半疑だった。自分にそんなことができるはずないからと、まともに考えていなかった。

ダルデールがどういう国なのか。そして、まだ行ったことのないノーパーヴァの未来にも関わっているなら、その国のことも知る必要がある。

今のわたしは、経験した日々や、グレドの話、ワカジさんから聞いた情報しか知らない。

「知れば知るほど、迷うもの」

そのとおりだ。

なにもかもを完璧《かんぺき》に知ることはできない。教科書の内容を暗記すればいいようなことじゃない。ひとりひとり違《ちが》うひとがいて、そのひとそれぞれに想《おも》いがある。

知り尽《つ》くせるわけがない。十二年も一緒《いっしょ》にいた涅《くり》のことですらわからなかったのだから、もっと多くのひとと国を理解するのにどれほどの時間を要するのか。一生かかっても無理なんじゃないかと思う。

「それでもいい」

「迷えば、帰れない」

「じゃあ、今帰っても、知ったあとに帰っても一緒《いっしょ》じゃん」

わたしがふっと笑って答えると、ふむ、と羽の者がわずかに頷《うなず》いたような気がした。

「わからないからもういいやって諦《あきら》めるのは、いつでもできるけど、今諦《あきら》めたらこの先ずーっと知らないままでしょ」

「なら、答えはいつ語る」

「さぁ。でも、いずれは帰る。これは、知っても知らなくてもかわらない、わたしの答え。いつかは、ちゃんと答えを語る日が——帰る日が、来ると思う」

そう答えた瞬間《しゅんかん》、羽の者が大きく動いた。

突風《とっぷう》に襲《おそ》われて、バランスを崩《くず》してしまう。でももう、立て直せない。

「う、わ！」

自分の体の大きさを考えて動いてほしい。急に動いたらその大きな羽が風を起こすことくらい知ってるでしょ！

なんなの、わたしの答えが気に入らなかったの？

こんなところで落ちて死ぬとかいやなんだけど！

「ひ、ひあぁ……！」

自分の体が浮《う》いた。そして、景色が猛《もう》スピードでかわっていく。

落ちる！

ぎゅっと目を瞑《つぶ》ると、すぐに背中になにかがぶつかった。ふわふわの、まるで羽毛布団《うもうぶとん》のような柔《やわ》らかさに体がやさしく沈《しず》んでいく。

「カラス。帰るのはまだ先と言った」

「え、え？」

すぐそばから声が聞こえてくる。瞼《まぶた》を持ち上げると、羽の者の背に乗っていた。落ちたわたしを助けてくれたらしい。

「帰るな、カラス」

「いや、わたしはまだ帰るつもりなんかなかったけど」

「カラス。愉快《ゆかい》な答えを受け入れよう」

愉快《ゆかい》ってどういうこと。もしかして、さっきの動きって笑ったとかそういうことだったのだろうか。笑かそうと思って言ってないのに。真剣《しんけん》に答えたのに。

そこで、はっと気づく。

「帰る方法って、もしかして……」

「この森から、あの川に落ちれば帰れる」

ぐんっと、羽の者が方向転換《てんかん》をした。体勢をかえて、振《ふ》り落《お》とされないようにしっかりと羽の者の背にしがみつく。大きな背中に遮《さえぎ》られて、川が見えない。

恐《おそ》る恐《おそ》る身を乗り出して確認《かくにん》すると、たしかにはるか下に大きな川があった。先のほうには滝《たき》がある。さっきまで水音なんてちっともしなかったのに。木々のせいで音が遮断《しゃだん》されていたんだろうか。

「流れる者は、どこかにつながる。どこかとつながる」

「ここから落ちたら、誰《だれ》でも帰れるの？」

「迷いがなければ」

この高さを飛び降りるには、相当な覚悟《かくご》が必要だ。

ああ、だから迷いがあれば無理だ、ってことなのかも。

そして、これまで誰《だれ》も流れ者が元の場所に帰れなかったのは、まずこの森に足を踏《ふ》み入《い》れることができなかったからなのだとわかる。

「なんであなたは、羽の者は、それを知ってるの？」

「風とともに視《み》る。語るべきことを視《み》る」

ふーんと返事をしたものの、理解はできなかった。そういうものなんだろう。それ以上でもそれ以下でも、それ以外でもなんでもない。

羽の者が視《み》た未来や過去が気になるけれど、訊《き》いたところで教えてくれないこともわかった。

――『未来は、無数無数。この森は、未来未来』

昨晩クスクスが教えてくれた言葉を思い出す。

羽の者が語るべきものは、無数に広がる未来への、分岐点《ぶんきてん》だけなのかもしれない。勝手な想像だけれど。この先は、わたしが知るべきものではないんだろう。わたしの行動次第《しだい》でかわっていくものだから。

そう、信じたい。


空を一周して、アオイのもとに戻《もど》った。羽の者が起こした突風《とっぷう》で、アオイが飛び起きる。そして、目の前に現れた巨大《きょだい》な梟《ふくろう》に、口を大きく開けて固まる。

「え、メ、メイ。と、なにそれ。っていうか、え、なに？」

「羽の者だって」

ずるずると、羽の者の背から滑《すべ》り落《お》ちて、アオイに駆《か》け寄《よ》った。アオイのそばにはどこからかクスクスがやってきて、「起きた、起きた」と喋《しゃべ》っている。

「カラス。思うがまま、進め」

「……うん」

何度も聞いたそのセリフが、今は応援《おうえん》してくれているように感じる。

「カラス。いつでも視《み》ている。答えを語るまで」

わたしがやってきた日から、羽の者はずっとわたしを視《み》ていたんだろう。

「視《み》るだけ？」

「教えはしない。だが、できることもあるだろう。できないこともあるだろう」

どっちなんだと突《つ》っ込《こ》みたくなるところが、羽の者だ。

「メイ、決めたのか？　どうするのか」

「うん。帰る。でも、今じゃない。今はまだ、帰らない」

アオイに訊《き》かれて、にっと笑って答えた。

「それって、どういうこと？」

「決める前に、ちゃんと、見て知ろうと思って。ダルデールのことも、ノーパーヴァのことも。アオイやグレドやアルモニのことも、それから……涅《くり》のことも。帰るのは、いろんなことを知ってからでも、遅《おそ》くないから」

「……そっか」

わたしの返事に、アオイがほっとしたのがわかる。その様子に、今のわたしが出した答えとも言えない答えは、少なくとも間違《まちが》いじゃなかったんじゃないかと思えた。

「じゃあおれも、一緒《いっしょ》に見て知って、考えようかな」

考えるのがめんどくさい、と言っていたアオイを思い出す。

でも今のアオイは、自分から考えることを選ぶ。

本音を言えば、アオイも一緒《いっしょ》に元の世界に戻《もど》ってほしい。そのほうがいいんじゃないかと思う。

でも、それは、わたしが言うことじゃない。アオイがわたしになにも言わなかったように、その答えはアオイが語るものだ。

答えを語るのは、いつでも自分だけ。

自分で語ったことが、答えになる。

今のわたしに迷いがないのは、答えを出したからだ。

そしていつか――わたしは再び答えを語るだろう。

「とりあえず、グレドとアルモニのところに戻《もど》らないとね」

「めっちゃ心配してるだろうな」

思うがまま進んだ、この先で。

0

本当のはじまり

今のわたしにできることを、ひとつずつ。

どうにかグレドとアルモニと合流しなければ、と方法を考えていると、羽の者が連れていってくれることになった。どうやら、羽の者は今ふたりがいる場所を知っているらしい。

わたしとアオイを背に乗せて、羽の者が空を翔《かけ》る。

「すげえ」

アオイが興奮気味に声を上げる。アオイの肩《かた》にはクスクスがいて、どうやらこの先もわたしたちのそばにいてくれるらしい。羽の者の指示なのかと思ったけれど、クスクスが遊びに行きたいと言ったからだそうだ。

「漆黒《しっこく》の森ってどうなってるのかな」

ついさっき空を見たときは真っ青だったのに、今、わたしたちは夜空の中にいる。わたしの体感では、一時間くらいしか経《た》っていないのに。

「すごいな、空飛んでる。すげぇ……！」

アオイは森の不思議より、空を飛んでいることで頭がいっぱいのようだ。珍《めずら》しく興奮している。

「羽の者、珍《めずら》しい珍《めずら》しい」

「実在するのか疑わしいって言われてたくらいだから、こんなふうに森の外を飛ぶことはないんだろうな。おまけに、そんな存在がひとを乗せてくれてるんだもんな」

「アオイ、クスクスと会話ができるようになってる」

クスクスがなにを「珍《めずら》しい」と言っているのか、わたしにはちっともわからなかった。

「空高い高い。夜。見えない」

「へえ、すげえ高く飛ぶうえ、夜にしか飛ばないから、誰にも見つからないのか」

「通訳じゃん」

アオイがいればクスクスと会話ができる。思わず感嘆《かんたん》の声を上げてしまう。

体が大きいから、移動もすごく速いんだろう。たぶん。近づかなければ、昼間であってもただ空を飛んでいる鳥にしか見えないはずだ。

「グレドとアルモニと合流できたら、そのあとはどうする？」

「とりあえず、ノーパーヴァがどんな国なのか知りたいな」

でも、どうやってノーパーヴァに行けばいいんだろうか。

国の行き来は難しい。こっそり入国したくとも、国境付近の警備はかなり厳しそうだった。羽の者にお願いして空から行く方法もちらっと考えてみたけれど、グレドやアルモニがこの背に乗れるのかわからない。できたとしても、それではかなり目立ってしまう恐れがある。

「道はある、あるある」

クスクスがアオイの肩《かた》で羽をパタパタと動かしながら教えてくれた。

「ほんと？　それ、あとで教えてくれる？」

「案内、案内案内」

わたしがお願いすると、クスクスは胸を張った。

羽の者は、あっという間に遠くまで移動する。森を抜《ぬ》けて川沿いに、いくつかの集落らしき場所の上を通っていく。

そして、地上の森に吸《す》い込《こ》まれるように下降していく。まるで竜巻《たつまき》のように木々を大きく揺《ゆ》らし、その中の一本の木の上に降り立った。

どうやらここが目的地のようだ。羽の者は、わたしとアオイを降ろすために翼《つばさ》を広げて地面までの道を作ってくれる。

「メイ！　アオイ！」

羽を滑《すべ》るようにして暗闇《くらやみ》の中そろそろと降りていくと、グレドの呼ぶ声が聞こえた。振《ふ》り返《かえ》ると、森の中から駆《か》け寄《よ》ってくるグレドの姿が見える。

「グレド！」

無事再会できたことに安堵《あんど》する。

どすどすと走るグレドの姿に、うれしさが込《こ》み上《あ》げてくる。グレドのうしろから、アルモニがするするとやってきて、わたしに飛びかかってきた。

「メイ、アオイ、飛んだ。心配した」

「心配かけてごめん。ふたりは、なにもなかった？」

「にんげん、きらい」

その返事に、昨日と今日のどこかで、ふたりは集落のひとたちにひどい対応をされたのかもしれないと想像する。わたしとアオイを捜《さが》すために、いろいろ頑張《がんば》ってくれたのだろうか。ごめんね、ありがとう、と言ってアルモニを抱《だ》きしめる。鼻をつくアルモニのにおいも、懐《なつ》かしい。たった一日しか離《はな》れていなかったのに。

「四日もどこでなにしてたんだよ！」

「え」

遅《おく》れてやってきたグレドが、息を切らしてわたしとアオイに声を荒《あら》らげた。

「なに四日って。おれとメイがこいつに連れ去られたのは昨日だろ」

なあ、とアオイに同意を求められて、こくりと頷《うなず》く。わたしたちは、あの森で一晩しか過ごしていない。

「四日だよ。ボクがそんな嘘言《うそ》うわけないだろお」

「グレド、正しい。アルモニ、三回寝《ね》た」

アルモニもグレドと同じ意見だ。

どういうことかと顔を上げると、羽の者が「そういうこともある」と静かに言う。

たしかに……さっきまで青空だったのが夜空になっていることを不思議に思っていたけれど、あちらで過ごしたたった一晩が、グレドたちには四日にもなるとは。

あの漆黒《しっこく》の森は、時間の流れが歪《ゆが》んでいる、ということなんだろう。

ああ、だから羽の者はいろんなものを視《み》ることができるのか、と腑《ふ》に落ちた。

流れ者がやってくる川も、あの森から流れてきている。

「え、えっと、ごめん……」

「まあ……いいけど」

わたしとアオイの反応に、グレドは渋々《しぶしぶ》許してくれる。そしてちらりとアオイの肩《かた》にいるクスクスを見てから、木の上の大きな羽の者に視線を向けた。

「羽の者、か」

「半端者《はんぱもの》か」

羽の者が、言う。

「そんなことまでわかるのか」

あからさまにグレドは顔を顰《しか》める。

はんぱもの。たしか、ワカジさんも、口にしていた単語だ。

「カラス。また会おう」

羽の者はグレドに対してそれ以上なにも言わず、漆黒《しっこく》の森に向き直り羽を広げた。

「え、あ、待って！」

それを慌《あわ》てて引き留める。

大事なことを訊《き》かなければいけない。

「涅《くり》は、どこにいるの？」

この国にいるはずだ。でも、こんな広い国を移動手段もろくにない中で闇雲《やみくも》に捜《さが》し続けていたら、会えるのはいつになるのかわからない。

涅《くり》はすでに答えを出したと言っていた。

この国にいる涅《くり》が出した答えは——ここに残ることなのかもしれない。わたしのように、帰ることを先延ばしにしただけかもしれない。でも、すぐに帰る選択《せんたく》をしている可能性だってある。

行《い》き違《ちが》いになってしまっては、涅《くり》と話すこともできない。

羽の者は一度羽を畳《たた》むと、口を開けた。

「カラス。カラスには会わせられない」

「なんで？」

「カラス。カラスの道には干渉《かんしょう》しない」

羽の者の返事は、相変わらず淡々《たんたん》としていて、交渉《こうしょう》の余地を感じさせない。

「羽の者は伝神師《でんしんし》。起きることをただ伝えるだけ。カラスの進む道を決めてはいけない」

わたしと涅《くり》が会うことの、なにがいけないのか。

今、わたしたちが会うことになんの問題があるのか。

それすらも、羽の者は教えてくれないんだろう。

「いずれ会う」

いずれっていつだろう。明確には教えてくれないのは、教えられないからなのか。

「……じゃあ、涅《くり》が今どこにいるかだけでも、教えてほしい」

どこかで生きているのは、間違《まちが》いない。でも、奴隷《どれい》になっている可能性だってある。今は無事でも、この先ひどい目に遭《あ》うかもしれない。

「せめて、涅《くり》の無事を、確かめたい」

ちょっとくらい融通《ゆうずう》を利《き》かせてよ、と叫《さけ》びたくなる。羽の者相手にワガママを言ったって無駄《むだ》だとわかっていても、縋《すが》りつきたくなる。

悔《くや》しさから唇《くちびる》を噛《か》みしめていると、

「乗れ」

羽の者が翼《つばさ》を再び広げた。

「カラス。見ることしか許されない」

「……連れていって、くれるの？」

「カラス。道はカラスが進め」

翼《つばさ》に手を伸《の》ばし、近づく。

見ることだけ。道は自分で進め。

たぶん、涅《くり》のいる場所まで連れていってくれるのだろう。けれど、涅《くり》の前でわたしを降ろしてはくれない、ということか。

それでもいい。それで充分《じゅうぶん》だ。

「すぐ、戻《もど》ってくる」

振《ふ》り返《かえ》り、アオイとグレドとアルモニに声をかける。

「気をつけろよ」

アオイが言うと、グレドとアルモニも心配そうな表情を浮《う》かべながらも頷《うなず》いてくれた。

羽を掴《つか》んでよじ登り、できるだけ頭の近くで体勢を整える。羽の者は、すぐに大きく羽ばたいて夜空に向かって飛んだ。

冷たい風が頬《ほお》を刺《さ》す。

それは、すぐに肌《はだ》を切《き》り裂《さ》くほどの冷気を増していく。

「……どこに、向かってるの」

漆黒《しっこく》の森から流れる大きな川を飛《と》び越《こ》えたのがわかった。

川の向こう側は、ノーパーヴァのはず。暗くてよく見えないけれど、眼下に小さく橋らしきものを確認《かくにん》することができた。あれがふたつの国をつなぐ、唯一《ゆいいつ》の橋なのだろう。

羽の者は、ほんのわずかな時間で長距離《ちょうきょり》を移動する。徒歩なら何日もかかるはずのノーパーヴァの上空を飛んでいることが、信じられない。

川を越《こ》えると、空気が一変した。ダルデールとは比べものにならないほどの気温で、体が芯《しん》から一気に凍《こお》っていく。

カチカチと、歯が鳴る。

まさか、涅《くり》がノーパーヴァにいるなんて。

──『白髪《はくはつ》のカラスのせいだよ』

ふと、ワカジさんの言葉が蘇《よみがえ》った。

「……涅《くり》も、わたしと同じように、この国に、流れてきたんだよ、ね？」

空を翔《かけ》る羽の者に呼びかける。声が震《ふる》えていたのは、寒さのせいだけじゃなかった。

いやな予感が、胸に広がる。

そんなはずはない。

顔に冷たいものが当たるのを感じて空を見上げると、はらはらと雪が舞《ま》っていた。

「カラス。カラスは漆黒《しっこく》の森の水に乗って流れてくる」

あの森は、時間が歪《ゆが》んでいた。おそらく、川も。

ばくばくと、心臓が激しく鼓動《こどう》する。

――『四周前くらいに、現れたんだよ、ノーパーヴァにカラスが』

四周もずれるはずがない。そんなの、おかしすぎる。きっとなにかの間違《まちが》いだ。

ぐんっと羽の者が下降しながら旋回《せんかい》をする。目の前には、城と呼んでもおかしくないほどの立派な建物があった。高い建物だ。けれどそれは、二階や三階があるわけではなく、ただ、高い場所に立っているだけだ。

ノーパーヴァも信仰《しんこう》はダルデールと同じなんだろう。

ひとが、いた。

外に面した塀《へい》のそばに、誰《だれ》かが立っている。

白髪《はくはつ》がどこかからの灯《あか》りに照らされた。雪が舞《ま》い落《お》ちる中でも、その髪《かみ》は一際《ひときわ》白く煌《きら》めいている。
羽の者が大きく翼《つばさ》を上下させると、その髪《かみ》の毛《け》がふわりと舞《ま》う。
立っていたそのひとは、羽の者とわたしを見て、目を大きく見開いていた。
わたしよりもやや年上に見える、背の高い少年だ。
服には、赤黒い汚《よご》れが飛び散っている。
右目の下に、うっすらと痣《あざ》がある。
——涅《くり》だ。
あれは、涅《くり》だ。
涅《くり》の鋭《するど》い視線がわたしを射貫《いぬ》く。
見たことがないほど冷たい表情の涅《くり》が、一瞬にして視界から遠ざかっていった。

●著／櫻いいよ（さくら　いいよ）
大阪府在住。2012年に『君が落とした青空』（スターツ出版）でデビュー、累計20万部を突破する大ヒット作となる。そのほかの主な著作に「交換ウソ日記」シリーズ、『そういふものにわたしはなりたい』（以上、スターツ出版文庫）、『図書室の神様たち』（小学館文庫キャラブン！）、『わたしは告白ができない。』（角川文庫）、『アオハルの空と、ひとりぼっちの私たち』（集英社オレンジ文庫）、『世界は「　」で満ちている』『世界は「　」で沈んでいく』『世界は「　」を秘めている』『イイズナくんは今日も、』『ウラオモテ遺伝子』『滅びのカラス』（以上、PHP研究所）などがある。

●イラスト／急行２号（きゅうこうにごう）
独学で積み重ねてきた「テクニック」と「光の表現」で、一瞬の表情を切り抜く、いま若い女性たちから絶大な支持を集めるイラストレーター。

デザイン ● 根本綾子（karon）
組版 ● 株式会社 RUHIA
プロデュース ● 小野くるみ（PHP研究所）

烏羽色《からすばいろ》のふたりシリーズ2
救国《きゅうこく》のカラス

2025年3月6日　第1版第1刷発行

著者　櫻　いいよ
イラスト　急行２号
発行者　永田貴之
発行所　株式会社ＰＨＰ研究所
東京本部　〒135-8137　江東区豊洲5-6-52
児童書出版部　☎03-3520-9635（編集）
普及部　☎03-3520-9630（販売）
京都本部　〒601-8411　京都市南区西九条北ノ内町11
PHP INTERFACE　https://www.php.co.jp/
印刷所　株式会社光邦
製本所　株式会社大進堂

ISBN978-4-569-88207-9

NDC913　325P　20cm

いつだって誰だって、
簡単にひとりになる
櫻いいよ／著
PHP カラフルノベル

烏《からす》羽《ば》色《いろ》のふたりシリーズ 1

滅びのカラス

櫻 いいよ／著

学校からの帰り道で川に落ちたことをきっかけに、人間とは異なる見た目の“じゃない者”と、いわゆる人間“ひと”が共存する不思議な世界に迷い込んだ、中学１年生の冥（めい）。

真っ黒な制服姿で突然現れた冥は「言い伝えにある、この国を滅ぼすカラスだ」と考えられ、この国の王族たちから命を狙われる身になってしまう。一緒に川に流されたはずの双子の弟・涅（くり）の行方を探すべく、冥はこの世界で出会った“じゃない者”たちや、奴隷の少年の助けを借りて世界を旅することになるが……。